PERFECTOS

CECELIA AHERN

PERFECTOS

Traducción de Francisco Pérez Navarro

B DE BLOK

Barcelona • Madrid • Bogotá • Buenos Aires • Caracas • México D.F.
Miami • Montevideo • Santiago de Chile

Título original: *Perfect*
Traducción: Francisco Pérez Navarro
1.ª edición: abril, 2017

© Cecelia Ahern 2017
www.cecelia-ahern.com
© Ediciones B, S. A., 2017
para el sello B de Blok
Consell de Cent 425-427 - 08009 Barcelona (España)
www.edicionesb.com

Printed in Spain
ISBN: 978-84-16712-42-7
DL B 4545-2017

Impreso por QP PRINT

Para Yvonne Connolly,
la amiga perfecta

PERFECTO: ideal, modélico, sin tacha, impecable, consumado, quintaesencia, ejemplar, mejor, definitivo. (Referido a persona): que tiene todos los elementos, cualidades o características requeridas o deseables; lo mejor que se puede ser.

PRIMERA PARTE

1

Está la persona que crees que deberías ser y está la persona que eres realmente. He dejado de sentir a las dos.

2

«Una mala hierba no es más que una flor que crece en el lugar equivocado.»

No lo digo yo, sino mi abuelo.

Él ve la belleza en todo, o quizá cree que las cosas poco normales y fuera de lugar son más hermosas que las demás. Todos los días observo ese rasgo en él: prefiere la vieja casa de la granja antes que una casa moderna con su valla, o preparar el café en un viejo pote de hierro en el fuego de la cocina en lugar de usar la reluciente máquina de café exprés que le compró mamá hace tres cumpleaños y que sigue acumulando polvo en la encimera. No es que le dé miedo el progreso —de hecho, es el primero en luchar por los cambios—, es que le gusta lo auténtico, que todo tenga su verdadera forma. Incluso admira la audacia de las malas hierbas, que se atreven a crecer en lugares donde nadie las ha plantado. Ese rasgo es el que me hace correr a su lado en momentos de necesidad y lo que hace que él arriesgue su propia seguridad para darme amparo.

Amparo.

Esa es la palabra que utilizó el Tribunal: «Cualquiera que ayude o dé amparo a Celestine North afrontará un severo castigo.» No especificaba el castigo, pero la reputación del Tribunal permite imaginarlo. El peligro que supone «ampararme» en sus tierras no parece asustar al abuelo, sino que lo convence todavía más de que su deber es protegerme.

—Una mala hierba no es más que una planta que crece donde la gente no quiere que crezca otra cosa —añade ahora, agachándose para arrancar del suelo a una intrusa con sus manos grandes y fuertes.

Tiene manos de luchador, gruesas como palas, pero, paradójicamente, también son manos de protector. Han sembrado y cultivado su propia tierra, y han cogido y protegido a su hija y a sus nietos.

Esas manos que pueden estrangular a un hombre son las mismas que criaron a quien ahora es una mujer y cultivaron la tierra. Puede que quienes más luchan sean también quienes más cuidan, porque están conectados con algo más profundo, porque tienen algo por lo que luchar, algo que vale la pena salvar.

El abuelo posee unas treinta y cinco hectáreas de terreno, y no todas son fresales como en el que estoy ahora, pero durante los meses de verano abre esa parte al público. Las familias pagan para recoger sus propias fresas. Dice que lo que gana le ayuda a mantenerlo todo en marcha. Este año no puede dejar de hacerlo, no solo por motivos económicos, sino porque el Tribunal podría saber que me oculta. Lo vigilan. Debe seguir haciendo lo mismo que cada año, y yo procuro no pensar en cómo me sentiré al oír a los niños jugando felices y recolectando fresas, o en el peligro que supondrá para mí la presencia de extraños en estas tierras.

Cuando era niña me encantaba venir aquí con Juniper, mi hermana, durante la temporada de recogida de la fresa. Al final del largo día teníamos más fruta en la tripa que en las cestas. Ahora ya no me parece el mismo lugar mágico. Ahora arranco malas hierbas del mismo suelo en el que antes jugaba.

Sé que cuando el abuelo habla de plantas que crecen donde no son queridas se refiere a mí, como si hubiera inventado su propia versión de terapia granjera, pero, pese a su buena intención, solo consigue hacer más patente mi situación.

Soy la mala hierba.

Cuando me marcaron como imperfecta en cinco partes del cuerpo (y podría decir que en una sexta oculta) por ayudar a un imperfecto y mentir al Tribunal, me transmitieron un mensaje claro: la sociedad no me quiere. Me arrancaron de la tierra, me agitaron cogiéndome por las raíces y me sacudieron con fuerza para luego arrojarme lejos.

—Pero ¿quién las llamó malas hierbas? —continúa el abuelo, mientras caminamos entre las matas de fresas—. No fue la naturaleza, fue la gente. La naturaleza las deja crecer, la naturaleza les concede un sitio. Es la gente quien las señala, las califica y las desecha.

—Pero esta estrangula las flores —digo por fin, alzando la mirada de mi tarea, la espalda dolorida, los dedos sucios de tierra.

El abuelo me mira fijamente, con una gorra de *tweed* inclinada sobre sus brillantes ojos azules. Siempre alerta, siempre vigilante como un halcón.

—Porque son supervivientes, por eso. Luchan por tener un sitio.

Me trago la tristeza y aparto la mirada.

Soy una mala hierba. Soy una superviviente. Soy imperfecta. Imperfecta.

Hoy cumplo dieciocho años.

3

La persona que yo creo que debería ser: Celestine North, hija de Summer y de Cutter, hermana de Juniper y de Ewan, novia de Art. Hace poco que debería haber terminado los exámenes finales y ahora tendría que estar preparándome para la universidad, donde estudiaré Matemáticas.

Hoy es mi decimoctavo cumpleaños.

Debería estar celebrándolo en el yate de Art, con veinte de mis familiares y amigos íntimos, y puede que hasta con fuegos artificiales. Bosco Crevan prometió que mi regalo sería prestarme su yate para este día, mi gran día. A bordo habría una fuente de chocolate caliente donde la gente mojaría fresas y malvaviscos. Imagino a mi amiga Marlena con un bigote de chocolate y la expresión muy seria; oigo a su novio, tan grosero como siempre, amenazando con meter partes de su cuerpo en la fuente; a Marlena poniendo los ojos en blanco, y a mí, riendo, mientras ellos simulan pelearse, como siempre, disfrutando con su actuación, para luego poder hacer las paces.

Papá intenta lucirse en la pista de baile ante mis amigos, bailando *funky* e imitando a Michael Jackson. Mi madre modelo, quieta en cubierta con un floreado vestido veraniego, la larga y rubia cabellera agitada por la brisa, como si hubiera un ventilador estratégicamente colocado. Aparentaría estar en calma, pero su mente funcionaría a toda velocidad, calibrando todo lo que le rodea, lo que debería mejorarse, quién necesitaría rellenar su bebida, quién parece quedar marginado en las conversaciones, y, con un chasquear de dedos, flotaría hasta allí con su vestido para solucionarlo.

Mi hermano, Ewan, estaría engullendo una sobredosis de malvaviscos y chocolate, y correría de un lado para otro con su mejor amigo, Mike, rojo y sudoroso, bebiéndose los restos de los botellines de cerveza, y volvería pronto a casa con dolor de estómago. Veo a mi hermana, Juniper, siempre alerta, observándolo todo desde un rincón, analizándolo con una sonrisa tranquila y satisfecha, y comprendiéndolo mejor que nadie.

Me veo a mí misma bailando con Art. Debería ser feliz. Pero algo no va bien. Lo miro y no es el mismo. Está más delgado; parece más viejo, cansado, sucio y desaliñado. Sus ojos me miran, pero su mente está en otra parte. Su tacto es mustio —el susurro de un roce— y tiene las manos pegajosas. Como la última vez que lo vi. No es como debería ser, no es como siempre fue: perfecto. Pero ni en mis fantasías consigo recuperar esas viejas sensaciones. Esa época de mi vida queda ahora muy lejana. Hace mucho tiempo que dejé atrás la perfección.

Abro los ojos y vuelvo a estar en la casa del abuelo. Tengo ante mí una tarta de manzana comprada en una tienda, con su bandeja de papel de estaño y una única vela en ella. Esa era la persona que creo que debería ser, aunque ya no puedo soñar con ella como es debido sin que se interponga la realidad, y esta es la persona que soy ahora de verdad.

Esta chica que huye, pero que está paralizada mirando una tarta de manzana fría.

Ni el abuelo ni yo simulamos que las cosas vayan a mejorar.

El abuelo es real, no hay nada ficticio en él. Me mira con tristeza. Sabe que no debe evitar el tema, que la situación es demasiado grave de por sí. Hablamos a diario de un plan, pero ese plan cambia a diario. He escapado de mi casa, he escapado de mi soplona, Mary May, una guardiana del Tribunal que debe vigilar todos mis movimientos y asegurarse de que acato la reglas de los imperfectos, y del alcance de cuyo radar he conseguido alejarme. Soy oficialmente una «fugitiva». Pero cuanto más tiempo me quede aquí, mayores son las probabilidades de que acaben encontrándome.

Mi madre me dijo hace dos semanas que huyera, una orden susurrada con urgencia a mi oído que sigue poniéndome la piel de gallina cuando la recuerdo. El juez principal del Tribunal, Bosco Crevan, estuvo en nuestra casa, exigiendo a mis padres que me entregasen. Bosco es el padre de mi ex novio y hacía diez años que éramos vecinos. Apenas unas semanas antes estábamos todos juntos cenando en nuestra casa. Ahora mi madre prefiere que yo desaparezca a que vuelva a estar a su cargo.

Construir una amistad puede llevar toda una vida, crearse un enemigo solo requiere un segundo.

Cuando hui, solo necesité llevarme conmigo un objeto importante: una nota que le dieron a mi hermana Juniper para que me la entregase. La nota era de Carrick, que había sido mi vecino de celda en Highland Castle, sede del Tribunal. Contempló mi juicio mientras esperaba el suyo, y presenció cómo me marcaban. Vio *todas* mis marcas, incluyendo la sexta, la secreta, la de la columna. Es la única persona que puede llegar a comprender cómo me siento ahora, porque está pasando por lo mismo.

Mi deseo de encontrar a Carrick es inmenso, pero va a ser muy difícil que lo logre. Se las ingenió para escapar de su soplón en cuanto lo sacaron del castillo, y supongo que mi situación tampoco le facilita que pueda encontrarme. Lo consiguió antes de que yo huyera, y me rescató de una revuelta en un supermercado. Me llevó a casa, pero yo estaba inconsciente, por lo que nuestra reunión, largo tiempo ansiada, no fue precisamente como la había imaginado. Me dejó la nota y desapareció.

Pero yo no podía buscarlo. Temía que me reconocieran y no tenía manera de moverme libremente por la ciudad, así que llamé al abuelo. Sabía que su granja sería el primer sitio donde el Tribunal me buscaría. Debería haber buscado otro, uno más seguro, pero el abuelo tiene ventaja en estas tierras.

Al menos esa es la teoría. No creo que a ninguno de los dos se le ocurriera que los soplones podían ser tan constantes en la búsqueda de mi persona. Desde que llegué a la granja han realizado incontables registros. Por ahora han fracasado, pero siguen volviendo, una y otra vez, y sé que en algún momento mi suerte acabará y descubrirán mi escondite.

Algunas veces, los soplones han estado tan cerca de mi guarida que apenas conseguía respirar. He oído sus pasos, en ocasiones incluso su respiración, mientras estoy embutida, encajada, en espacios reducidos, por arriba y por abajo. Unas veces, en lugares tan evidentes que no se les ocurre mirar; en otras, tan peligrosos que no se atreven a hacerlo.

Pestañeo y alejo esos recuerdos.

Miro la única llama que titila en la tarta fría de manzana.

—Formula un deseo —dice el abuelo.

Cierro los ojos y pienso con fuerza. Tengo demasiados deseos y siento que ninguno está a mi alcance. Pero también creo que es en el momento en que dejamos de formular deseos cuando somos de verdad felices, o cuando nos rendimos.

Bueno, no soy feliz. Pero tampoco pienso rendirme.

No creo en la magia, pero sí que formular deseos es un modo de aceptar la esperanza, el reconocimiento del poder de la voluntad, la admisión de un objetivo. Puede que pensar firmemente en lo que deseas sea lo que lo convierte en real, lo que te proporciona un objetivo a alcanzar, lo que te ayuda a hacerlo realidad. Canaliza tu pensamiento positivo: piénsalo, deséalo y luego haz que suceda.

Apago la llama.

Apenas he abierto los ojos cuando oímos pisadas en el vestíbulo.

Dahy, el fiel capataz de la granja del abuelo, entra en la cocina.

—Vienen soplones. Hay que moverse.

4

El abuelo se levanta tan deprisa que la silla cae al suelo de piedra. No la recoge, no estábamos preparados para esta visita. Ayer mismo los soplones registraron la granja de arriba abajo; creíamos estar a salvo, al menos hoy. ¿Qué ha pasado con la sirena que suele sonar como aviso y cuyo sonido te hiela el alma, hasta que los vehículos se alejan, dejando a los afortunados empapados de alivio?

No decimos nada. Los tres nos apresuramos a salir. Sabemos instintivamente que se nos ha acabado la suerte, que no puedo esconderme dentro. Giramos a la derecha, alejándonos del camino bordeado de cerezos en flor. Me da igual adónde vayamos siempre que sea lejos, todo lo lejos de la entrada que sea posible.

—Arlene los vio desde la torre y me llamó —dice Dahy mientras corremos—. Sin sirenas. Buscan el elemento sorpresa.

En la finca hay una desvencijada torre normanda que el abuelo utiliza como atalaya antisoplones. Desde que llegué, alguien vigila desde allí día y noche. Los trabajadores de la granja se turnan para ello.

—¿Seguro que vienen hacia aquí? —pregunta el abuelo mirando alrededor, pensando, calculando, planeando a toda velocidad. Y lamento tener que admitir que percibo pánico en sus movimientos. Algo que nunca había visto.

Dahy asiente.

Acelero para ponerme a la altura de ellos dos.

—¿Adónde vamos? —pregunto.

Guardan silencio. El abuelo sigue mirando a un lado y a otro, caminando a grandes zancadas por sus tierras. Dahy lo observa, intentando adivinar lo que piensa. La expresión de sus rostros me asusta. Lo noto en la boca del estómago, en el alarmado latir de mi corazón. Nos dirigimos a gran velocidad a la parte más alejada de las tierras del abuelo, no porque tenga un plan, sino porque no lo tiene. Necesita tiempo para pensar en uno.

Corremos por los campos, por entre las matas de fresas en las que trabajábamos unas horas antes.

Oímos acercarse a los soplones. En los registros anteriores solo utilizaron un vehículo, pero ahora creo oír más. Motores más sonoros de lo habitual, deben de ser furgonetas en vez de coches. Lo habitual es que vayan dos soplones por coche y cuatro por furgoneta. ¿Oigo tres furgonetas? Eso son doce posibles soplones.

Me pongo a temblar. Es un registro a gran escala. Me han encontrado, me han pillado. Respiro el aire fresco, sintiendo que la libertad se me escapa. No sé qué me harán, pero el mes pasado, cuando estuve bajo su custodia, me marcaron dolorosamente la piel, me grabaron la letra «I» en seis partes del cuerpo. No quiero descubrir qué más cosas son capaces de hacerme.

Dahy mira al abuelo.

—El granero.

—Ya están allí.

Bajan la vista al suelo, como si este pudiera proporcionarles la respuesta.

El suelo.

—El horno —digo de pronto.

Dahy parece dubitativo.

—No creo que sea...

—Servirá —dice el abuelo con cierto aire fatalista, dirigiéndose hacia el hoyo.

Ha sido idea mía, lo sé, pero solo de pensarlo me entran ganas de gritar. Me mareo ante la mera idea de esconderme allí. Dahy extiende el brazo para que pase delante de él, y en sus ojos veo compasión y tristeza.

También veo un «adiós».

Seguimos al abuelo hasta el claro junto al oscuro bosque que bordea sus tierras. Dahy y él se pasaron toda la mañana cavando un agujero en el suelo, mientras yo permanecía tumbada a un lado, jugueteando perezosamente con un diente de león. Lo sujetaba con los dedos haciendo el molinillo, mientras contemplaba cómo la brisa lo deshacía lentamente. «Parecéis unos sepultureros», les dije, sarcástica.

No imaginaba lo proféticas que serían mis palabras.

5

Según el abuelo, cavar un hoyo es la forma de cocinar más simple y antigua que existe. También suelen llamarlo «horno de tierra», y consiste en hacer en el suelo un agujero que atrape el calor y así poder asar, ahumar o cocinar alimentos al vapor.

Para asar la comida, el fuego debe consumirse hasta que solo queden ascuas. Luego, esta se deposita en la fosa y se tapa. La tierra debe cubrir los alimentos —patatas, calabazas, carne, lo que se quiera—, y se dejan allí todo un día para que se cocinen. El abuelo y los trabajadores de la granja cumplen todos los años con esa tradición, pero normalmente lo hacen en tiempos de cosecha, no en mayo. Él decidió hacerlo ahora para «crear equipo», como suele decir, en un momento en el que todos necesitamos apoyarnos mutuamente. Todos los trabajadores del abuelo son imperfectos, razón por la que tienen que soportar constantes registros por parte de los soplones, sobre todo últimamente, y fue por eso por lo que pensó que el grupo necesitaba una inyección de moral.

Yo no sabía que el abuelo empleaba imperfectos, no recuerdo haber visto a sus trabajadores las veces que visitamos la granja, ni que papá o mamá lo mencionaran nunca. Puede que les pidiera que no se dejaran ver, puede que siempre estuvieran allí y me resultaran invisibles antes de que me convirtiera en uno de ellos, como solía pasarme en la mayoría de ocasiones.

Ahora entiendo que eso contribuyó a distanciar al abuelo de mi madre, ya que ella desaprobaba las críticas de él hacia el Tribunal, esa organización gubernamental que juzga a la gente por actos inmorales y poco éticos. Considerábamos sus diatribas como poco más que teorías conspiratorias, declaraciones de un amargado sobre cómo se utilizaba el dinero de sus impuestos. Pero resultó que tenía razón.

También ahora me doy cuenta de que el abuelo es algo así como el molesto secretito de mamá. Ella es una modelo cotizada que representa la perfección, al menos externamente, y como tenía un éxito enorme en todo el mundo no podía permitir que su reputación en Humming quedase en entredicho. Tener un padre que hablaba en favor de los imperfectos suponía una amenaza para su imagen. Ahora me doy cuenta de ello.

Hay empleadores que tratan a los imperfectos como a esclavos. El máximo de horas por un sueldo mínimo, y eso con suerte. Muchos imperfectos tienen que conformarse con trabajar por la comida y el alojamiento. La mayoría de los imperfectos son ciudadanos honrados y con estudios. No son criminales, no han cometido actos ilegales. Han tomado decisiones éticas o morales mal vistas por la sociedad, y por eso han quedado marcados por ellas. Supongo que es como una deshonra pública organizada. A los jueces del Tribunal les gusta que los llamen «proveedores de perfección».

Dahy había sido maestro. Las cámaras de seguridad de la escuela lo grabaron sujetando con brusquedad a un niño.

26

También he sabido que denunciar a la gente como imperfecta ante el Tribunal es un arma que muchos utilizan contra los demás. Así pueden eliminar a la competencia o usarlo como una forma de venganza. La gente abusa del sistema. El Tribunal es un agujero legal del que se aprovechan oportunistas y depredadores.

Yo rompí una regla básica: no ayudar a los imperfectos. Hacerlo suele conllevar sentencia de cárcel, pero en lugar de llevarme ante un tribunal ordinario me juzgaron como imperfecta. Antes de mi juicio, Crevan buscó un modo de ayudarme. El plan era que mintiese y dijera que no pretendí ayudar a un anciano, pero no fui capaz y admití los hechos. Dije que todos los imperfectos son seres humanos y merecedores de ayuda. Humillé a Crevan, convertí su audiencia en una burla. Al menos así lo vio él.

Consideraron que había manipulado al Tribunal con engaños, que me había burlado de él, y que solo pretendía llamar la atención de la gente para luego admitir públicamente mis actos. Tenían que dar ejemplo conmigo. Ahora me doy cuenta de que las marcas son por engañar al Tribunal, por abochornarlo y hacer que la gente se cuestionara su validez.

Uno de los principales recursos del Tribunal es su relación con los medios de comunicación. Trabajan juntos, se ayudan mutuamente, y los medios influyen en la gente. Les asegura que los jueces tienen razón y que los marcados se equivocan. De esa forma la verdad no llega al público, se difumina, se pierde en la niebla, en el sonido del silbato de un soplón.

La larga lista de decretos contra los imperfectos incluye el que impide que ocupen puestos de trabajo que conlleven alguna clase de poder, sea poco o mucho, como el puesto de capataz, el de director o cualquier otro que pueda influir en la forma de pensar de la gente. A pesar de ello, no obstante, siguen discriminados en el entorno laboral sin importar el puesto que ocupen. El abuelo no se encuadra entre los empleadores que discriminan, sino que se esfuerza por contratar trabajadores imperfectos y los trata como trataría a cualquier otro.

Dahy es su empleado más antiguo. Lleva treinta años con el abuelo y tiene una fea cicatriz en la sien como consecuencia de la mala decisión de sujetar a un niño con lo que se consideró una fuerza excesiva. La marca se la hicieron antes de que el Tribunal perfeccionara las herramientas de marcado. Aun así, no es nada comparada con la sexta marca de mi columna, la marca secreta que me hizo el juez Crevan con sus propias manos. Fue un mensaje personal, y me marcó con ira, con torpeza y sin anestesia. Es una cicatriz grande, impresionante.

Ahora, Dahy está tomando otra mala decisión: aliarse con mi abuelo para esconderme. El abuelo podría ser castigado con un mínimo de seis meses de cárcel por ayudar a una imperfecta, pero no quiero pensar en cuál sería el castigo que recibiría Dahy como imperfecto que ayuda a otro imperfecto. Cuando eres un imperfecto, no piensas que pueda pasarte nada peor hasta que el Tribunal se vuelve contra tu familia y la utiliza para infligirte más dolor y castigarte aún más.

Los tres miramos el agujero rectangular abierto en el suelo. Oigo portazos —de muchas puertas— e imagino a un ejército de soplones con su uniforme rojo y sus botas negras. Llegarán a donde estamos en cuestión de segundos. Me meto en el pozo y me tumbo en él.

—Tapadme —digo.

El abuelo titubea, pero Dahy se pone en movimiento y coge la lona. La vacilación del abuelo podría costarme cara.

Una vez que Dahy me ha cubierto con la lona, empiezan a echar sobre ella la madera y el musgo que recogí esta mañana en el bosque. Además de cavar mi propia tumba, resulta que también preparé mi ataúd.

Las pisadas se acercan.

—Tenemos que avisar a Carrick de inmediato —dice el abuelo con voz queda, y asiento en silencio.

Oigo el crujir de botas contra el suelo.

—Cornelius —dice de pronto Mary May, y el corazón me da un vuelco. Me aterra esta mujer, es tan desalmada como para delatar a toda su familia ante el Tribunal por prácticas inmorales en el negocio familiar, como represalia porque su hermana le robó el novio. Ha estado presente en todos los registros de la granja y parece haber vuelto con un ejército. O al menos con doce sicarios.

—Mary May —dice el abuelo con aspereza—, ¿se os han acabado las pilas de la sirena?

Otro leño aterriza con fuerza sobre mí, seguramente arrojado al pozo con descuido para desviar la atención. Me da de lleno en el vientre y lucho contra el impulso de gemir y moverme.

Mary May no fanfarronea ni cuenta chistes ni da conversación. Va al grano.

—¿Qué es esto?

—Un horno de tierra —responde el abuelo.

Los dos están situados a mi izquierda. Siento que alguien me arroja leña desde el otro lado, lo que significa que Dohy sigue ahí.

—¿Un horno de tierra? ¿Y eso qué es?

—Sirve para cocinar la comida. Creí que una chica de campo como tú lo sabría.

—No, no lo sé.

Habla con tono cortante, no le gusta que él conozca

sus orígenes. El abuelo disfruta pinchándola, cabreándola al demostrarle que sabe cosas sobre ella. Es algo sutil, dicho con tono alegre, pero el subtexto es amenazador.

—Pues cavas un agujero, colocas una lona en la base, la cubres de madera y le prendes fuego. Cuando solo quedan las ascuas, metes la comida y lo cubres todo con tierra. Veinticuatro horas después, la comida está lista. Sabe deliciosa, no hay nada mejor. Me lo enseñó mi padre, que lo aprendió del suyo.

—Menuda coincidencia —dice Mary May—. Caváis un agujero justo antes de que lleguemos. No estaréis escondiendo nada en él, ¿verdad?

—No puede haber coincidencia, dado que no te esperaba hoy. Y es un rito anual. Pregúntale a cualquiera de la granja, ¿verdad, Dahy?

Más leña y musgo aterrizan sobre mi cuerpo.

—Así es, jefe —responde Dahy.

—¿Esperas que crea a un imperfecto? —En la voz de Mary May resulta evidente el desagrado que le produce el simple hecho de que le hable un imperfecto.

Sigue un largo silencio, durante el cual me concentro en mi respiración. La lona no se ha alisado por todas partes y el aire se cuela debajo ella, pero no el suficiente. Este escondite ha sido una idea ridícula, «mi» idea ridícula. Lamento haberla tenido. Habría preferido arriesgarme a huir por el bosque, aunque me perdiera en él. Puede que así Mary May también se perdiese para siempre, y las dos hubiéramos pasado el resto de nuestra vida persiguiéndonos y escondiéndonos la una de la otra.

Oigo a Mary May caminar despacio alrededor del pozo. Quizá perciba el contorno de mi cuerpo, quizá no. Tal vez piense tirar de la lona y descubrirme. Me concentro en mi respiración, los troncos pesan demasiado. Ojalá dejaran de arrojarme leña encima.

—Entonces esta leña es para quemarla, ¿no? —pregunta ella.

—Sí —responde el abuelo.

—Pues préndele fuego —ordena.

6

—¿Qué? —balbucea el abuelo.

—Ya me has oído.

Estoy cubierta por la lona blanca. Sobre ella hay leña y musgo. De pronto algo se mueve y la lona, que estaba abombada permitiéndome respirar, se desploma sobre mi piel. Intento apartarla soplando, pero no lo consigo.

Y ahora Mary May quiere prenderme fuego. Sabe que estoy aquí. Soy un ratón atrapado en una ratonera.

El abuelo intenta disuadirla. Argumenta que no pensaba encenderla todavía, ya que la comida no está preparada; aún tienen que envolverla, y eso llevará su tiempo. Ella responde que puede esperar, que Dahy vaya preparando la comida. Pero sé que la comida le da igual: lo que de verdad le interesa es quemarme viva.

Le dice al abuelo que se concentre en la hoguera. No se lo pide, se lo exige. Sabe que en la granja no hay nadie con quien compartir la comida, aparte de un montón de imperfectos, y no siente ningún respeto ni por ellos ni por sus planes.

Va a pasar ahora.

Siento que otro fardo de leña cae sobre mis piernas.

El abuelo se está tomando su tiempo, hablando, retrasándose, simulando que está viejo.

—Pon más leña aquí —ordena ella.

Aterriza en mi pecho.

No puedo respirar. No puedo respirar. Cierro los ojos. Intento volver al yate. Al día de mi decimoctavo cumpleaños, a la *fondue* de chocolate, a la música, a la brisa, a la persona que yo debería ser, no a la que soy. Intento ir más allá, pero no consigo desaparecer. Estoy aquí y ahora. La leña me pesa sobre el cuerpo, me falta el aire.

Mary May le mete prisa. Si me descubren, también castigarán al abuelo. Respiro hondo, procurando que no se vea subir y bajar mi pecho bajo la lona y la leña.

—Tengo un mechero —dice Mary May.

El abuelo se ríe ante eso. Sonoramente.

—Pues no me sirve. Tengo lo necesario en el granero. Quédate aquí con Dahy y mira cómo prepara la comida. Ahora vuelvo.

Lo malo es la forma en que lo dice. Con muy poca sinceridad, dejando claro que miente.

Qué listo es. Hace que Mary May piense que quiere alejarse de ella, que en el granero hay algo o alguien que pretende esconder. Insiste tanto en que se quede con Dahy que, por supuesto, ella aparta su atención del pozo y exige ir al granero con él. Dahy puede ayudarme a apartar la leña y salir del hoyo.

Pero de pronto Mary May llama a sus compañeros soplones y les dice que vigilen a Dahy y vayan con él en busca de los trabajadores imperfectos para reunirlos en torno al pozo.

Piensa quemarme delante de todos.

7

En cuanto oigo alejarse sus pasos y desvanecerse sus voces, intento sacar la cabeza para tomar aire. Forcejeo para salir de debajo de la lona y de la leña, aterrada por si es un truco y Mary May está esperándome fuera con un enjambre de soplones. Es más difícil de lo que creía, pesa mucho. El abuelo ha amontonado la leña a conciencia.

Ya no me importa si es una posible trampa, no quiero asfixiarme, y empiezo a lanzar patadas. La leña sale volando. Hago lo mismo con los brazos y aparto la madera. Una parte cae sobre mis piernas y espinillas, y ahogo un grito de dolor. Aparto la lona y siento el aire en la cara. Lo aspiro con ansiedad. Salgo de mi tumba y corro hacia el bosque. En cuanto llego a la linde, allí donde se interna en la negrura y la salvación, miro hacia atrás. El interior del hoyo está revuelto. Si lo dejo así, resultará evidente que el abuelo me escondió en él y alejó adrede a Mary May para que yo pudiese escapar. Mi descuido supondrá su castigo. Sabrán que estoy aquí y me encontrarán en segundos. En el bosque no tendré ninguna posibilidad de despistar a tantos soplones.

En la distancia oigo las voces del abuelo y de Mary

May volviendo del granero. El abuelo habla en voz alta, quizás a propósito, para avisarme.

Miro el horno y otra vez al bosque, que representa mi posible libertad. No tengo elección.

Regreso corriendo al pozo, coloco la lona y disperso sobre ella la leña y el musgo lo más rápida y equitativamente posible, mientras oigo sus pasos cada vez más cercanos. El corazón me late salvajemente, como si estuviera viviendo una pesadilla. Pero no lo es, está sucediendo de verdad. Veo el fogonazo rojo del uniforme de Mary May y echo a correr. Apenas me he escondido tras un árbol cuando aparecen.

Estoy segura de que me han visto. Aterrada, pego la espalda al tronco, el corazón a punto de estallarme.

—No entiendo por qué no podías usar mi mechero —protesta Mary May, irritada por no haberme encontrado en el granero.

El abuelo se ríe, burlón, lo cual, lo sé muy bien, la enfurecerá aún más.

—No, no. Es una tradición milenaria y hay que respetarla. Ya que me obligas a prender el fuego antes de tiempo, lo haré. Pero, puestos a encenderlo, lo encenderé a mi manera.

Suena muy inflexible y sé que no lo dice de verdad. Aunque le gusta lo auténtico, no es contrario a las cerillas o los mecheros; solo fue al granero para darme la oportunidad de escapar.

Se pone a encender el fuego usando un puñado de musgo, pedernal y cortaplumas. Le he visto hacerlo muchas veces y sé que es capaz de hacer saltar la chispa necesaria en cuestión de segundos, pero ahora lo hace con torpeza, interpretando el papel de un anciano torpe y confuso. Está ganando tiempo, bien porque sabe que he escapado y me está dando tiempo para esconderme, bien porque teme que siga en el hoyo y no quiere incinerarme. Deseo gritarle que estoy bien, que no sigo en el hoyo, pero no puedo. Así que, en vez de gritar, contemplo su agónico esfuerzo y estudio su rostro. Ya no se muestra tan confiado.

—¿Qué pasa, Cornelius? —pregunta Mary May, astuta—. ¿Te da miedo prenderle fuego?

El abuelo parece perdido. Desgarrado. Torturado.

Dahy llega con más soplones, aunque no con el ejército que esperaba: dos hombres y una mujer, seguidos de ocho trabajadores imperfectos.

Parecen apesadumbrados, como si Dahy les hubiera contado lo que va a pasar.

—Sus papeles y los de los demás están en orden —le informa la soplona a Mary May.

—Tan en orden como cuando los comprobaste ayer —interviene el abuelo—. Y tanto como hace dos días, y cuatro, y siete. Sabes que podría denunciarte a la policía por intimidación.

—Y nosotros arrestarte por ayudar a un imperfecto —replica la soplona.

—¿Con qué base? —pregunta el abuelo.

—Con la de que solo contratas a imperfectos y los alojas en tus tierras.

—Lo que hago es legal.

—Vas más allá de lo legal. La mayoría de los imperfectos cobran el sueldo mínimo, y todos tus trabajadores ganan más. Más incluso que algunos soplones.

—¿Tú qué dices, imperfecto? —interviene un soplón, mientras Mary May guarda silencio—. ¿El viejo te da un trato especial? ¿Creíste que aquí podrías escapar de nosotros?

Dahy es lo bastante listo para no responder.

—Yo no permito que aquí pase nada sin mi permiso

—dice Dan, el soplón encargado de los granjeros imperfectos. Esta es su jurisdicción. La insinuación de sus colegas de que les deja hacer lo que quieran, constituye un insulto para él.

—Enciende el fuego —insiste Mary May, cortando de raíz la disputa.

Hay tantos soplones, que temo moverme por si me oyen. El suelo del bosque está cubierto de palos, ramitas, hojas, y con solo pisarlos puedo delatarme al instante.

El abuelo mira el puñado de musgo que arde en su mano y de pronto temo que al final no lo haga, que se delate y confiese para no tener que quemarme, y que luego me busquen y me encuentren. Ten fe en mí, abuelo. Soy carne de tu carne y sangre de tu sangre, ten fe en que he conseguido escapar.

—¿Qué escondes, viejo? ¿A Celestine? ¿Está ahí debajo? Si lo está, no te preocupes, el fuego la sacará —se burla Mary May.

—Te he dicho que no está aquí —dice el abuelo de pronto, y arroja el musgo ardiente al hoyo.

Prende con rapidez y el fuego se propaga a las ramitas y a los troncos. Dahy mira al abuelo con la cabeza gacha. Él y los soplones ven crecer el fuego esperando oír mis gritos de un momento a otro. Los observo mientras piensan que estoy ahí, dentro del pozo. En la cara de los soplones veo engreimiento y satisfacción. Eso me llena de tanta rabia y odio hacia ellos que cualquier idea que hubiera podido tener de entregarme, de renunciar a mi libertad, se esfuma de inmediato. No me rendiré, no puedo dejar que ganen.

—¿Y ahora qué? —pregunta un soplón, decepcionado porque el espectáculo no les ha salido bien.

—Bueno... —El abuelo se aclara la garganta intentando mantener la calma, pero sé que está alterado. O le ha prendido fuego a su nieta, o no. Podría haberme desmayado por falta de aire, podría seguir ahí, debajo del fuego—. Lo dejamos arder hasta que solo quedan brasas, luego apilamos la comida encima y lo cubrimos todo con tierra.

—Hazlo.

El abuelo mira a Mary May perdido, viejo, con la expresión de quien ha renunciado a toda esperanza. Pero noto que el odio que brilla en sus ojos es más intenso que nunca.

—Esperar a que solo queden brasas puede llevar horas.

—Tenemos tiempo —dice ella.

8

Esperan tres horas.

Tengo los músculos agarrotados y me duelen los pies, pero me da miedo moverme.

Cuando el fuego queda reducido a brasas, el abuelo y Dahy reciben la orden de colocar la comida sobre los rescoldos. Los trabajadores miran desde su ordenada fila, los brazaletes con la «I» bien visibles en el brazo derecho, justo encima del codo.

Se suponía que esto iba a ser una celebración, una reunión entre amigos para demostrar que el Tribunal no puede con ellos. Y ahora los soplones están aquí. Sigo escondida tras el árbol, encogida, abrazándome las piernas, tiritando a causa de la humedad del bosque. No puedo decir que considere mi fuga como un triunfo.

Más bien la siento como una derrota.

El abuelo y Dahy cubren la comida con tierra para que se cocine con el calor acumulado. Una vez terminado su trabajo, el abuelo mira al suelo como si me hubiera enterrado viva. Deseo otra vez gritarle que estoy bien, que conseguí salir, pero no puedo.

Suena un teléfono y la soplona responde. Se aleja de

los otros caminando para poder hablar en privado. Se acerca a donde estoy yo. Vuelvo a ponerme tensa.

—Juez Crevan, hola. Soy Kate. No, juez, Celestine no está aquí. Hemos mirado en todas partes.

Silencio mientras ella escucha. Desde donde estoy casi puedo oír la voz de Crevan.

Kate sigue andando y se detiene junto a mi árbol.

Pego la espalda al tronco, cierro los ojos con fuerza y contengo la respiración.

—Con el debido respeto, juez, es la sexta visita del Tribunal a esta propiedad y creo que Mary May ha sido muy meticulosa en su registro. Hemos mirado en todos los lugares imaginables. No creo que esté aquí. Parece que su abuelo dice la verdad.

Noto frustración en su voz. Están todos bajo mucha presión para encontrarme, la presión que ejerce el juez Crevan. Kate da unos pasos más hasta entrar en mi línea de visión.

Examina lentamente el bosque, sus ojos buscan en la distancia.

Y entonces me mira.

9

Espero que le diga a Crevan que me ha encontrado, que llame a los otros, que haga sonar el enorme silbato rojo que lleva en la cadena dorada que le cuelga del cuello, pero conserva la calma, su voz no se altera. Mira a través de mí como si no me viese. ¿A esto hemos llegado? ¿Llevo tanto tiempo escondiéndome que ya no soy visible? Hasta me miro las manos para asegurarme de que puedo verme.

—¿Quiere que llevemos a su abuelo a Highland Castle? —dice Kate, mirándome de arriba abajo, continuando con la conversación como si yo no estuviera allí.

¿Por qué no le dice que me ha encontrado? La noticia de que van a llevarse al abuelo a Highland Castle ante el juez Crevan, el hombre que me marcó personalmente y destrozó mi vida, hace que el pánico huya de mi pecho y una gran oleada de rabia ocupe su lugar. No pueden llevarse a mi abuelo.

—Ahora mismo lo llevaremos —confirma con los ojos fijos en mí. Y espero la explosión, el momento en que le diga a Mary May y al juez Crevan que estoy aquí, delante de ella—. Dentro de dos horas estaremos en su presencia.

Estoy a punto de gritarle, de pegarle, de patearla, de chillarle que no nos puede llevar al abuelo y a mí, pero me contengo. Hay algo peculiar en la manera en que me mira.

Se guarda el teléfono en el bolsillo y clava en mí una larga mirada, como si intentara pensar en algo que decir; luego decide lo contrario, se vuelve y se aleja.

—Bueno, viejo —le grita al abuelo—. Vamos a llevarte con nosotros. El juez Crevan quiere hablar contigo.

Permanezco donde estoy, incluso tras oír que los vehículos se alejan. Sentada junto al árbol intento comprender qué es lo que ha pasado.

¿Por qué no me ha delatado?

10

Ha pasado una hora desde que Mary May se llevó a mi querido abuelo como si fuera un criminal. Yo sigo encogida detrás del árbol, agotada, hambrienta, helada y muerta de miedo. Puedo oler el humo del horno que aún arde bajo tierra, cociendo la comida que probablemente nadie aprovechará, ahora que no está el abuelo. Siento una culpa abrumadora por haberlo puesto en esta situación, y me asusta lo que puedan hacerle en Highland Castle.

También me asusta lo que pueda estar pensando. ¿Temerá haberme quemado viva? Ojalá hubiera un modo de decirle que yo no estaba en el hoyo cuando prendió fuego a la leña.

Una vez que todos los vehículos se hubieron marchado, seguí sin moverme por temor a que se tratara de una prueba o de una provocación y me apresaran en cuanto saliese del bosque. De modo que esperé, pensando que quizá los trabajadores de la granja vendrían en mi busca, pero no lo hicieron, dado que a esas horas debían de estar vigilados por su soplón, Dan.

Ya ha pasado el toque de queda de las once, cuando aumentan los controles y la búsqueda de evadidos. No son buenas horas para vagar sola por ahí, pero al menos lo haré al amparo de la oscuridad. He decidido no volver a la casa de la granja, pese a la luz y a la promesa de calor que me saludan desde el porche.

¿Y si acudo al vecino más cercano del abuelo? ¿Puedo confiar en que me ayudará? Pero ¿qué fue lo que me dijo el abuelo? Regla número uno: No te fíes de nadie.

De pronto oigo el motor de un vehículo. Una puerta se cierra de golpe. La siguen otras dos.

Han vuelto. ¡Me siento tan idiota! ¿Por qué no hui cuando pude hacerlo? ¿Por qué esperé a que volvieran para cogerme? Suenan pisadas cercanas, voces masculinas que no reconozco, y luego una que sí, que no puede ser más clara.

—Este es el hoyo —dice Dahy—. Ella estaba aquí.

¿Puedo confiar en Dahy? ¿O fue él quien llamó a los soplones? ¿Me ha vendido o lo han obligado a ayudar a otro equipo de soplones para dar conmigo? No sé qué creer. Tengo frío. Estoy asustada. Puedo salir de mi escondite, gritar «¡Sálvame!» y echar a perder cuanto he hecho para escapar, o quedarme muy quieta. Muy quieta. Muy quieta.

—Debió de refugiarse en el bosque —sugiere otra voz.

Veo la luz de una linterna alargarse delante de mí, iluminando el bosque a lo largo de lo que parecen cientos de kilómetros. Troncos de árboles altos y gruesos hasta donde alcanza la vista. Aunque llegara hasta ellos sin que los soplones lo advirtiesen, no tardaría en perderme.

Se acabó, Celestine. Se acabó.

De acuerdo, pero no pienso rendirme. Recuerdo la cara de Crevan cuando siseaba en la Cámara de Marca que me arrepintiera. Recuerdo la mano de Carrick presionando contra el cristal mientras miraba cómo se desarrollaba todo, su oferta de amistad. La ira me consume. Oigo que los pasos se acercan al árbol tras el que me oculto. Estiro los brazos y las piernas y, a la de una, a la de dos y a la de tres... me catapulto hacia el bosque, sobresaltando a cuanto pueda vivir cerca mientras corro a toda la velocidad que me permiten mis piernas agarrotadas.

Los hombres se ponen en acción de inmediato.

—¡Allí!

El foco de la linterna se desplaza buscándome. Esquivo el haz de luz, pero lo aprovecho para ver lo que tengo delante. Sorteo largas y afiladas agujas de pino, me agacho y sigo adelante. Oigo que se acercan rápidamente por detrás.

—Celestine —dice con tono de furia una voz cada vez más cercana.

Sigo corriendo, me golpeo la cabeza con una rama y siento un mareo momentáneo, pero no tengo tiempo para detenerme y centrarme. Se acercan. Son tres. Y mientras corren, otros tantos haces de luz se mueven frenéticamente.

—¡Celestine! —grita una voz.

Otra la acalla.

¿Por qué la acalla? Estoy mareada, creo que tengo un corte en la cabeza y solo sé que debo seguir corriendo, que fue lo que mi madre me dijo que hiciera. El abuelo insistió en que no me fiase de nadie. Y papá dijo que confiara en el abuelo. ¿Cómo compaginarlo todo? No puedo detenerme.

Las linternas se apagan de repente y tengo que moverme en la negrura más absoluta. Me detengo de golpe. Solo oigo mi respiración. No sé por dónde seguir avanzando ni por dónde retroceder. Estoy completamente desorientada en este denso bosque. El pánico vuelve a dominarme, pero recupero el control. Cierro los ojos y dejo que la calma me envuelva. Puedo hacerlo. Doy media vuelta para intentar ver la luz de la casa en la distancia o alguna otra señal que me permita saber dónde me encuentro. Al moverme, una ramita se parte bajo mis pies.

Entonces siento que unos brazos fuertes me rodean la cintura y huelo a sudor.

—Ya la tengo —dice.

Lucho contra ese abrazo, pero es inútil. No tengo espacio para maniobrar. Sigo intentándolo de todos modos, revolviéndome con todas mis fuerzas, esperando agotarlo, pegarle, arañarlo, patearlo.

Alguien enciende una linterna y la dirige hacia mi cara. Tanto mi captor como yo apartamos el rostro de la potente luz.

—Suéltala, Lennox —ordena el hombre que sostiene la linterna, y dejo de forcejear.

El que me sujeta obedece y la linterna pasa a manos de Dahy, que la sostiene para que pueda ver al hombre que habla.

Ese hombre sonríe.

Ese hombre es Carrick.

11

Sigo a Dahy de regreso a la casa de la granja. Detrás de nosotros van Carrick y su amigo Lennox. Quiero volverme para ver mejor a Carrick, pero estando Lennox presente no puedo. No puedo. Ya lo he hecho dos veces, y en ambas Lennox me ha pillado. Estoy nerviosa, feliz, sorprendentemente alegre por reunirme con él. Por fin algo sale bien. Mi deseo de cumpleaños se hace realidad.

Me muerdo el labio inferior para reprimir una sonrisa, mientras caminamos en fila india; no es momento para sonreír y no entenderían el alivio que siento.

—¿Hay noticias del abuelo? —le pregunto a Dahy en voz baja.

—No —responde volviendo la cabeza, y veo su cara de preocupación—. Pero Dan está haciendo todo lo posible para averiguarlo.

Soy escéptica a la hora de confiar en Dan, el soplón de los trabajadores de la granja. Su acuerdo con el abuelo consiste en que afloje las riendas de los trabajadores imperfectos a cambio de alimentar su adicción al alcohol, gracias a la destilería del abuelo. La bondad tiene poco que ver en ello.

—¿Me informarás si te enteras de algo? —pido a Dahy.

—Serás la primera en saberlo.

—¿Podrás conseguir que el abuelo se entere de que estoy bien?

Dan jamás ha estado al corriente de mi presencia en la granja —su acuerdo no llega a tanto—, por lo que no puede decirle al abuelo que estoy viva. Quizá Kate sí se lo dijera, pero depositar mi fe en una soplona es lo último que haría, aun cuando no me haya delatado. Sujeto a Dahy por el brazo para obligarlo a detenerse, mi mano se cierra en torno al brazalete de imperfecto. Lennox y Carrick se paran detrás de mí.

—Dahy, ¿puedes contactar con mi familia, avisarles de que han enviado al abuelo al castillo, decirles que estoy bien?

—Ya saben que está en el castillo, pero es demasiado arriesgado mencionar tu nombre por teléfono, Celestine. Lo más seguro es que el Tribunal tenga las líneas intervenidas.

Los miembros del Tribunal no son superespías, pero hace años que Juniper y yo encontramos el modo de escuchar las conversaciones de los vecinos utilizando el altavoz para bebés de Ewan. Y si un periodista conoce el modo de intervenir un teléfono, seguro que el Tribunal también.

—Tienes que encontrar el modo de decírselo, de que sepan que estoy bien.

—Celestine...

—No, Dahy, escucha —lo interrumpo alzando la voz, y me doy cuenta de que esta me tiembla—. No puedo permitir que el abuelo esté en una celda, o donde sea que lo metan, creyendo que acaba de quemar viva a su nieta. —Se me quiebra la voz—. Tienes que hacérselo saber.

Le suelto el brazo.

—Estará bien, Celestine —dice—, sabes que está hecho de buena pasta. —Y añade—: Además, seguro que pronto querrán librarse de él, antes de que los agote con sus teorías conspirativas.

Esbozo una sonrisa ante su intento de levantarme el ánimo, y se lo agradezco con un asentimiento. Trato de ignorar las lágrimas que se agolpan en mis ojos, intento no imaginar las terribles situaciones que mi imaginación se empeña en crear sobre mi abuelo. El abuelo insultado y vilipendiado mientras camina por el patio empedrado de Highland Castle, la gente mirándolo y gritándole como si fuera escoria, tirándole cosas y escupiéndole mientras él se empeña en caminar con la cabeza bien alta. El abuelo encerrado en una celda, obligado a responder ante Crevan y su Tribunal. El abuelo en la Cámara de Marca, pasando por todo lo que yo pasé. Si te ocurre a ti, puedes llegar a soportarlo; si les ocurre a tus seres queridos, te destroza.

Lo que me hizo Crevan fue inhabitual; por lo menos, eso creo. Fue un momento de tensión, de descontrol. Lo único que deseo es que no trate al abuelo como me trató a mí.

Caminamos hasta el todoterreno aparcado delante de la casa. No tenemos más tiempo para hablar, porque percibo que los tres se sienten impacientes por ponerse a salvo. Son más de las once de la noche, todos somos imperfectos y no deberíamos estar en la calle. Tres de nosotros somos «fugitivos» que hemos desobedecido al Tribunal.

Me da tiempo a recoger muy rápidamente algunas de mis cosas, como el pequeño montón de ropa que el abuelo logró recuperar la última vez que vio a mamá, cuando me dejó sola en la granja en el que resultó ser el día más largo de mi vida. No es mucho, apenas llena una mochila pequeña. Supongo que no necesito más, pero pienso en el atestado guardarropa de casa, en cada una de las cosas que significaban tanto para mí, que eran parte de mí y de mi forma de expresar quién era. Ahora que me veo desprovista de ello, me doy cuenta de que solo puedo mostrar quién soy mediante mis palabras y mis actos.

Nos despedimos de Dahy. Nos desea suerte, y vuelvo a suplicarle que le dé noticias de mí al abuelo lo antes posible. Y viceversa.

Carrick me abre la puerta. Nuestras miradas se cruzan y noto que se me acelera el pulso.

—Tenemos que curar ese corte —dice, mirándome la frente y el pequeño corte que me hice al chocar con una rama hace pocos minutos. La adrenalina impidió entonces que sintiese el dolor, pero la brisa hace que de pronto sea consciente de él. Mientras Carrick me examina, me fijo en su cara. Es lo más cerca que he estado de él hasta ahora; las otras veces nos separaba el cristal irrompible que divide las celdas de Highland Castle, o me encontraba comatosa tras la revuelta del supermercado. Es como si lo conociera muy bien, aunque seamos dos completos extraños el uno para el otro.

Me siento turbada y al entrar en el todoterreno me doy un golpe en la cabeza con el marco superior de la portuezuela.

—Estoy bien, estoy bien —farfullo, escondiendo mi rostro sonrojado en la oscuridad del coche.

Carrick se sienta al volante y yo detras de él. Nuestras miradas se cruzan a veces en el retrovisor. Lennox ocupa el asiento del acompañante, y advierto que ambos son de la misma estatura. Los dos parecen soldados.

—¿Adónde vamos? —me atrevo a preguntar.

Carrick clava sus ojos en los míos a través del retrovisor y siento que me da un vuelco el estómago.

—A casa.

12

Para llegar «a casa» debemos viajar por carreteras y caminos secundarios, lejos de pueblos y carreteras principales. Todas las farolas y vallas publicitarias están cubiertas con carteles de la campaña electoral. Veo a Enya Sleepwell, del Partido Vital, una política que asistió a mi juicio. Entonces yo lo ignoraba (ni siquiera sabía quién era hasta que la periodista Pia Wang me preguntó por ella), pero estaba allí para apoyarme. Enya Sleepwell se convirtió hace poco en líder del Partido Vital, y uno de los principales temas de su campaña es los derechos de los irregulares. Un asunto arriesgado para un político. El Tribunal y el gobierno van de la mano. Pero a pesar de sus propuestas, su popularidad aumenta cada semana.

En el cartel, su melena corta y su sonrisa tranquilizadora están acompañadas por el eslogan COMPASIÓN Y LÓGICA. Es lo que dije en mi juicio cuando expliqué por qué ayudé al imperfecto del autobús.

¿Por qué lo ayudé?, me preguntaban constantemente todos esos rostros desconcertados durante el juicio. Les resultaba inimaginable, incomprensible, que alguien quisiera ayudar a un imperfecto, a un ciudadano de segunda clase.

Lo ayudé porque me guie por la compasión y la lógica. Me preocupé por él, por su situación, y me pareció razonable ayudarlo. Esas fueron las primeras palabras que pronuncié en el juicio, sin haberlo planeado. Lo único que tenía pensado era la mentira que Crevan quería que dijese. Me resulta extraño ver esas palabras en los carteles con grandes letras mayúsculas, como si las hubieran alterado tras robármelas para servir a propósitos ajenos.

Quiero hacerles a Carrick y a Lennox un millón de preguntas, pero sé que no debo. El ambiente en el coche es tenso, incluso entre ellos, mientras deciden qué camino tomar.

El Tribunal ha incrementado la cantidad de soplones. El juez Crevan ha sido presa del pánico en sus esfuerzos por encontrarme; no puede consentir que la persona más imperfecta que ha existido jamás, según él, desaparezca así como así. Crevan ha ampliado la búsqueda a todas las propiedades privadas y públicas, con la esperanza de que yo pierda apoyos si consigue que la gente aparezca ante sus vecinos como colaboradores de los imperfectos.

Hasta ha ordenado retrasar la frecuencia de los autobuses para imperfectos, que deben llevar a estos a sus casas antes del toque de queda, a las once de la noche. Por ese motivo, los imperfectos están llegando tarde y son castigados por ello. Yo soy la razón. Crevan está jugando conmigo, me está diciendo: «Seguiré castigando inocentes hasta que salgas de tu escondrijo.»

En la ciudad empiezan a estallar revueltas. El Tribunal los llama «sucesos aislados de grupos de imperfectos», pero el abuelo cree que estos no son los únicos que están furiosos con el Tribunal. Asegura que la gente corriente también se siente incómoda con las medidas que rigen para los imperfectos, y empieza a declararlo en voz alta. Ahora sé que lo que una vez consideré diatribas sin sentido del abuelo es puro sentido común; ahora sé que, por muchas excusas que dé el Tribunal, el verdadero motivo del incremento de soplones es la obsesión de Creavaen por encontrarme.

En ocasiones he pensado que lo mejor sería entregarme, por el bien de los demás, pero el abuelo siempre me ha disuadido. Dice que, a la larga, así hago más por la gente, y que esta ya se dará cuenta más tarde. Solo hay que tener paciencia, dice.

Delante de nosotros veo un control de soplones. Giramos bruscamente a la izquierda, por la parte trasera de un grupo de tiendas, un callejón tan estrecho que pasamos rozando los contenedores de basura. Carrick detiene el coche y él y Lennox vuelven a estudiar el mapa en busca de una nueva ruta. Esto sucede varias veces. El alivio que experimenté al ver a Carrick se disipa al darme cuenta de que sigo sin estar a salvo. Añoro la sensación de no tener que mirar constantemente por encima del hombro.

Perlas de sudor brillan en la frente de Carrick. Aprovecho la oportunidad que me proporciona el estar sentada detrás de él para estudiarlo. Lleva el pelo cortado al rape y el cuello y los hombros son anchos, musculosos y fuertes. En las celdas, antes de saber su nombre, lo llamé «soldado». Sus pómulos y su barbilla forman ángulos perfectamente delineados. Tiene los ojos de un color que nunca he conseguido concretar, pero que por el retrovisor siguen pareciéndome negros. Lo analizo atentamente. De pronto me sorprende estudiándolo y, avergonzada, aparto la vista de inmediato. Cuando por fin vuelvo de nuevo la mirada hacia él, advierto que me observa.

—Hogar, dulce hogar —dice Lennox, y tanto él

53

como Carrick se relajan visiblemente. Pero yo miro nuestro destino por la ventanilla y me tenso aún más.

Este no es el «hogar» que esperaba. O que deseaba.

Nos dirigimos hacia un complejo rodeado por verjas de más de cinco metros de alto, coronadas con alambre de espino. Parece una prisión. Carrick vuelve a fijar en mí sus negros ojos para ver cómo reacciono.

He roto la regla más básica de todas las que me enseñó el abuelo. No confíes en nadie.

Y, por primera vez, dudo de Carrick.

13

Unos focos iluminan el cielo. La luz que proyectan es tan intensa que apenas puedo ver más allá del parabrisas, y un hombre armado con una ametralladora carga con furia contra la puerta del coche.

—Oh, oh —exclama Lennox.

Me tira una manta y me dice que me tumbe y me cubra con ella. Obedezco de inmediato sin preguntar.

Carrick baja la ventanilla.

—Buenas tardes, jefe.

—¿Buenas tardes? —masculla el otro—. Es medianoche. ¿En qué diablos estáis pensando? La ciudad bulle de soplones y mis hombres son leales, pero si hay demasiadas idas y venidas entre turnos empezarán a hacer preguntas. ¿Tenéis idea de todos los problemas que podéis causarme por estar en la calle a estas horas?

—Podemos, pero no los causamos —dice Lennox.

—Perdona, Eddie. Sabes que de no ser extremadamente importante no habríamos salido —apunta Carrick.

—Sois buenos trabajadores, pero no tanto —comenta el hombre, y maldice entre dientes—. Podría sustituiros en cualquier momento.

—Lo sabemos. Los imperfectos siempre deberíamos estar agradecidos ante cualquier oportunidad que se nos dé —dice Lennox, sarcástico.

—Len, por favor —interviene Carrick—. No volverá a pasar, Eddie. Y sabes que si llegara a sucedernos algo, nunca dejaríamos que nos relacionaran con este lugar. Tienes nuestra palabra.

—Palabra de exploradores —añade Lennox—. Y ahora, ¿qué tal si nos dejas pasar? No sé si te habrás enterado, pero con tanto soplón pululando por la zona estar fuera es peligroso.

Se produce un largo silencio mientras Eddie se lo piensa, y noto que aumenta la tensión. Si no nos deja entrar, tres imperfectos difícilmente pasemos inadvertidos y consigamos sobrevivir a la noche. A los imperfectos no se les permite viajar en grupos de más de dos personas, ha pasado la hora del toque de queda y somos fugitivos.

—De acuerdo, pero no creas que no me he dado cuenta de que debajo de esa manta hay alguien. Espero que esté con vida. No sé en qué andas metido, pero esto no es un campamento de refugiados. Más le vale ser un buen trabajador.

—El mejor —asegura Carrick, y sonrío bajo la manta.

—¿Qué es este lugar? —pregunto, una vez que hemos cruzado las puertas y me dicen que puedo apartar la manta. Miro por la ventanilla lo que tiene pinta de ser una central nuclear o algo así.

—Esto es una central de PCC. Al lado hay una de PDC. Son compañías hermanas.

—¿Qué hacen? —pregunto mientras Lennox salta del coche antes de que se detenga y desaparece entre las sombras. Carrick aparca y me explica:

—Procesadora de Carbono Capturado y Procesadora de Dióxido de Carbono.

Lo miro más confusa aún que antes.

—Creí que eras un genio —añade.

—En matemáticas, no en esto, sea lo que sea.

—Vamos. Te lo enseñaré.

Carrick mantiene la puerta del coche abierta para que me apee, y sus modales me recuerdan que se crio en una institución de Imperfectos Al Nacer. Las I.A.N. son para hijos de familias imperfectas. El argumento del Tribunal para apropiarse de ellos es que así diluyen el gen imperfecto y readaptan sus cerebros. Carrick fue apartado de sus padres cuando tenía cinco años y educado en una escuela del Estado que presume de tener las mejores instalaciones, la mejor educación y los estándares más elevados. El Tribunal, el Estado, lo crio para que fuese fuerte, para que llegase a ser uno de ellos, un perfecto. Pero en cuanto se graduó, se rebeló e hizo justo lo que se les dice a los chicos de las I.A.N. que no hagan: buscar a sus padres. Por esa deslealtad para con la sociedad, lo marcaron en el pecho.

Carrick es ocho años mayor que yo y físicamente enorme; su única imperfección fue la de querer encontrar a sus padres. Me guía por el complejo explicándome su función, usando una tarjeta para abrir las puertas.

Hay una docena de contenedores de metal puestos en fila con toda la pinta de ser lanzaderas. Es el tipo de cilindros que puede verse en las plantas procesadoras de alcohol o en las instalaciones de la NASA, y todas parecen a punto de despegar.

—Como ya sabrás —dice Carrick—, la tierra produce más dióxido de carbono del que puede absorber. El nivel actual de carbono es el más elevado de los últimos ochocientos mil años. En su mayor parte procede del petróleo o del carbón, combustible fósil que llevaba millones de años enterrado bajo tierra. Es un producto cuyos desechos polucionan el ambiente, así que esta instalación de PCC procesa esos desechos y los convierte en materia prima para otros usos. Reutiliza el carbono para crear nuevos productos.

—¿Y cómo lo hace?

—Captura el dióxido de carbono de las plantas energéticas, las acerías y las fábricas de cemento, por ejemplo, o lo recolecta del aire y separa el carbono, que después sirve para crear productos nuevos como combustibles ecológicos, metanol, plástico, productos farmacológicos, material de construcción.

—¿Y esto es propiedad del gobierno? —digo, preguntándome por qué diablos me ha traído aquí. ¿Cómo vamos a estar a salvo en una fábrica propiedad del gobierno, que es, justamente, del que estamos huyendo?

—No, es privado. Esto es una planta piloto, aquí solo se investiga, se prueba, nada ha salido al mercado todavía. Aquí, los soplones no pueden hacer registros sin avisar antes, que suele ser, como mínimo, con veinticuatro horas de antelación.

—¿Por eso elegiste este sitio?

—Yo no lo elegí. Fueron otros.

—¿Qué otros?

—Luego te los presentaré. Primero, vamos a recorrerlo. Hay cuatro secciones. Esta es la regeneradora del carbono capturado.

Pasa la tarjeta, y la luz roja del panel de seguridad se vuelve verde. Empuja para abrir la puerta y me deja pasar. Una vez dentro, veo que la enorme planta es como el hangar de un aeropuerto, pero con más contenedores y tuberías que se extienden en todas las direcciones y escaleras aquí y allá.

Carrick me entrega una chaqueta reflectante y un casco.

—Aquí es donde trabajo yo —dice—. No te preocupes, no hago nada importante, solo conduzco un toro. Así que te contaré qué es todo esto con palabras sencillas.

—No notaré la diferencia —digo, mirando alrededor, completamente abrumada por el aspecto futurista de la instalación.

—El gas resultante de la combustión del contenido de este contenedor es desviado hacia una sección de pretratamiento —prosigue Carrick—, donde se enfría antes de pasar a una columna de absorción que elimina el dióxido de carbono. El gas entra por la parte inferior de la columna y asciende hasta el extremo superior.

Camina mientras habla, señalando a un lado y a otro. Lo sigo.

—Allí reacciona con una solución disolvente, donde pasan muchas cosas.

Sonrío. No pido detalles de esas «muchas cosas», dudo que él lo sepa.

—El gas de la combustión así tratado se envía aquí —continúa—, a lo que llamamos la pila, para que pueda liberarse a la atmósfera. El dióxido de carbono líquido sale de esta columna y es bombeado hacia la sección regeneradora, donde se invierte el proceso químico de absorción del dióxido de carbono. El dióxido de carbono líquido abandona la columna por un desagüe, hasta los intercambiadores de calor, donde se aumenta la temperatura. Allí pasan más cosas. Luego, el vapor de dióxido de carbono es enviado al compresor, que es este.

—Nos detenemos ante ese compresor—. ¿Quieres saber algo más?

—Sí. ¿Quiénes son los otros a los que seguiste hasta aquí?

Asiente y responde:

—Ahora vamos a eso.

14

Dejamos atrás la fábrica y damos un largo paseo por las instalaciones hasta la parte menos futurista de las mismas. La nueva sección es más residencial, con numerosas hileras de viviendas blancas dispuestas las unas encima de las otras hasta alcanzar cinco pisos de altura y diez casas de anchura, conectadas entre sí por balcones y escaleras de acero. Entramos en un sencillo edificio de cemento de un solo piso, una zona de recepción con un escritorio vacío a esta hora tan tardía, algunos sillones y revistas científicas y tecnológicas sobre una mesita de café. En el sillón de un rincón duerme un gordo guardia de seguridad.

—Aquí vive un centenar de empleados —explica Carrick—. El pueblo más cercano queda demasiado lejos para ir y venir todos los días en tren, de modo que los dueños pensaron que era mejor que la gente se alojara aquí.

—¿Los dueños?

—Una compañía privada, Vigor. —Se encoge de hombros—. Solo hace dos semanas que estoy aquí. No los conozco, pero sean quienes sean, simpatizan con los imperfectos. Permiten que un grupo de fugitivos viva y trabaje aquí. Ese es uno de ellos —añade, señalando al guardia de seguridad que ronca en el rincón.

Luego indica el cartel que hay en la pared, tras la mesa de recepción, y veo el mismo logo con la V roja que hay por toda la planta. La V de «Vigor» es igual al símbolo matemático de la raíz cuadrada, y creo que lo he visto antes en alguna parte, aunque no consigo recordar dónde.

√VIGOR. CONVIRTIENDO PROBLEMAS EN SOLUCIONES

—Hay cuatro zonas recreativas diferentes —prosigue Carrick—, dependiendo de la unidad en la que trabajes. Y todos los imperfectos trabajan en la misma unidad. Es por aquí.

Empuja una puerta y vuelve a envolvernos la noche. Caminamos por un pasillo con casas a los lados. Pese a lo tarde que es, oigo voces y actividad procedente de una de ellas, y sé que se nos acaba el tiempo para estar solos. Antes de eso tengo que hablar con él de algo importante.

—Carrick, necesito saber algo. —Trago saliva—. ¿Le has contado a alguien lo de...? —Me señalo la espalda.

—A nadie.

Me siento tan aliviada como incómoda por aludir al tema de la sexta marca. Las cosas han ido muy bien entre nosotros, pero pensar en la Cámara de Marca hace que vuelva a tensarme.

—Aparte de Crevan y los guardias, solo lo sabemos el señor Berry y yo —me asegura Carrick—. He intentado contactar con el señor Berry, hasta ahora sin suerte. Es muy difícil hacer ciertas cosas cuando vives al margen.

—Todos los guardias han desaparecido, Carrick, y el

señor Berry también —digo con urgencia—. Temí que Crevan también te hubiera encontrado a ti. Tenemos mucho de lo que hablar.

—¿Qué? —se extraña, abriendo mucho los ojos.

Al final del pasillo se abre una puerta y oigo voces, risas. Aún no me siento preparada para conocerlos; antes tengo que hablar con Carrick.

—Le conté lo de mi sexta marca a Pia Wang —me apresuro a decirle.

Él enarca las cejas, sorprendido de que compartiera esa información con una periodista de Imperfectos TV, a sueldo de Crevan. Pia tenía la tarea de contar mi historia y, tras el juicio, trabajó para intentar destruirme, como suele hacer cuando entrevista a un imperfecto. Pero conmigo le pasó algo. Me creyó. Puso en duda la validez de mi juicio desde el principio y no pudo auto-justificarse para hacerme una entrevista parcial. Notó que algo anormal ocurría.

—Sé que cuesta creerlo, pero podemos confiar en ella —añado—. Estaba reuniendo toda la información posible para un reportaje-denuncia sobre Crevan. Hace dos semanas que no tengo noticias suyas. Y no es que haya cortado la comunicación conmigo. He mirado en Internet y no ha publicado ningún artículo con su nombre... ni con su seudónimo.

—¿Su seudónimo?

—Lisa Life.

Carrick suelta un silbido.

—Caray. ¿Lisa Life es Pia Wang? Ahora entiendo por qué se lo contaste.

Lisa Life es una bloguera famosa que escribe artículos críticos con el sistema de imperfectos. Las autoridades llevan meses intentando localizarla y acallarla, pero ella no para de cambiar de servidores.

—No puedes contárselo a nadie —le advierto—. Juré guardarle el secreto.

—Mis labios están sellados.

—El caso es que hace semanas que no cuelga nada. Espero que el silencio se deba a que está escribiendo un buen artículo, largo y jugoso sobre Crevan que lo hará pedazos —continúo—, pero... Pia no es de las que permanecen mucho tiempo calladas. Lo último que supe de ella fue que iba a hablar con las familias de los guardias.

Carrick frunce el ceño. Volvemos al principio.

—¿Pusieron una denuncia las familias? ¿Los busca la policía?

—Creo que les da miedo hacerlo. El marido del señor Berry dijo que desapareció de pronto. Y yo he estado todo este tiempo muy preocupada por ti, temiendo que Crevan también te hiciera desaparecer. No sabe que estabas en la sala de visionado, nunca te vio y no te mencioné ante Pia, así que creo que estás a salvo. Y Crevan tampoco sabía que el señor Berry había grabado mi marcado hasta que oyó una conversación telefónica entre el marido del señor Berry y yo. Cree que tengo la grabación —susurro.

—¿Por eso Crevan te busca con tanto ahínco? ¿Porque quiere la grabación de la Cámara de Marca?

Asiento.

—Teme que la difundas —dice.

—Creo que sí.

Me mira con el mayor de los respetos.

—Entonces, lo tenemos. Te teme, Celestine. Lo sabía, pero ignoraba la razón. Lo tenemos.

15

—Tendréis tiempo de sobra para hablar —nos dice de pronto una mujer, sobresaltándome. Está en el vano de la puerta de la casa de la que surge el ruido—. Únete a nosotros, Celestine —añade con una amplia sonrisa de bienvenida.

Pestañeo desconcertada, pero en realidad no me extraña que sepa quién soy, pues mi cara lleva dos semanas apareciendo diariamente en las noticias.

—Gracias —digo.

—Celestine North, es un honor conocerte. —Abre los brazos y me toma con fuerza entre ellos. Al principio, me pongo rígida, pero poco a poco me relajo. ¿Cuándo fue la última vez que alguien me dio un abrazo? Pienso en mis padres y combato la emoción que me asalta—. Yo soy Kelly. Pasa, te presentaré a los demás.

Miro a Carrick en busca de ayuda, pero Kelly me coge de la mano y me arrastra tras ella. Una vez dentro de la vivienda me veo en una habitación llena de extraños que me observan. Carrick nos sigue, pero desaparece en alguna parte.

—Este es mi marido, Adam —me presenta Kelly.

Adam también me abraza con calidez.

—Bienvenida.

—Ven a conocer a Rogan —dice Kelly, tirando de mí.

En un rincón oscuro hay un joven.

—Rogan, saluda a Celestine —lo pincha Kelly, como haría una madre con un hijo.

Me saluda débilmente con la mano, como si ese simple gesto fuera un esfuerzo demasiado grande para él.

—Vamos, hombre —lo anima Kelly.

Él se levanta y arrastra hacia mí unos pies demasiado grandes para su cuerpo. Tiende la mano para estrechar la mía. Es floja. Húmeda. No me mira a los ojos y enseguida regresa a saltitos hasta su rincón y se sienta en un puf. Visto desde fuera, se diría que le desagradan los imperfectos, pero aquí, en compañía de tantos, y dando por supuesto que él también lo es, lo achaco a simple timidez. Kelly habla a cien por hora, presentándome al resto del grupo.

Empieza por Cordelia y su hija Evelyn, de seis años, que me enseña que se le han caído los incisivos superiores sacando la lengua por el agujero. Me sorprendo al reconocer a los dos hombres que estaban a mi lado en la caja registradora, cuando empezó la revuelta del supermercado hace dos semanas. Ahora sé que se llaman Fergus y Lorcan. A Fergus han tenido que darle varios puntos en la frente y Lorcan está cubierto de moretones. Conozco a Mona, una chica de mi edad, con una sonrisa tan luminosa y llena de energía que iluminaría el día más oscuro. Me cae bien de inmediato. También a un hombre mayor llamado Bahee, un tipo de lo más relajado, con gafas redondas tintadas de azul y una larga cola de caballo grisácea, que da la impresión de que estaría muy cómodo ante un fuego de campamento cantando *Kumbaya*.

—Y ya conoces a nuestro hijo mayor, Carrick —dice

Kelly—. Me alegro tanto de que estuvieras a su lado en el castillo... —Sonríe y me coge las manos. Los ojos se le llenan de lágrimas—. Sabemos lo horrible que es esa experiencia. Me alegro de que estuvieras allí con mi niño.

Alarga la mano hacia él, pero Carrick se echa ligeramente hacia atrás, como si la acitud de Kelly le sorpendiera. Pero ya es tarde; el daño está hecho. Ella aparta la mano, intentando disimular que se siente herida.

—¿Encontraste a tus padres? —pregunto, sorprendida.

Paso la mirada de Adam a Kate, hasta que repentinamente me doy cuenta del parecido entre Carrick y su padre. En cambio, no se parece nada a su madre, que es pequeñita como un pájaro. Carrick es mucho más alto que ella, pero, claro, Carrick es más alto que la mayoría de la gente.

Ella es más como Rogan, que apenas me estrechó la mano. Miro a Rogan y me doy cuenta de que también es hijo suyo.

—Eso significa que vosotros dos sois...

Espero que digan algo, pero nadie habla. Ni siquiera se miran. El ambiente es muy incómodo, muy tenso. Supongo que no es fácil reunirte con tus seres queridos tras trece años de separación.

—¡Son hermanos! —anuncia Mona de repente—. ¡Bien! ¿Me llevo un punto por eso? —pregunta, sarcástica, dando un puñetazo al aire—. Es una gran familia feliz, ¿verdad, chicos?

—Mona... —dice Adam, molesto, mientras Kelly da media vuelta, lo cual no parece molestar a Mona para nada.

—¿No le dijiste que nos habías encontrado, Carrick? —pregunta Kelly, confusa y herida.

Se produce un largo silencio, mientras Carrick, un

tanto cohibido, se tira del lóbulo de la oreja, intentando encontrar una respuesta que suene plausible.

—Oye, ¿te ha enseñado Carrick las duermecajas? —interviene Mona en el momento justo.

Mientras yo asimilo la sorpresa de que Carrick haya encontrado a sus padres, me veo arrastrada lejos por una gorjeante Mona, que habla tan deprisa que apenas entiendo lo que dice.

—No importa. Ya te las enseño yo —añade sin esperar mi respuesta—. Puedes compartir una conmigo.

Las habitaciones son una serie de cubículos apilados, pero no cubículos corrientes con una simple cama en ellos, sino más amplios, más modernos, el último grito en habitabilidad. Le echo un vistazo a uno y veo un espacio muy bien acondicionado. Contiene una litera —sencilla, con una cama doble debajo—, estantes empotrados y cajones junto a las camas. Incluso un lavabo y una ducha. Todo es blanco, brillante.

—Cada duermecaja tiene un baño privado, aire acondicionado, televisión de pantalla plana y una caja fuerte personal —explica Mona con un divertido acento, como si fuera una guía de hotel—. Todas las habitaciones tienen cama doble y una litera.

—Nunca había visto nada así —digo, sin poder evitar sonreír.

—Solo lo mejor para los trabajadores de la PCC —dice bajando la voz, aunque la sección donde residen los no-imperfectos está tan lejos que nadie podría oírnos—. El dueño de Vigor, a quien, por cierto, nadie ha visto, simpatiza con los imperfectos. Es una figura oscura y secreta —añade en tono irónico y abriendo los ojos exageradamente.

—¿No es Eddie?

—No. —Se echa a reír—. Eddie dirige esta instalación. Me refiero al gran jefe, el dueño, el creador, el inventor o lo que sea de Vigor. Bahee asegura que lo conoce, pero no estoy segura. Bahee es científico, y a veces puede ser un pelín... —Suelta un silbido para terminar la frase—. El caso es que Eddie sabe que estamos aquí. Nos mantiene lejos de los demás y controla los turnos para que estemos separados la mayor parte del tiempo. Nadie salvo nosotros y él sabe que somos imperfectos, y tiene que seguir siendo así. Obviamente, aquí todos somos fugitivos. —Pone los ojos en blanco—. Por eso no nos verás con brazaletes. Si tienes una marca en la mano, te dan un trabajo que requiera guantes; si la tienes en la sien, te dan un trabajo que exija llevar casco o te buscas el modo de tapártela con el pelo. No confíes en el maquillaje para cubrirla. Aquí hace mucho calor, así que el maquillaje se corre antes de que te des cuenta. Si la marca está en la lengua, no hablas mucho y arreglado. ¿Entiendes?

Asiento con énfasis. Tengo una marca en todos los sitios que ha mencionado... y en alguno más.

—Bien. —Me estudia para asegurarse de que la creo, y parece satisfecha con lo que ve—. Tuvimos una chica, Lizzie, que se enamoró de un científico. Compartíamos cuarto, y siempre me decía que iba a contarle nuestro secreto, que estaba muy enamorada y necesitaba confesarle su verdadero yo. —Vuelve a poner los ojos en blanco—. Tenía que oír ese rollo todas las noches. Como imaginarás, la cosa no salió muy bien. Le dijo lo que era, él se lo tomó mal, y ella huyó. Podía habernos metido en un buen lío —concluye, furiosa, abriendo del todo la puerta de su cubículo.

Es idéntico al que vi antes. Resulta evidente que la litera es la de Mona, con carteles en la pared y un oso de peluche sobre la cama.

Debajo está la cama doble. Es un simple colchón, en el que Lizzie debió de dormir convencida de que aquel cubículo era su hogar, enamorada de un científico para luego abandonarlo todo. ¡Qué sustituibles somos!

Comprendo cómo debió de sentirse al verse rechazada por su novio cuando le reveló que era imperfecta. Recuerdo el modo en que me miró Art en la biblioteca de la escuela después de que me marcasen, y que no se atrevió a besarme. Supongo que esa es la razón por la que te marcan la lengua. Dicen que es la peor marca de todas. En realidad, es la segunda peor. El propio Crevan aplicó el hierro de marcar en mi columna vertebral para señalar que yo era imperfecta hasta el hueso. Pero aquí nadie lo sabe. Nadie salvo Carrick, que lo presenció.

—¿Cuándo se fue Lizzie? —pregunto, mirando su cama vacía.

—Hace dos semanas. Se fue sin despedirse —responde, furiosa—. También se dejó casi todas sus cosas. Te pasas el día con alguien, crees que es tu amiga y... En fin. —Cambia de tema simulando que no le importa, aunque es evidente que le duele—. Normas básicas. Duermes aquí, te lavas ahí y haces tus cosas allí. Dependiendo de cuál sea tu trabajo, podrás irte a la cama y levantarte cuando quieras. Hay turnos de día y turnos de noche. Puedes servirte comida de la cocina de la sala de descanso. La cafetería de la fábrica es mejor (más opciones, comida más sabrosa), pero allí es más difícil evitar que se te acerque la gente. Kelly y Adam trabajan en la cocina, Bahee es científico, Cordelia es un genio de los ordenadores, y yo soy limpiadora. Puedes hablar con el resto del personal, pero hay gente que hace demasiadas preguntas, ¿sabes? Así que no intimes demasiado. Nadie sabe que somos imperfectos. Lo mejor es ser reservada, pero tampoco demasiado, o destacarás. Hagas lo que hagas, mantente apartada de Fergus y Lorcan, solo quieren una cosa. —Calla y me mira con intención.

—Ah, claro. Sexo.

—No. —Estalla en carcajadas—. Ojalá. No. —Se pone seria—. La revolución. Quiero decir, probablemente Carrick también, porque va con ellos, pero él es un tipo tranquilo, nunca sabes lo que piensa. —Guarda silencio, mientras me estudia con una sonrisa—. Veo que ya se ha fijado en ti. —Enarca las cejas.

—Lo mío con Carrick no es eso —replico, incapaz de explicar qué es.

Nuestra conexión es más profunda. Compartimos algo que nos unirá para siempre, algo que nunca tendré con nadie más. Aunque no sé si es algo bueno, me basta con mirarlo para recordar que fue la persona que estuvo en la Cámara de Marca en el momento más duro de mi vida. Eso hace que siempre ocupe mis pensamientos.

Quizás alejarme de él me ayude a olvidar.

Mona me mira, esperando que le dé detalles jugosos, y me siento incómoda. Contarle lo que nos une supone contarle lo que pasó, y nadie debe saberlo.

—¿Cuánto hace que vives aquí? —pregunto, mirando alrededor.

—Oh, eres nefasta desviando la atención, igual que Carrick. Da igual. No me lo cuentes, pero ve con cuidado, que los chicos de las instituciones estatales son famosos por buscar solo una cosa.

Pisa mi cama doble con su enorme bota de cuero negro y trepa hasta su litera. Se sienta en el borde con las piernas colgando.

Pienso un momento.

—¿La revolución? —aventuro.

Sonríe.

—No —responde—. Esta vez sí hablaba de sexo.

No puedo evitar echarme a reír.

—Contestando a tu pregunta, llevo aquí un año.

—¿Eres imperfecta desde hace un año?

—Dos años.

Aparta la mirada, tiende la mano hacia un brillante armario empotrado y empuja la puerta para abrirla. Saca sábanas de los estantes y las deja caer sobre mi colchón. Luego salta a mi cama y de ahí al suelo. Empieza a desdoblar y extender las sábanas. Intento ayudarla, pero me aparta sin dejar de hablar. Me doy cuenta de que le resulta más fácil contarme su historia mientras se mantiene ocupada.

—Cuando me marcaron como imperfecta, mi familia me echó de casa. Papá me dijo: «Ya no eres hija mía.» —Imita una voz grave simulando burlarse de la situación, pero no es cosa de risa—. Un día, cuando volví del colegio, me encontré con las maletas hechas. Me llevó hasta un taxi mientras mamá observaba desde la ventana. Me dio dinero suficiente para una semana y adiós. —Su mirada es distante—. Viví en la calle durante un año como imperfecta de pleno derecho. Luego empecé a oír hablar de los fugitivos, personas mágicas que podían vivir sin la obligación de informar a los soplones ni tener al Tribunal pegado al cogote. Siempre los consideré un mito, que los fugitivos eran como las hadas, pero resultó que sí, que existían. Al final vine aquí. Es lo mejor que me ha pasado nunca.

Abro mucho los ojos y pienso en mi suerte por tener una familia que siempre me apoyó. Y pienso en lo que estará pasando mi pobre abuelo por protegerme.

—¿Qué hiciste?

—Me pasé un año haciendo esto y aquello, siguiendo las reglas, aceptando todo lo que me decía mi soplón, pero me cansé. No fue cosa mía. No podía conseguir trabajo. Y si no podía trabajar, no podía pagar un alquiler. Iba a albergues para los sin techo. Si ser imperfecto ya es malo teniendo un techo sobre tu cabeza, imagina cómo es cuando no lo tienes. Así que tomé una decisión y vine aquí —termina, volviendo a mirarme.

—¿Qué hiciste para convertirte en imperfecta?

Las lágrimas desaparecen de inmediato, su mirada se vuelve sombría, y aprendo cuál es la primera regla de ser imperfecto. Nunca le preguntes a un imperfecto por qué lo acusaron de serlo.

16

Despierto de una pesadilla, como es costumbre últimamente. Estoy huyendo de Crevan. Me persiguen. Corro, me oculto, salto muros, acelero, pero nunca soy lo bastante rápida. Es como si estuviera en una cinta de gimnasio, corriendo y corriendo para no llegar a ninguna parte. Me siento exhausta, pero la pesadilla se repite una y otra vez. La única diferencia entre esta y la de cualquier otra noche es que se ha sumado la imagen de mi abuelo siendo torturado en la Cámara de Marca.

Me siento en la cama, sudando y jadeando. Necesito hablar con Dahy. Y más urgente todavía: necesito llamar a casa. Necesito saber qué está pasando.

La luz de la mañana se filtra por la ventana del cubículo y, al mirar hacia arriba, me doy cuenta de que Mona ya no está en su litera. Seguramente habrá ido a trabajar. Miro mi reloj y no puedo creer que ya sea mediodía.

Llaman a la puerta.

Me envuelvo en la sábana para ocultar la marca de mi pecho y abro.

—Hola —me saluda Carrick mirándome de arriba abajo, lo que hace que se me ponga la piel de gallina—. Me he tomado un descanso del trabajo y te he traído esto

—añade, ofreciéndome una humeante taza de café y una magdalena de chocolate.

—No puedo creer que haya dormido tanto.

—Lo necesitabas. —Me mira intensamente—. Lo has pasado muy mal.

Cojo la taza y agradezco el calor que me transmite.

—Gracias.

—Los otros quieren que te diga que, cuando te sientas preparada, te esperan en la sala de recreo. La mayoría está en su hora del almuerzo. No te preocupes, solo quieren enseñarte algo. —Me ofrece una cálida sonrisa.

—De acuerdo, iré enseguida... ¡Carrick, por fin encontraste a tus padres! —exclamo, y le devuelvo la sonrisa.

—Lo sé —responde nervioso, haciendo una mueca—. Fue hace pocas semanas. Es algo nuevo para mí y se me hace raro. Apenas los conozco, pero ellos sí me conocen a mí..., sobre todo mi madre. Es como si lo supiera todo de mí, aunque yo no sé nada de ella.

—Es lógico que lo encuentres raro. Yo solo estuve en el castillo unos cuantos días, pero cuando volví a casa, me sentía distinta. Sobre todo con mi hermana Juniper. Admitió sentirse culpable por no levantarse conmigo en el autobús para ayudar al anciano, por no hablar de lo ocurrido en el juicio. Extrañamente, también se sentía celosa. Porque, a pesar de mi castigo, creía que yo había hecho lo correcto y ella no. También porque fue la cómplice de Art y lo ayudó a ocultarse sin decirme nada, cuando necesitaba verlo desesperadamente más que cualquier otra cosa. Lo que pasó entre nosotras esas semanas se debió a una falta de comunicación.

—Creo que cuando te ocurre ese tipo de cosas, te..., te distancias de la gente —dice tranquilamente.

Pienso en mi experiencia al volver a la escuela y descubrir que ya no tenía amigos, que los profesores me expulsaban de sus clases, que mis supuestos compañeros me llevaron a la fuerza y me encerraron en un cobertizo, que mi relación con Art había terminado. Todo había cambiado, y no para mejor.

Él me mira con intensidad.

—Pero, lo que nos pasó a nosotros no ha hecho que nos alejemos el uno del otro, ¿verdad? —pregunta.

Ni siquiera necesito pensármelo.

—No.

—Es más, nos unió.

—Sí. —Sonrío, y espero no haberme ruborizado.

—Nos vemos en la sala de recreo. Asegúrate de seguir la ruta que te indicó Mona, no queremos que nadie más te vea y descubra que estás aquí.

Se marcha y cierro la puerta a sus espaldas, rebosante de energía por estar cerca de él, aunque un poco abatida por su último comentario. Aprovecho la ducha del cubículo y me visto rápidamente, consciente de que me están esperando. Abro la puerta y me encuentro con unos nudillos a la altura de mi cara. Por un instante pienso que van a darme un puñetazo, así que grito y me agacho tapándome la cabeza.

Cuando advierto que no pasa nada, y las piernas que tengo frente a mí no intentan darme una patada ni se mueven para huir, aparto las manos de mi cabeza y, lentamente, levanto la mirada.

Frente a mí veo a un joven. Aún mantiene el puño levantado y me mira con expresión de sorpresa.

—Solo iba a llamar a la puerta —dice.

—Oh, claro —balbuceo, poniéndome en pie avergonzada.

—Perdona por asustarte —se disculpa, nervioso, mientras sus mejillas se tiñen del rojo más intenso que jamás he visto en un ser humano—. Soy Leonard, trabajo aquí —añade, mirando al suelo, a la pared, a la puerta, a todas partes excepto a mí. Me muestra el pase que lleva colgado del cuello. Leonard Ambrosio. Técnico de laboratorio.

Parece un chico del coro.

—Hola, Leonard —respondo.

Temo que me reconozca, pero como está en esta sección, ¿no significa que también es un imperfecto? ¿Puedo confiar en él? ¿Entorna los ojos sospechosamente mientras me estudia? Mi rostro y mi nombre han aparecido en todos los medios. ¿Es acaso mi final?

—Perdona por molestarte, ya sé que eres nueva. Mi chica solía dormir en este cubículo. —Mira alrededor y parece aun más nervioso que yo—. Se llama Lizzie.

Me pongo tensa. Es el chico al que no le gustan los imperfectos. Me mira expectante.

—Acabo de llegar, no la conozco —digo a la defensiva. Que ella sea imperfecta no tiene por qué signficar que yo también lo sea.

—¿Ah, no? Bueno, te dejo una foto suya. —Estudia mi rostro mientras cojo la foto, a la espera de que despierte algún recuerdo en mí. Además, me tiende un trozo de papel con su nombre y un número—. Y te dejo mi teléfono. Si sabes algo de ella o si alguien la menciona, o menciona adónde puede haber ido, avísame, por favor. Me gustaría encontrarla.

—¿Por qué? —pregunto fríamente.

Parece sorprendido por mi tono.

—¿Qué quieres decir?

—¿Por qué quieres encontrarla? —Aunque lo supiera, no le diría su paradero para que no fuese con el cuento a los soplones.

—Porque la quiero. Porque estoy preocupado por ella —responde con lágrimas en los ojos. Mira a un lado y otro del pasillo y, bajando la voz, continúa—: Sé que es... que es... ya sabes. Creo que tenía miedo de confesármelo, pero no había razón para que se preocupara. Siempre lo supe y nunca me importó... Bueno, sí que me importaba, pero eso no impedía que la amase. Es más, hizo que la quisiera todavía más. —Se ruboriza, avergonzado—. Creo que es importante que sepas que no tengo ningún problema en aceptar a la gente imperfecta. Pero, sobre todo, necesito que lo sepa Lizzie, ¿de acuerdo?

—De acuerdo —acepto, frunciendo el ceño y pensando que esto es exactamente lo contrario de lo que me habían dicho, pero prefiero no involucrarme en los dramas de otros. En el fondo de mi mente, me pregunto si no me estará tendiendo una trampa, si no pretende utilizarme a mí para atraparla a ella—. Pero, como te he dicho, no la conozco.

Oímos un portazo y ambos miramos nerviosos por el pasillo, pero no vemos a nadie.

—No... mmm, no le digas a Mona, ni a nadie, que he venido. No debería estar en esta sección. Lizzie me dio una tarjeta para que pudiera entrar. Que eso también quede entre tú y yo.

Parece tan ansioso, tan nervioso, tan preocupado, que casi le creo. Comprendo lo que quieren decir sus palabras: Si no le hablas a nadie de mí, yo no le hablaré a nadie de ti. Cierro la puerta rápidamente, dudando si contarle a Mona lo que ha pasado. Lo que me ha contado Leonard es completamente distinto de lo que ella me dijo, pero acabo de llegar y no quiero involucrarme en una guerra contra nadie, sobre todo cuando no es asunto mío.

Me encojo de hombros y me dirijo a la sala de recreo, decidida a no dedicarle a ese asunto un segundo más de mi tiempo.

Mi primer error.

17

—¡Te has tomado tu tiempo! —dice Mona, alzando la voz cuando entro en la sala de descanso—. La hora del almuerzo está a punto de terminar.

—Lo siento —me disculpo—. Hacía mucho tiempo que no me duchaba sin tener que preocuparme por que me sorprendiera un soplón.

Todos se ríen y me dan la bienvenida. Hay más imperfectos de los que no conocí anoche, y me saludan. Evelyn quiere enseñarme sus volteretas, y se pone a hacerlas por toda la habitación mientras su madre, Cordelia, intenta pararla.

—Lo siento —se disculpa Cordelia, sentándose a mi lado—. Evelyn está aquí desde que tenía dos años. Siempre se excita cuando llega gente nueva, lo que no sucede muy a menudo.

—No pasa nada. Es un encanto. —Sonrío. No puedo evitar sentirme triste por la niña.

—Bienvenida —dice Bahee mientras coge mis manos entre las suyas, que están calientes—. Espero que hayas dormido bien.

—Me siento mucho mejor, gracias.

Pese a las pesadillas, estar aquí ha representado una

mejora comparado con la granja, donde el miedo y la ansiedad me tenían en vela gran parte de la noche. Pero el que haya dormido tranquila hace que me sienta culpable, al pensar que por mi culpa el abuelo permanece retenido en el castillo.

—Bien. Estoy seguro de que lo necesitabas tras tu reciente viaje. Todos hemos pasado por lo mismo, recuérdalo, todos entendemos lo difícil que es el cambio. Lleva tiempo, pero te ayudaremos. Te invitamos a quedarte aquí todo el tiempo que quieras —añade, y me ofrece una cálida sonrisa.

—Gracias.

Bahee entrechoca repentinamente las manos.

—Bueno, amigos —dice—. Gracias por reuniros en vuestra hora de descanso, y gracias a todos los que se han tomado un descanso extraoficial; Eddie os va a matar, pero no me echéis la culpa a mí. —Dirige una mirada de advertencia a Mona, que se echa a reír—. Vamos a enseñarle a Celestine North lo que hacemos aquí.

Entre todos forman un círculo con los sofás. Me siento junto a Mona. Carrick se queda atrás, con los brazos cruzados y apoyado contra la pared, la expresión seria, siempre alerta.

Kelly toma asiento a mi lado.

—Tú y yo tenemos que hablar —dice excitada, guiñándome un ojo. Me coge la mano y la aprieta.

Comprendo la incomodidad de Carrick ante el hecho de que su madre quiera tanto tan pronto. Es tal su impaciencia por volver a tenerlo en su vida, que se aferra a cualquier cosa relacionada con él. Adam se sienta a su lado y le da un golpecito en el muslo con la mano, un gesto que interpreto como una instrucción para que se calme. Ella se disculpa ante mí y me suelta la mano.

Rogan sigue en el mismo rincón oscuro donde lo vi

anoche, sentado en un puf junto a las máquinas de juegos. Se inclina para ver lo que pasa y acaba mirando fijamente a Carrick la mayor parte del tiempo, estudiando todos sus movimientos.

—Son muchos los que han venido y se han ido de nuestra tribu, y a todos los hemos recibido con cariño y los brazos abiertos —empieza Bahee—. Antes de convertirme en imperfecto, en mi vida como científico, los laboratorios y fábricas que tenía repartidos por el mundo me obligaban a viajar mucho —dice, y me parece que me habla directamente a mí, que todo esto es por mí—. Eso es lo que más echo de menos, bajar de un avión y respirar y oler el aire de un nuevo país, o sentir cómo me golpea el calor del ardiente sol africano. —Por un momento parece perderse en sus recuerdos y todos esperamos pacientes, probablemente pensando en esos momentos de libertad que una vez dimos por supuestos—. Pero me considero afortunado de poder compartir las historias de mis viajes con quienes no tuvieron la oportunidad de hacerlos. —Mira a Evelyn—. En mis viajes me crucé con los bebemba, una tribu africana que podría enseñarle una o dos cosas a este país. Los bebemba creen que todos los seres humanos venimos al mundo siendo buenos, que las personas solo desean seguridad, amor, paz y felicidad. Pero que, a veces, en su búsqueda de esas cosas, la gente comete errores. Cuando una persona, sea hombre o mujer, comete un error es conducida al centro del poblado. Se interrumpen todos los trabajos y todos los habitantes se reúnen alrededor del individuo para tomar parte en una hermosa ceremonia, donde todos hablan de las cosas buenas que ha hecho en su vida. Cuentan sus historias positivas, sus buenas obras y sus virtudes. Después tiene lugar una celebración y la persona es bienvenida de vuelta al pueblo, tanto de forma simbólica como literal.

81

—Eso es precioso —digo soñadora. Ojalá.

—Los días como este son mis preferidos —confiesa Mona.

—Bueno, Lennox, eres un recién llegado a nuestro hogar, así que levántate —sugiere Bahee, y Lorcan, Fergus y Carrick aplauden.

Lennox sonríe y se sienta en una silla en el centro. Su actitud recuerda la de una estrella de rock subiéndose al escenario, y nos saluda como si fuéramos un público de miles de personas.

Evelyn se pone a saltar emocionada, deseosa de empezar cuanto antes.

—Cuando Lennox vino aquí por primera vez, fue muy agradable conmigo. Me llevaba a caballito y jugábamos a que él era papá mono y yo su bebé —dice, y Lennox se pone rojo por momentos—. Y es la primera persona a la que le he oído recitar el abecedario con eructos.

Todos reímos.

—Lennox siempre está contento y haciendo bromas, y eso me gusta porque hace feliz a todo el mundo —continúa Evelyn—. Pero un día vi a Lennox triste. Estaba llorando en su cuarto y le pregunté qué le pasaba. Miraba fotos suyas y de su mujer haciendo surf. Dijo que echaba de menos el mar, y yo le dije que al menos él había visto el mar. Yo nunca he visto el mar. He estado aquí casi toda mi vida. Otra vez que Lennox salió cuando no debía, me trajo una concha. Me dijo que me la pusiera en la oreja cada vez que quisiera oír el sonido del mar, que solo tenía que escuchar. Y siempre que me siento triste, me llevo la concha a la oreja y cierro los ojos, y aunque estoy en mi cubículo con mamá, me imagino que estoy en la playa con mi traje de baño y los pies hundidos en la arena bañada por las olas y construyo docenas de castillos mientras Lennox hace surf con su mujer. Así que, gracias, Lennox, por regalarme el mar.

Cordelia se enjuga las lágrimas. Lágrimas por su hijita, que por tener que vivir en esta fábrica se pierde tantas experiencias.

Kelly empieza a aplaudir y todos se unen a ella.

Lennox se aclara la garganta.

—Tío, esto va a ser duro.

Y lo es, pero también es lo más bonito que he visto nunca: un montón de gente ensalzando a alguien, y gracias a sus historias aprendo muchas cosas sobre la personalidad de Lennox. Será un listillo que no para de hacer chistes, pero también es un alma bondadosa. Y eso me descubre algo más: Lennox está casado, o lo estaba, así que, ¿dónde está su esposa? ¿Qué le pasó? ¿Qué hizo para ser imperfecto? Dada la reacción de Mona anoche, sé que no debo hacer esa pregunta a la ligera. Pero no puedo evitar preguntarme qué hicieron todos los aquí reunidos para ser imperfectos, sobre todo los padres de Carrick.

Al final todos hablan de Lennox, menos Carrick y yo.

—Ya está —dice Bahee—. Celestine, eres nueva aquí, así que no esperamos que digas nada sobre Lennox, aún tienes que descubrir sus encantos.

Todos se echan a reír.

—Carrick nunca habla —me susurra Mona al oído, como si Carrick llevara aquí más de dos semanas.

—E... espera —dice en ese momento Carrick, y todos guardan silencio, sorprendidos.

Descruza los brazos y se separa de la pared mientras hace chasquear los nudillos, como si se sintiera avergonzado o algo así.

—Bien —musita Mona.

Carrick la mira y se mete las manos en los bolsillos.

—Bueno, Lennox —dice con torpeza, su voz es profunda y seria—. Nos conocimos hace dos semanas y no sé gran cosa de ti. Y sigo sin saberlo, la verdad.

—Vaya, eso es conmovedor —bromea Lennox, despertando risas.

—Pero necesitaba tu ayuda con un asunto —prosigue Carrick—. Y me ayudaste. Recibí una llamada de Dahy y había que moverse deprisa porque las caras de esos dos idiotas están por toda la ciudad. —Se refiere a Fergus y a Lorcan—. Te necesitaba, y estuviste a la altura. Me ayudaste sin hacer muchas preguntas. Me ayudaste a encontrar a alguien... —Me mira. El corazón se me acelera y noto un nudo en el estómago—. Alguien que es increíblemente importante para...

Bum, bum, bum.

—... la causa imperfecta.

Mona chasquea la lengua.

—Y nunca podré agradecértelo lo suficiente.

Mientras me derrito bajo la intensa mirada de Carrick, Lennox lo interrumpe.

—Me vale con dinero contante y sonante.

Y todo el mundo vuelve a reír a coro.

—No entremos en discusiones sobre «causas» —apunta Bahee, nervioso—. La única causa que deberíamos discutir es la que motiva esta celebración, y de la que nos hemos enterado hoy.

De pronto, las luces se apagan y todos empiezan a gritar «feliz cumpleaños». Y Kelly, que estaba a mi lado y había desaparecido sin que me diera cuenta, sale de la cocina llevando una enorme tarta con dieciocho velas. Evelyn se pone a su lado y empieza a cantar emocionada. Cuando la tarta está delante de mí, Evelyn se sienta en mis rodillas y me ayuda a apagar las velas.

Dije que nunca volvería a pedir un deseo, pero veinticuatro horas después lo hago.

—Muchas gracias a todos —digo con una gran sonrisa.

Me dan una porción muy generosa, una mucho más grande de lo que se le permite a un imperfecto, según nuestras impuestas reglas sobre lujos semanales.

—¿Te gusta? —pregunta Evelyn—. ¿Cuál es tu parte favorita?

Me río para disimular mi turbación y miro el pastel, que rezuma crema por todas sus capas.

—La de vainilla —respondo, y doy otro bocado.

Evelyn frunce el ceño.

—¡Pero si es bizcocho de limón!

Siento que me sonrojo y me llevo otra cucharada a la boca para evitar decir nada más. Veo con el rabillo del ojo que Carrick me observa.

Kelly se sienta a mi lado, me pasa un brazo por los hombros y me dice en voz baja al oído:

—Acabarás recuperando el sentido del gusto. Confía en mí.

Mientras trago otro trozo de pastel, no puedo evitar preguntarme qué mentira habrá contado la madre de Carrick.

18

Por la noche, cuando todo el mundo se ha ido a la cama o a trabajar, Carrick viene a verme al cubículo. Mona enarca, insinuante, las cejas, y me río mientras salgo. No es lo que ella piensa. Carrick y yo necesitamos desesperadamente hablar. Aunque comprendo por qué lo hace, los constantes intentos de Kelly de estar con Carrick, de no apartarse de su lado, han impedido que hablemos. Tuve que esperar a que terminara su turno, y después cenamos en grupo. Kelly se sentó entre nosotros, pensando que así nos unía a todos, cuando, en realidad, Carrick se pasó la cena muy rígido, respondiendo con monosílabos, y yo estaba demasiado cansada para hablar.

Han sido dos semanas agotadoras, veinticuatro horas aterradoras y ahora, que por fin han quedado atrás y he agotado mi reserva de adrenalina, me encuentro dolorida y tensa, con dolor de cabeza y la sensación de que podría dormir eternamente.

Carrick me conduce hasta la cocina, el recinto más alejado de los dormitorios y, una vez allí, cierra la puerta. Nos sentamos a la mesa.

—¿Dahy te ha contado algo sobre mi abuelo?

Es la décima vez que lo pregunto hoy, a Dahy, a Lennox y ahora a Carrick. Hubo un momento en que Lennox me miró fijamente, de forma falsamente amenazadora, y dijo: «North, me caes bien, pero si vuelves a preguntar te aplastaré como a una mosca.»

—Sí, hace unos minutos. Tus padres han ido a verlo. Está en una celda, pero lo tratan bien. Lo están interrogando y lo retendrán veinticuatro horas más por sospechoso de ayudar a los imperfectos. Quieren hacerle confesar que concede privilegios a sus empleados.

Siento alivio y temor al mismo tiempo. No lo han acusado ni herido.

Por el momento.

—No tienen pruebas contra él, o ya lo habrían acusado de algo. Es una cortina de humo para forzarte a que te entregues.

Hago una mueca.

—Perdona —se disculpa—. No quería usar esa expresión. Pero seamos positivos: el hecho de que lo retengan significa que saben que sigues con vida.

—¿Estás seguro?

—Claro. No es estúpido.

Sonrío.

—No, no lo es.

—Así que... he estado pensando en un plan para salir de esto.

—¿Salir de qué?

Hace un amplio ademán que abarca la habitación, la fábrica.

—¿Quieres irte de Vigor? —pregunto, sorprendida.

—¿Tú no?

¿Será una estupidez decirle que esto me gusta, que es la primera vez en semanas que me siento a salvo? Estoy rodeada de acero, de metal, de grandes edificios, de tarjetas para abrir puertas y de un sistema de seguridad que impide que entre gente desconocida. No me siento encerrada, sino protegida por primera vez en mucho tiempo.

—Aquí me siento a salvo —admito—. Y tú has encontrado a tu familia y a tu hermano... ¿Sabías que tenías un hermano? ¿Por qué quieres renunciar a estar con ellos?

—Lo entiendo, Celestine, de verdad. Pero la vida no es esto. Esto no es libertad. La pobre Evelyn tiene seis años, y desde que llegó no ha abandonado estas cuatro paredes. No tiene amigos de su edad y lo más probable es que nunca haya conocido a nadie de su edad. Bahee no quiere que luchemos por nuestra libertad. Si nos oyera hablar de ello, nos diría que callásemos. De modo que jamás cambiará nada de lo que nos rodea.

—Anoche pude dormir diez horas seguidas —gimo, y él se ríe con delicadeza.

—Yo sentí lo mismo durante un día —dice—, pero tú acabas de llegar. Ya lo verás.

—¿Seguro que no estás intentando huir? —pregunto—. Necesitas tiempo para volver a conectar con tu familia, Carrick. Es normal que te resulte... complicado.

—Lo has notado —dice en tono sarcástico—. Cuando dejé la institución, lo peor que podía hacer, según el Tribunal, era buscar a mis padres. Y no pensé que pudieran estar vigilándome. Yo era el menos sospechoso de todos los estudiantes, creía haberlos engañado, creía que se fiaban de mí. Eso me enseñó que, por buena que fuese la relación que creía tener con ellos, no dejaban de acecharme. El decano fue a verme al castillo.

—Me acuerdo de eso.

Sí, recuerdo al hombre bien vestido que fue a verlo a su celda. Parecía un abogado, pero Carrick había elegido defenderse solo.

—Me dijo que nunca se había sentido tan traicionado como por mí —continúa—. Que me había acogido bajo su ala, que me había visto crecer, que había asistido a todas mis competiciones deportivas y celebrado los resultados de todos mis exámenes. Tenía hijos, pero aun así no le entraba en la cabeza que quisiese encontrar a mis padres. Y entonces, cuando me marcan como imperfecto, me permiten buscar a mis padres, deja de haber reglas que me lo impidan. Es todo tan retorcido...

—Ilógico —concedo—. ¿Cómo diste con tu familia?

—Alguien me dijo dónde estaban. Cuando me mandaron a Highland Castle, a ellos los trasladaron aquí.

—¿Llevan en Vigor menos de dos meses? —pregunto, sorprendida.

—Parece más tiempo, ¿verdad? Eso es lo raro de este lugar, es como si no existiera el tiempo. —Mira alrededor—. La gente viene y ya no se va. Hay muchos más imperfectos que no conoces. Me da miedo pensar en el tiempo que llevan aquí.

—Aparte de Lizzie —se me escapa.

No paro de darle vueltas en la cabeza. Antes de convertirme en imperfecta, una de las razones por las que mis amigos me consideraban perfecta eran mis notas. Siempre las más altas, sobre todo en Matemáticas. Se me da bien; muy bien, de hecho. Los teoremas, las ecuaciones, siempre tuvieron para mí todo el sentido del mundo. Son problemas que pueden resolverse con facilidad. Si algo me pone a prueba, me peleo con ello hasta que encuentro la solución. Ahora me siento igual. Hay algo que no cuadra. Aquí hay un problema.

Es persistente, como un fantasma al que le han quedado asuntos por resolver. Podría pensarse que después de todo lo que me ha pasado debería ser capaz de cambiar, pero no puedo. Cuando el Tribunal te marca, no cambia a la persona, sino la percepción que la gente tiene de esa persona.

—¿Lizzie? —Carrick parece confuso por el cambio de tema.

—¿Qué sabes de ella?

—Era una imperfecta que trabajaba y vivía aquí, pero se fue unos días después de que yo llegase. Compartía habitación con Mona, eran íntimas. No le presté mucha atención. Se rumorea que le dijo a su novio que era imperfecta y que él dejó de interesarse por ella, así que se marchó. No me gustan las habladurías, eso es territorio de Mona. ¿Por qué?

—¿Conoces a su novio?

—Conozco su aspecto. Es un friki que trabaja con ordenadores. ¿Por qué?

—¿Es de fiar?

—Celestine... ¿Por qué?

—Me lo pregunto, eso es todo. Tú sígueme la corriente: estoy preocupada por ella. Dijiste que cuando la gente llega aquí, nunca se va. Y ella se fue. Desapareció.

—No creo que su novio la cortara en pedacitos, si eso es lo que te preocupa —dice con tono de burla—. No te preocupes, esta gente es, básicamente, buena. Estoy seguro de que habrá quien sospeche de nosotros, quizá que hasta haya visto una o dos marcas, pero no dirán nada. Nos dejan en paz. —Deja de hablar, pero parece como si quisiera decir algo más.

—¿Qué? —le urjo—. Suéltalo.

—Puedo entender que quieras quedarte. Aquí se respira mucha bondad, pero deberías pensar en algo. ¿Qué crees que puedes hacer aquí? —pregunta con tono amable—. ¿Cuál será tu papel?

Yo tenía visiones románticas, me veía haciendo pasteles con Adam y Kelly en la cocina, patinando sobre cepillos con Mona, al estilo *Pippi Calzaslargas*, por suelos cubiertos de espuma, por la noche, mientras todos duermen, o enseñando matemáticas a Evelyn. Quizás hasta convirtiéndome en la ayudante de Bahee, llevando una bata de laboratorio y gafas graduadas para estudiar placas de Petri. O gafas de visión nocturna para escrutar el horizonte con el equipo de seguridad. Esta fábrica ha sido mi ostra, al menos por unas horas.

—Cuando Fergus y Lorcan escaparon del supermercado —prosigue Carrick—, su cara apareció en las noticias. Están en la lista de los buscados por el Tribunal y, a partir de ahora, tendrán que trabajar en el turno de noche para que nadie los reconozca durante el día y los delate. Esos turnos los hacen siempre los imperfectos. Ahora mismo, tu cara es de las más conocidas del país. Puede que todo se calme con el tiempo o puede que no, y la gente de aquí quizá sea buena, pero estoy seguro de que no lo es tanto. No querrán poner su vida en peligro, porque si el Tribunal descubre que trabajaban contigo todos los días y no te han denunciado, acabarán teniendo problemas. Y no correrán ese riesgo. Tendrás que mantenerte alejada de todos por un tiempo.

Dice «tiempo» arrastrando la palabra y haciendo que dure lo que se me antoja una eternidad. Se encoge de hombros y añade:

—Que conste que mi deseo de largarme no tiene nada que ver con cómo me va aquí con mi familia. Es por mí. No pienso conformarme con esta vida, y tú tampoco deberías hacerlo.

Calla, y me da tiempo para pensar.

Quiero ver a mi familia. Se me parte el corazón cuando pienso en ella, en el hogar que he dejado atrás, en la vida que he perdido, pero me despedí de ella en cuanto me llevaron a Highland Castle. Sueño que mamá, papá,

Juniper y Ewan me visitan aquí, franqueando las puertas escondidos en la trasera de un camión o algo así. Sueño con domingos especiales en los que estamos todos en la sala de descanso, jugando al fútbol o a lo que a Ewan le apetezca. Pero sé que todo eso es ridículo. Bahee y los demás nunca lo permitirían. Carrick tiene razón: estoy cansada y sentirme a salvo es una rareza, algo hermoso por lo que vale la pena luchar al otro lado de estos muros.

—Esta vida tampoco es ideal para mí —admito.

—Bien. —Sonríe—. Porque cuando dije que quería salir de esto, no me refería solo a dejar la fábrica, sino a dejar esta vida de imperfectos. Tengo un plan.

19

Carrick se inclina hacia delante, muy excitado.

—He estado pensando en lo que me dijiste anoche sobre Crevan, que estaba buscando la grabación de tu marcado. ¿Tienes idea del poder que eso te da?

He reflexionado acerca de ello. El señor Berry y Pia Wang conocían la existencia de esa grabación y han desaparecido. Por eso, que Crevan crea que la tengo, me llena de temor, me coloca en una situación vulnerable, y dudo mucho que me creyera si le dijese que no está en mi poder. Como mínimo, hace que me sienta la persona más perseguida del universo.

Carrick advierte que no veo las cosas del mismo modo que él.

—Celestine, puedes usar esa grabación para invertir tu situación —dice—. Y no solo eso. Si el público se entera de que Crevan se ha equivocado al emitir un veredicto, se preguntarán cuántos errores más habrá cometido en el pasado. Eso cuestiona todo el sistema del Tribunal.

Noto que se me acelera el pulso. Creo que tiene razón en algo de lo que dice.

Es la primera vez que veo algo de esperanza en todo esto. Y se trata de algo mejor aún que la revancha: es una salida. Me ha convencido, creo que vale la pena intentarlo, pero...

—¿Qué pasa, Celestine? Tienes que enseñarles el vídeo a todas las personas que puedas. Utilízalo.

Pero no tengo la grabación.

«Díselo, Celestine. Dile que no la tienes. Díselo.» Abro la boca. Pienso en cómo construir la frase. Ha de ser sencilla. «No tengo la grabación. No sé dónde está. Solo que hay alguien que cree que la tengo porque se lo dijo la persona que se supone que me la dio.»

Carrick está esperando. Vuelvo a cerrar la boca. No puedo frustrar su entusiasmo, se aferra a ese plan como si fuera su única oportunidad. Además, ¿quién sabe...? Quizá sí tenga la grabación. Si pudiera entrar en mi casa..., tal vez esté allí. Mi mente funciona a mil por hora. ¿Podré volver a casa sin que me vean los soplones? ¿Podré contactar con mi familia y pedirles que la busquen por mí? ¿Sería eso posible?

—No pasa nada —dice Carrick, como si lo hubiera abandonado la esperanza, desmoralizado—. Es muy arriesgado, lo entiendo. Acabas de llegar, estás cansada, yo no debería... Te he traído aquí por una razón. —Se levanta, abre el frigorífico, apaga las luces y pone dos cojines en el suelo—. Siéntate, por favor.

Lo miro absolutamente confusa. El momento ha pasado. Siento alivio, pero no me gusta tener que ocultarle nada. Debería contárselo.

—No te preocupes, Celestine, de verdad. Es algo que tienes que meditar. Pero ahora, siéntate, por favor.

Me siento en uno de los cojines, lo único que ilumina la estancia es la luz del frigorífico. Carrick se sienta ante mí.

—Voy a enseñarte algo —dice—. ¿Preparada para empezar?

—Sí, maestro Vane.

Lucha por contener una sonrisa, y me pregunto qué aspecto tendría si se dejara llevar, si sus músculos faciales se destensaran y esa sonrisa finalmente apareciera en su rostro. ¿Qué aspecto tendría, hasta qué punto se transformaría?

—El olfato es el más importante de nuestros sentidos —prosigue—. Los animales lo necesitan para sobrevivir. Una rata ciega puede salir adelante, pero una sin olfato es incapaz de orientarse y, por lo tanto, de aparearse y encontrar comida.

Me doy cuenta de qué va todo esto.

—Tu madre te ha dicho que no podía saborear la tarta de cumpleaños —digo.

—Puede que dijera algo —murmura.

—Me estás comparando con una rata —digo con tono burlón.

—Escucha, puede que hayas perdido el sentido del gusto, pero no el del olfato. El setenta por ciento de lo que percibimos como sabor proviene del olor.

—No lo sabía.

Después de que me marcaran la lengua, apenas pude comer en semanas, la tenía hinchada y llena de costras a causa de la herida. Ha pasado un mes y todo me sigue sabiendo a nada. Empiezo a asumir que no volveré a notar ningún sabor en lo que me resta de vida, lo que me parece bien, porque a los imperfectos no se nos permiten lujos, y puede que así trague mejor los cereales y legumbres que tendré que comer hasta que muera de vieja.

Carrick continúa con la lección:

—Cuando te metes comida en la boca, las moléculas del olor del alimento viajan por el conducto que une la nariz y la boca hasta las células de los receptores olfativos

95

que hay en la parte superior de la cavidad nasal, justo debajo del cerebro y detrás del puente de la nariz.

Enarco una ceja.

—Y cuando tú te tragaste la enciclopedia —digo—, ¿a qué sabía?

—Te está hablando esa educación tan buena que me dieron —responde, sarcástico—. No puedes saborear, pero sí oler, y sentir la textura y la temperatura de la comida. Tienes que usar todas esas cosas en tu beneficio.

Asiento.

—En la escuela nos hicieron una prueba del gusto —continúa—. Nos dieron cinco objetos: una piña de pino, una rama de canela, un limón, polvo de talco en una tela y una bola de naftalina. Nos dijeron que oliéramos cada uno hasta que despertaran en nosotros algún recuerdo. A los ocho años odiaba a mis padres, la institución me obligó a ello. Los detestaba más que a nada en el mundo, por todo lo que nos contaban de los imperfectos y por el hecho de que no fueran a buscarme, de que no me rescataran de aquel lugar. Pero entonces hicimos esa prueba, y gracias a ella recordé cosas que había olvidado. Cosas buenas, recuerdos felices. Hizo que me preguntase hasta qué punto eran malos mis padres. Puse por escrito los recuerdos y ya no pude parar; en cuanto escribía un recuerdo, ese me llevaba a otro, y a otro, y a otro más. Temía que si no los escribía, acabaría olvidándolos para siempre, así que todos los días volcaba en un diario secreto cuanto recordaba de mis padres. Ellos quieren controlar tus pensamientos, pero yo no iba a permitirlo, así que escondí el diario en mi cuarto.

Pienso en Mary May leyendo mi diario, en su deseo de meterse en mi cabeza.

—Después de esa prueba, todo cambió para mí —añade—. Supe que lo que decían de mis padres era mentira.

Quiero acercarme a Carrick, abrazarlo, decirle que lamento que lo apartaran de su familia siendo tan pequeño, pero hay algo en él que siempre me detiene. Es siempre tan contenido... Es como si lo rodeara un campo de fuerza, como si el cristal que en el castillo separaba su celda de la mía se interpusiera aún entre ambos. Está frente a mí, pero no puedo llegar a él.

Se aclara la garganta.

—En la superficie de tus ojos, nariz, boca y garganta hay terminaciones nerviosas que perciben el frescor de la menta y el picor de la guindilla. Utilízalas. No eres la única a la que le pasa esto, ¿sabes?

—¿A tu madre le ocurrió lo mismo cuando la marcaron? —me atrevo a preguntar. En realidad, quiero preguntarle: «¿Qué mentira dijo?»

—Los imperfectos no son los únicos que pasan por esto. La pérdida del sentido del gusto se llama ageusia.

—¿Eso existe? —pregunto, sorprendida.

—Pues sí.

Me alegra saberlo.

—Esto es una bolsa del gusto. —Coloca una bolsa en el suelo—. Y esto una bolsa del olor.

Me río.

—Vamos a utilizar... a ver... —Examina los estantes del frigorífico—. Las gominolas de Bahee.

—¿Gominolas? —Vuelvo a reír—. ¿En el frigorífico?

—Es un tipo un poco raro. Consume más azúcar en un día que Evelyn en una semana. Y jamás las comparte, lo que hace esto aún más emocionante.

Coge la bolsa de gominolas y me ordena que no mire.

—¿Qué haces? —pregunto.

—Machacar las gominolas para que el olor se propague por toda la bolsa. Y ahora... —Se lleva la mano al bolsillo trasero de los vaqueros y saca un pañuelo—. Cierra los ojos.

Se sitúa detrás de mí, me tapa los ojos con el pañuelo y me lo ata por encima de la nuca para que no resbale, rozando suavemente mi piel con sus dedos. Siento un cosquilleo en todo el cuerpo y se me eriza el vello de los brazos. La última vez que me vendaron los ojos lo hicieron unos chicos de la escuela para gastarme una broma cruel. Me desnudaron y examinaron mis cicatrices con macabra curiosidad, como si formara parte de un circo de monstruos. Entonces estaba aterrada, destrozada, había perdido la fe en la gente y en mi nueva vida. Pero ahora me siento completamente relajada, incluso un poco excitada. Me doy cuenta de que, pese a la sensación de terror que sentí al acercarnos a las puertas de la PCC, confío por completo en Carrick. Es mi compañero en todo esto. Si mi sexta marca es tan poderosa como afirma, pudo haber utilizado esa información para su propio provecho. Incluso podría haber amenazado personalmente a Crevan. Pero no lo hizo. Y no se lo ha dicho a nadie.

Quiere ayudarme a invertir mi marcado.

—Bueno. —Vuelve a ubicarse delante de mí—. Ahora prueba esto.

—Más te vale no darme una guindilla —digo entre risas.

Abro la boca y siento que me deposita una gominola en la lengua. Cierro los labios y mastico a conciencia. Como esperaba, no percibo ningún sabor.

Noto su textura, pero no creo que hubiera adivinado que se trataba de una gominola si antes no me lo hubiese advertido.

—Toma un sorbo de agua —dice.

Bebo por una pajita.

—Y ahora, huele —añade. Acerca la bolsa a mi nariz y aspiro el olor de las gominolas machacadas.

—Fresa —digo de inmediato. Al menos a mi sentido del olfato no le pasa nada.

—Ahora, prueba. —Deposita otra gominola en mi lengua.

Espero que vuelva a ser de fresa, pero frunzo el ceño.

—Esta no es de fresa —digo, confusa—. Sé que no es de fresa, pero no sé lo que es.

—¡Ajá! —exclama, feliz—. Progresamos.

—¡Viva! —Aplaudo.

—Huele.

Huelo.

—Naranja.

—Ahora, prueba.

Abro la boca y siento que sus dedos rozan mis labios. Estoy tan desconcertada con todo este asunto de las gominolas, con todo lo que está pasando, que apenas consigo concentrarme, pero lo intento. Todos mis sentidos que todavía funcionan están alerta. Huelo mientras mastico, esperando que mis terminaciones nerviosas reconozcan si se trata de un gusto amargo, salado, dulce o ácido. Lo identifico como similar al anterior. Ácido.

—Naranja.

—Sí —dice, entusiasmado—. Repitámoslo.

Carrick es tan eficiente como persistente. Repetimos la prueba una y otra vez, hasta que creo haberle descubierto el truco a mi sentido del olfato. Prácticamente ha vaciado el frigorífico de sabores, y he identificado correctamente la mayor parte de ellos sin necesidad de oler primero la bolsa.

—Bueno, vamos con el último —anuncia.

Lo pone en mis labios y me concentro, me concentro

mucho. Dice que hay papilas gustativas en la garganta. No lo sabía. También puedo oler mientras mastico. Me siento como un animal concentrado en su comida, olfateando en la oscuridad mientras mastico, buscando olores y pistas.

—¿Menta? —pregunto, esperanzada.

—Perfecto —responde.

Sonrío. Hace mucho que no oigo esa palabra o que siento algo parecido a ella.

20

Art y yo nunca nos acostamos. Llevábamos saliendo seis meses y estuvimos muy cerca, pero no lo hicimos antes de que me marcaran, antes de que nuestra vida cambiase. Antes de que huyera me dijo que había estado enamorado de mí. No que estuviese enamorado de mí en ese momento, sino que lo había estado. Necesité unos segundos de silenciosa celebración para distinguir la diferencia, y de pronto murió la alegría que había en mí.

Cuando Art y yo nos quedábamos solos, explorábamos nuestros cuerpos, pero con timidez, torpemente. No me siento así con Carrick. En cuanto empezamos la prueba de los sabores, el cristal transparente que nos separaba se hizo añicos. Me siento conectada con él, siento que nuestros cuerpos han pasado juntos por tantas cosas que eso nos liga aún más el uno al otro. Nos une un lazo físico. Y eso nunca estuvo en el plan de Crevan. Quería mutilarnos, presentarnos como horribles, peligrosos, diferentes, intocables. Él mismo lo dijo durante el juicio. Recuerdo lo mucho que eso repelió a Art, se diera cuenta de ello o no. Lo que siento cuando estoy con Carrick no es lo que Crevan deseaba.

No sé dónde estará Art ahora. Ignoro si ha vuelto al

lado de su padre o si ha huido. Una vez le pregunté por él al abuelo, y me desanimó enseguida, no por ser cruel, sino por ser realista.

—¿Por qué quieres saber nada de ese chico? —me preguntó mi abuelo.

—Solo porque... —farfullé algo incoherente, avergonzada por hablar de sentimientos con mi abuelo, sobre todo sabiendo que él nunca había sido precisamente partidario de los Crevan.

Interrumpió lo que estaba haciendo y me miró con dureza.

—Te apartó de su lado, niña —dijo—. Te sugiero que hagas lo mismo.

Así que no volví a preguntarle.

Me quito la venda y Carrick clava sus ojos en los míos. La luz del frigorífico baila en sus oscuras pupilas.

Para su sorpresa, alargo la mano y le desabrocho los botones superiores de la camisa tejana. Tres botones necesito desabrochar para advertir el contraste entre el color de su cuello y el de la piel bajo la clavícula. Veo su «I» marcada, de apenas un mes de antigüedad, todavía reciente como la mía, curándose, intentando fijarse, encontrar su lugar en el cuerpo.

Respira pesadamente, su mirada pasa nerviosa de mi cara a mis dedos cuando estos se detienen sobre su cicatriz. Sigo con el índice la «I» y la curva del círculo que la rodea. Siento su corazón latir.

Se supone que es una marca que simboliza su deslealtad, tanto para con la sociedad como para el Tribunal, por buscar a sus padres tras pasar trece años en una institución que intentó enseñarle a no tener imperfecciones. Le dio la espalda al Tribunal. Pero esa deshonra hacia ellos solo prueba su lealtad a todo lo que es bueno, correcto, limpio y honesto.

Acerco mi cuerpo al suyo y presiono mis labios contra su cicatriz. Siento que su respiración se acelera. Alzo la mirada para comprobar si le he hecho daño, pero tiene los ojos cerrados, su mano se mueve hacia mi pelo, hacia mi sien derecha. Me acaricia la sien.

Mi marca.

«Por tu mal juicio, serás marcada en la sien derecha.» Oigo tronar la voz de Crevan en la audiencia como si estuviera con nosotros en la cocina.

Carrick coge mi mano derecha y siento que su pulgar recorre mi palma.

«Por traicionar la confianza de la sociedad, serás marcada en tu mano derecha. Siempre que estreches la mano de una persona decente de esta sociedad, sabrá que le robaste.»

Me besa la palma de la mano con delicadeza.

Luego alarga la suya, cierra la puerta del frigorífico y quedamos sumidos en la oscuridad.

—¿Carrick? —susurro.

—No quiero que se descongele.

Sonrío, y a continuación me echo a reír.

—Vamos a mi casa —dice en voz baja.

21

—¿Dónde está Lennox? —pregunto al entrar en la habitación y percibir un inconfundible olor masculino.

Carrick da una patada a un montón de ropa sucia y lo envía debajo de la cama; simulo no darme cuenta.

—Aquí no —responde.

Me río.

Su cabina es exactamente igual a la de Mona, pero más desordenada. Se sienta en la cama doble.

—No puedo creer que estés aquí.

—¿Debería haberme hecho la difícil? —me burlo.

—Quiero decir que no puedo creerme que consiguiera encontrarte. En el castillo te dije que lo haría, pero fue más difícil de lo que pensaba. Estabas muy vigilada. Quería dar con mis padres y lo conseguí, claro, pero ahora... ahora que te tengo a ti, debemos marcharnos. Es hora de que pongamos manos a la obra —añade, animado.

—¿Por qué lo dices en plural?

—Fergus, Lorcan, Lennox, tú y yo. Puede que Mona. Aún no lo he hablado con mis padres. A Bahee le da un ataque cuando la gente no se pone de acuerdo sobre qué programa ver en televisión, así que imagina lo que supondría contarle lo del movimiento imperfecto.

—De modo que Fergus, Lorcan, Lennox, tú y yo vamos a cambiar el mundo, ¿es eso?

—El mundo no, solo el país. Y para cambiar el país, solo tienes que cambiar unas pocas mentes.

Lo miro sorprendida.

—Celestine. —Me coge las manos y tira de ellas para que me siente a su lado en la cama—. Para la mayoría de la gente, Crevan es todopoderoso. Controla el Tribunal, y el Tribunal parece haber encontrado el modo de manipular al gobierno, probablemente porque ha marcado a la mayoría de sus miembros, y ahora los políticos tienen miedo del monstruo que crearon. Gran parte de la gente apoya a Crevan, pero no toda. Tú hiciste que te escuchara gente que nunca antes lo había hecho. Siempre supe que eras especial, y ahora me doy cuenta de que tienes algo todavía más poderoso contra él.

La sexta marca. Y la grabación de cómo se hizo. El corazón se me encoge por no haberle confesado que no la tengo.

—Ese vídeo descubrirá al verdadero Crevan —continúa—. Perderá credibilidad y poder. Podrás obligarlo a retirar los cargos contra ti. Si cometió un error con un imperfecto, puede que haya cometido otros más, y se pondrá todo el sistema en entredicho. Entonces, seremos libres. Pero eres tú quien tiene la llave para conseguirlo.

—¿Eso es todo? —pregunto, aterrada ante la mera posibilidad—. ¿Solo tengo que hacer que Crevan cambie de idea?

—Puedes hacerlo, Celestine —dice con dulzura.

—Estoy agotada, Carrick —admito finalmente—. No puedo seguir luchando.

Es cuanto puedo decir, porque las lágrimas ahogan mis palabras. El cansancio me invade, se apodera de mí.

Carrick aparta mis manos y me acerca a él. Apoyo la cabeza en su pecho, su camisa sigue abierta y mis lágrimas empapan su cicatriz. Me deja llorar unos segundos.

—Cada vez que creo no poder hacer algo, ¿sabes en qué pienso? —pregunta.

—¿En gotas de lluvia y rosas? —digo entre sollozos.

No se ríe. Debe de ser de los que no lo hacen.

—En ti.

Me aparto de él, confusa.

—Lo que hiciste en el autobús, en el juicio y en la Cámara... —continúa despacio, mientras los dos recordamos—. Fue lo más grande y valiente que le he visto hacer a nadie. Eres mi inspiración, Celestine. Cada vez que creo no poder continuar, pienso en ti. No hay nadie como tú. Tan valiente y condenadamente testaruda, y ahora tienes el poder. Eres como Superman contra el Lex Luthor de Crevan.

Me río pese a mi miedo y mi tristeza.

—Es una comparación horrible —digo.

—Intentaba hablar en serio —dice, avergonzado.

—Oh.

—Cuando te miraba en la Cámara, percibía en ti una fuerza extraordinaria. Yo, en cambio, estaba aterrorizado. Pensaba en ti todo el tiempo y quería ser tan valiente como lo fuiste tú. No emití ni un quejido, igual que tú. Les he hablado de ti a Lorcan, a Fergus y a Lennox, les he dicho que tienes... algo, algo que ni siquiera son capaces de imaginar. Porque, aunque tú no lo sepas, Celestine, surge de ti cuando menos te lo esperas, cuando es el momento oportuno.

—Si les has hecho creer que soy como Superman se sentirán terriblemente decepcionados.

—No, me creen. Vieron cómo te comportaste en el supermercado y el modo en que te enfrentaste a ese policía. Pero no saben lo de...

Me llevo un dedo a los labios.

—Chis...

He visto una sombra debajo de la puerta.

22

Carrick sigue mi mirada. La sombra se mueve, como si supiera que estamos pendientes de ella. Carrick da un salto y abre la puerta. No hay nadie. Corre por el balcón, sus botas resuenan contra el metal.

Me tumbo en la cama.

Vuelve sin aliento.

—No he visto a nadie.

—No importa. No hablabas en voz alta —digo inexpresiva, mirando al techo, sintiendo que todo lo positivo que me transmite este lugar se va desvaneciendo. Pero Carrick tiene razón, no puedo quedarme aquí para siempre. Añoro a mis padres, a Juniper, a Ewan. Añoro la vida. Y no es solo eso: este lugar ya no me parece seguro.

Carrick echa un vistazo al pasillo y cierra la puerta.

—¿Estás bien?

—Declaro oficialmente desinflado mi nuevo mundo pacífico y feliz. Así que, no, no estoy bien.

Se acerca a mí y se tumba en la cama de costado, apoyándose en un codo para mirarme. Me da un beso, largo, lento, maravilloso. Suave pese a su fuerza. Después se aparta y vuelve a preguntarme:

—Y ahora ¿estás bien?

—Casi —susurro.

Por fin, sonríe.

—¿Por dónde iba? —Coge mi mano y le da un beso en la palma—. Una. —Besa mi sien derecha—. Dos. —Me hace abrir la boca, me besa la lengua—. Tres. —Coge mi camiseta por el borde y me la quita por la cabeza, descubriendo la cicatriz del pecho entre las copas de mi sujetador. Hace lo mismo que yo, recorriendo con sus dedos el dibujo antes de besarlo con suavidad—. Cuatro. —Luego desciende lentamente, me besa el ombligo, que no está marcado, pero no me quejo, y me quita los zapatos y los calcetines. La planta del pie derecho «por conspirar con los imperfectos, por acercarte a ellos y, por lo tanto, alejarte de la sociedad». Me besa el pie, le oigo susurrar, con los labios contra mi piel—. Cinco. —Oigo en mi mente las voces, los gritos, la furia, el golpear del martillo del tribunal. Casi me mareo al revivirlo.

Se arrodilla y me mira.

Estoy nerviosa. El corazón se me acelera. Juré que nunca dejaría que nadie la viera.

—Vuélvete —dice.

Me coge por las caderas con sus enormes manos y hace que me vuelva. Me muevo con él para ponerme de costado. Se tumba a mi lado, detrás de mí, posa una mano en mi cintura. Si le desagrada lo que ve, no lo demuestra. La sexta marca no estaba prevista, fue sin anestesia y me la hizo Crevan con sus propias manos, furioso y descontrolado. Me sobresalté cuando sentí la quemadura en la piel. La «I» es borrosa, poco definida, tiene un aspecto tan brutal como el dolor que sentí.

Empieza por el cuello con la lengua y recorre toda la columna vertebral hasta abajo. Una vez allí, besa mi marca más dolorosa, la que considera la más poderosa de todas.

Puedo oír a Crevan entre el revuelo de la Cámara de Marca. «Marcadle la columna vertebral. Ella es imperfecta hasta la mismísima médula...» Hasta que su voz se apaga y ya no lo oigo. Ha desaparecido de mi mente.

Purgado.

—Seis —susurramos Carrick y yo al unísono.

23

La cabina es estrecha y su ventanita no deja entrar el aire todavía cálido de la noche. Estamos encima de las sábanas, mi pierna sobre las de Carrick, mi cabeza sobre su pecho. Mi mano izquierda tapa su marca y su mano izquierda recoge la mía mientras me acaricia la palma con un dedo. No sé si se ha dado cuenta de que ambos hemos adoptado esa postura de forma natural.

—Supongo que la suma de dos imperfectos da como resultado un perfecto —comenta Carrick, y me echo a reír—. Ya sé que no soy muy bueno haciendo chistes.

—No hace falta. Solo tienes que ser serio y peligroso. Y sexy. —Le beso la mandíbula.

Art era gracioso, y eso es lo que más me gustaba de él. Siempre me hacía reír, aliviaba cualquier momento de tensión con sus ingeniosos comentarios. También se las arreglaba para ser apropiadamente inapropiado, lo que es todo un logro. La culpa me invade, y me pongo tensa.

—¿Pasa algo? —pregunta Carrick.

—Mmm....

—Estaba pensando —dice como si leyera mi mente— que hay un modo de llegar hasta Crevan. Parece ser que quiere mucho a su hijo, sobre todo ahora. Haría lo que fuese por él.

Me quedo paralizada. ¿Utilizar a Art? Me desagrada tanto la idea y el modo en que la ha formulado, que me aparto de él con torpeza, intentando desenredar mi cuerpo del suyo, aunque él me retiene. Por fin lo consigo, porque él renuncia a seguir luchando. Empiezo a vestirme a toda prisa.

—Oh, vamos, Celestine. —Se sienta, las sábanas descubren sus caderas, revelando el tatuaje de una veleta. Dice que se lo hizo a los dieciséis años durante un viaje de estudios, pero no me ha contado por qué.

—¿Por eso te has acostado conmigo? —le espeto—. ¿Para hacerme comulgar con tu plan? ¿Para utilizarme y llegar hasta Art? ¿Hasta Crevan?

—No —responde, molesto pero tranquilo. No alza la voz, no se pone trágico como yo, se limita a hablar con calma—. Para recuperar nuestra vida debemos hacer lo que sea.

—Pero sin herir a la gente que queremos.

—¿Lo quieres? —pregunta tras una pausa, sin revelar sentimiento alguno.

—¡No!

—Pues sigues llevando la tobillera que te regaló.

—¿Cómo sabes que me la dio él?

—La Cámara.

Ahora me acuerdo. Me negué a quitármela. El guardia que me marcó resultó ser el artesano que la había creado. Le afectó mucho verla en mi tobillo, tener que marcar a una imperfecta a la que unos días antes había considerado perfecta, aunque no me conociera.

—¿Quieres proteger a Art, después de lo que te ha hecho? —pregunta.

—¿Qué crees que me ha hecho exactamente? —digo.

Art huyó después de que me marcaran y se escondió. Solo le contó a Juniper dónde estaba, eso me dolió mucho. Pero sé que no intentaba esconderse de mí, solo pretendía no perjudicarme. Quería alejarse de su padre, al que odiaba por lo que me había hecho, pero Carrick no sabe nada de todo eso. No estaba allí, y tampoco se lo he contado—. ¿De qué hablas, Carrick? ¿Qué es lo que Art me ha hecho?

—Nada —responde negando con la cabeza. Su rostro permanece inmutable.

—Sin secretos, Carrick. Cuéntamelo todo. —Soy consciente de mi hipocresía, dado que aún no le he confesado que no tengo la grabación.

Finalmente, cede.

—Yo, en su lugar, no te habría dejado sola en el autobús. Permitió que te llevaran. Yo no lo hubiera hecho, no sin luchar, los habría obligado a que me llevaran contigo. Habría estado a tu lado en el autobús y en el juicio. Le habría contado la verdad a la prensa. Todo el mundo quería que hablases, pero él eligió permanecer callado.

—Intentó hablar a mi favor en el juicio... —replico, bajando la voz.

—¿Te refieres a ese arrebato en el último momento? Demasiado tarde. Fue más una rabieta contra su padre que otra cosa. Yo no habría permitido que pasara —se limita a añadir.

Empiezo a darme cuenta de lo que quería decir el abuelo cuando me contó que Art me había apartado de su lado. Sin embargo, comprendo cómo tuvo que vivirlo, su miedo, su situación. Pero quizá Carrick tenga razón, Art pudo haberme defendido un poco más.

—Tú estuviste todos los días en el juicio —digo, recordándolo.

Carrick me fue leal, me mostró el apoyo que no me prestó mi novio de entonces.

—Pero la primera vez que me viste, me odiaste. —Sonrío y vuelvo a sentarme en la cama.

—Te odiaba —admite.

—¡Eh! —Le pego de broma en el brazo.

Me coge de la mano y me acerca a él.

—Estabas abrazando a Crevan. Os recuerdo a todos, a Crevan, a tus padres y a ti, reunidos alrededor de la mesa buscando una salida a tu situación, con vuestras caras y elegantes ropas, como si eso pudiera arreglarlo todo.

Imagino mi historia considerada desde su punto de vista, y no lo culpo por odiarme. Era patética.

—¿Cuándo dejaste de detestarme? —pregunto.

Fija su mirada en mí.

—Hace quince minutos, más o menos.

Niego con la cabeza, intentando ocultar mi sonrisa.

—Tienes razón, los chistes no son lo tuyo —digo.

—La primera vez que te vi ante el Tribunal.

—La jueza Sanchez anunció que no me dejarían volver a casa durante el juicio, y te diste cuenta de que no tenía al Tribunal de mi lado.

—No, fue antes de eso. Cuando entraste en la sala parecías aterrorizada... Creo que nunca había visto a nadie tan asustado. Quise alegrarme, quise disfrutar con todo lo que te gritaban en el patio y pensar que te lo tenías merecido. Pero en cuanto te vi en el juicio, me dije: «Esta chica no cree que le vayan a servir la libertad en bandeja.» Estabas asustada desde el principio, lo que hace aún más sorprendente tu valentía.

De pronto, me siento cohibida por sus cumplidos.

—Perdóname —digo, y suelto un suspiro.

—Lo comprendo. He sido muy poco oportuno.

—¿Rebobinamos cinco minutos?

—Rebobinemos más. —Sonríe—. ¿Treinta minutos? Quiero volver a probar la combinación, si consigo acordarme de ella. ¿Cómo era? ¿Uno, dos, tres...? Tendría que haberla anotado —murmura, mientras vuelve a besar mi piel marcada.

Su cabeza desaparece dentro de mi camiseta.

—He encontrado una —anuncia, con voz apagada.

No puedo evitar reír.

Y de pronto suena una alarma.

24

Carrick saca la cabeza de debajo de mi camiseta y salta de la cama para vestirse a toda velocidad. Por suerte, yo ya estoy vestida y solo debo buscar mis zapatillas.

—¿Qué ocurre?

—No lo sé. Nada bueno.

La puerta del cubículo se abre de golpe. Es Lennox, que hace caso omiso de mi presencia a esas horas en la cabina de Carrick, todavía medio desnudo.

—Soplones en la entrada.

—Oh, Dios mío. —El estómago me da un vuelco. Han descubierto mi refugio.

El ala este, la que alberga a los imperfectos, es un caos. Todos corren presas del pánico, medio dormidos, intentando serenarse. Los trabajadores imperfectos que estaban de turno vuelven a sus cubículos con el terror reflejado en el rostro. Veo por lo menos a una docena de imperfectos que me resultan desconocidos.

Llega Eddie, estresado, con el cuello tenso y la cara con un sarpullido rojo.

—¿Qué pasa, Eddie? —pregunta Carrick.

—No lo sé, pero dejemos clara una cosa: yo no os conozco, ¿vale?

Mona parece disgustada.

—Tu culo está a salvo, Eddie, no te preocupes. Y ahora, venga, ayúdanos a salvar el nuestro.

Cordelia se aferra a Evelyn, que está aterrorizada. Si los soplones nos encuentran, no solo nos detendrán, sino que separarán a Evelyn de Cordelia por ser una I.A.N.

—¿Cuál es la rutina? ¿Qué se hace en estas situaciones? —pregunto, y advierto que me tiembla la voz.

Eddie camina nervioso de un lado para otro, sin mirarme.

—Debéis de tener algún plan de emergencia —insisto.

—Nunca lo hemos necesitado —repone Bahee, impaciente—. En los años que llevo aquí, solo han venido dos veces, y siempre avisaban antes.

—Pues esta noche han querido pillarnos por sorpresa. Alguien ha hablado —dice Carrick, furioso.

Lo miro presa del pánico. Su expresión es sombría.

—¿Quién de vosotros se ha ido de la lengua? —grita.

—Nadie haría eso, Carrick —dice Kelly con ternura.

Intenta calmarlo, pero él le aparta la mano. Es un gesto terrible, pues no se trata solo de un rechazo a su madre, sino de una muestra de desconfianza, casi de una acusación.

—¿Dónde está Rogan? —pregunta Carrick.

Miramos alrededor en busca de su hermano. No hay ni rastro de él, ni siquiera en los rincones oscuros.

—¡Qué casualidad! —exclama Carrick—. Alguien alerta a los soplones y Rogan desaparece.

—¿Cómo te atreves? —Su madre le da una bofetada pero aparta la mano de inmediato, sorprendida, como si el golpe le hubiese dolido más a ella que a él.

Me sobresalto cuando Adam se interpone entre ellos.

—Carrick, céntrate y cálmate. Todos estamos muy

nerviosos. Estoy seguro de que Rogan estará escondido en alguna parte. Nunca avisaría a los soplones.

—¿No? —le desafía Carrick—. Supongo que no lo conozco tan bien como tú.

Bahee, incómodo, intenta que todos nos calmemos.

—Yo tengo mi pase de laboratorio. Los soplones no podrán acceder allí sin los permisos adecuados. Tendrán que esperar a mañana para solicitarlos, y la burocracia acabará con ellos. Conmigo estaréis a salvo.

Carrick lo mira con desconfianza.

—Vale, id todos con Bahee. Lennox, Fergus, Lorcan y yo nos esconderemos. Celestine, tú conmigo.

Me doy cuenta de que Carrick tiene un plan, así que no me molesto en preguntarle cuál es. Confío en él.

—Celestine puede quedarse con nosotros —dice Bahee, rodeándome con un brazo protector—. Estar fuera es demasiado arriesgado. La mantendré a salvo en el laboratorio, tienes mi palabra.

Carrick niega con la cabeza.

—Tenemos una forma de salir, usaremos el todoterreno. Si alguien quiere venir, que venga, pero tenemos que irnos ya.

Me coge de la mano, y se dirige hacia fuera de la cabaña.

—¿Y llevarla directa hasta ellos? —interviene Bahee—. Los soplones habrán bloqueado todas las calles que den acceso a la fábrica. Piensa, Carrick.

Este parece dudar.

—Tienes que confiar en nosotros —insiste Kelly, llorosa.

Carrick se siente culpable por la forma en que ha tratado a su madre. Me mira. El plan de Bahee parece mejor que el suyo. Esconderse de los soplones tiene más posibilidades de éxito que correr a su encuentro.

—Quizá deberíamos quedarnos —le susurro.

—No deberíamos estar todos juntos —decide al final—. Yo me arriesgaré por mi cuenta, tú ocúltate con los demás. Prepararé el todoterreno, trazaré un plan y volveré a por ti cuando sea el momento oportuno. Confía en mí.

—Confío —acepto, sonriéndole.

Me besa con rapidez.

Bahee le da una palmadita en la espalda.

—Queda en buenas manos. Seguidme todos —nos apremia Bahee, y me coge del brazo.

Lo seguimos por el ala este, y bajamos los escalones. El sol está a punto de salir, puedo ver luz en el horizonte. Me pregunto cuál será nuestra situación dentro de unas horas. Corremos a toda velocidad, agachados, siguiendo a Bahee por todo el complejo, evitando los caminos principales. Aunque lo niega, apuesto a que Bahee tiene esta ruta memorizada y la recorre todas las noches por si acaso.

Rogan sigue sin dar señales de vida, y pienso en la acusación de Carrick.

Es evidente que Rogan no parece muy contento de que su hermano haya reaparecido en sus vidas, pero no sé si es capaz de organizar todo esto, arriesgándose a que lo encuentren y destrozar a su familia. Aunque puede que Carrick tenga razón sobre que alguien de dentro se ha chivado. Temo que sea Leonard y que lo haya hecho por mi culpa. Si le hubiera contado a Carrick que vino al cubículo preguntando por Lizzie, quizá nos hubiera dado tiempo a planear una fuga llegado el caso.

¿Quién nos espiaba a Carrick y a mí en la cabina? Subimos seis tramos de escaleras hasta llegar al tejado, procurando no hacer ruido al pisar el metal. Bahee va delante, y abre una puerta de alta seguridad. Todos entramos por ella. Me relajo un poco al ver el tamaño y la solidez de la puerta, un gran escudo de acero contra los soplones; además, contiene todo tipo de cierres y teclados de seguridad.

Evelyn entra delante de mí. Cuando me toca el turno, Bahee me bloquea el paso.

Su sonrisa ha desaparecido, sus ojos son fríos. Agarra con fuerza el asa de la puerta.

—¿Bahee? —digo, con un temblor nervioso en la voz.

—Recuerda que tú has provocado esto. No tendrías que haber venido nunca.

Y me cierra la puerta en las narices.

25

Me quedo sorprendida, paralizada en el tejado, mientras abajo un ejército de soplones penetra en el complejo. Sus rojos uniformes chillones avisan del peligro; son como una hemorragia derramándose por todo el patio. Llevan equipo antidisturbios, con escudos y cascos negros. ¿Qué creerán que va a pasar? ¿Un tiroteo? Entonces me doy cuenta de que es una exhibición de cara a la prensa, una demostración para el público de lo peligrosa que es Celestine North.

Es demasiado tarde para intentar esconderme en alguna parte; estoy completamente al descubierto en el tejado, solo tienen que alzar la mirada. Me tienen rodeada. No hay forma de bajar de aquí, al menos con vida.

Los soplones suben por la metálica escalera de incendios, y siento la primera punzada de pánico. Se acabó. Es el fin.

Entonces, en el suelo, se abre una escotilla y una cabeza asoma por ella. Me alejo de un salto y me retiro hacia una esquina, pensando que es el primer soplón.

—¡Vamos! —dice Leonard impaciente, nervioso.

Dudo un segundo de su sinceridad. Me maldigo por no haberme ido con Carrick cuando tuve oportunidad.

Es la única persona en la que confío. Oigo las botas de los soplones resonando en la escalera metálica. La expresión de Leonard parece sincera. Carrick dijo que podía confiar en él, y yo confío en Carrick, aunque el abuelo dijo que no confiara en nadie. Y también confío en el abuelo. La cabeza me da vueltas.

No tengo más opciones, así que en un acto de fe corro hacia Leonard. Está en una escalera y me ofrece su mano. La aferro y me meto dentro; él cierra la escotilla rápida y silenciosamente sobre nuestras cabezas. Estamos en un pasadizo estrecho, no sé si para la calefacción o la ventilación, pero el aire es escaso y el espacio aún más. Permanecemos agachados, encogidos en el suelo.

Leonard se lleva un dedo a los labios para que guarde silencio, pero no necesita pedírmelo. Estoy aterrorizada y, a juzgar por el sonido de nuestros jadeos en un espacio tan estrecho, sé que él también. Oímos las botas de los soplones por encima de nosotros, intentando descifrar lo que les parece un número de magia: ¿cómo ha desaparecido Celestine North? El corazón se me acelera y el sudor brilla en la frente de Leonard, puedo oler el miedo emanando de él. La gente a la que quería me sorprendió haciéndome daño, y ha sido la gente que menos me esperaba la que me ha devuelto la fe. Es algo que nunca deja de desconcertarme y de partirme el corazón. Juniper podría haberlo predicho, siempre comprendió mucho mejor que yo a las personas y sus circunstancias. Si ahora me estuviera viendo desde alguna parte, seguramente diría: «¡Por fin te vas enterando, Celestine!»

Las pisadas de arriba se desplazan, van de un lado a otro sin orden ni concierto, como una columna de hormigas que hubiera perdido el olfato. Hasta que no se abrió la escotilla, no supe que existía, su borde es fino y se funde con la superficie. Espero que no la vean, pero son soplones, están entrenados para registrarlo todo, para que no se les escape nada.

—No podrán abrirla —susurra Leonard, echándome un aliento cálido en el cuello—. No pueden entrar desde fuera. —Señala el panel del techo, que solo se abre con una tarjeta-llave de seguridad—. Pero solo es cuestión de tiempo que intenten entrar por otro lado.

Las pisadas son sustituidas por golpes en la puerta de Bahee. Pienso en los padres de Carrick, en Cordelia, en la pequeña Evelyn, en Mona, todos escondidos allí, creyéndose a salvo.

«Tú has provocado esto», le devuelvo mentalmente las palabras a Bahee.

Bahee, el líder amante de la paz. Si ha organizado este registro para librarse de mí, su miedo al cambio provocará más cambio del que podía haber provocado yo, y acabará hiriendo a las personas que más quiere.

—Bahee me dejó fuera —le susurro a Leonard—. ¿Puede haber sido él quien ha llamado a los soplones? No entiendo por qué ha tenido que arriesgar su propia seguridad.

—No me sorprende —niega furioso con la cabeza—. Lizzie siempre consideró a Bahee un gusano, no lo soportaba. Seguro que ha sido él.

Al oír sus palabras, me sorprende lo poco que he aprendido. Me tragué el numerito de buen samaritano de Bahee.

Siento que le debo algo a Leonard.

—Le pregunté a Mona por Lizzie —susurro, y capto toda su atención, pese a lo que está ocurriendo sobre nuestras cabezas—. Me dijo que Lizzie te contó que era imperfecta y que tú no quisiste saber nada de ella, así que huyó con el corazón roto.

—Eso no fue así —niega herido, furioso.

Sube demasiado la voz. Pongo mi mano en su boca. Abre mucho los ojos y asiente deprisa, comprendiendo que se ha excedido y dispuesto a continuar la conversación.

—Ya te dije que siempre supe que era imperfecta —susurra—. Tiene una marca en el pecho. Se comportaba de una forma rara cuando la tocaba... —Se sonroja—. No me importaba la marca, nunca la habría dejado marchar. Quería que confiase en mí, que supiera que estoy en contra del Tribunal. Intenté facilitarle que me lo contara. ¿Por qué iba a decirle Lizzie eso a Mona?

Frunzo el ceño intentando comprenderlo, pero no puedo. ¿Me estaba mintiendo Mona? No la conozco lo suficiente, pero, aun así, creo que no.

Niego con la cabeza.

—No lo sé. Pero lo descubriremos —digo, decidida.

Las pisadas de los soplones se alejan de la escalera de incendios.

—Gracias por tu ayuda, Leonard. Aprecio que te hayas arriesgado.

—Solo sigo tu ejemplo. Durante el juicio dijiste que ayudaste al anciano porque era lo correcto. Compasión y lógica —dice—. Voy a votar al Partido Vital.

Sonrío.

—Será mejor moverse, seguro que buscarán otra entrada. Por aquí.

Le sigo por un laberinto que atraviesa toda la fábrica. Me guía hasta un lugar seguro, desde el que puedo ver a los soplones reunidos en el patio de la entrada. A un lado tienen a una docena de imperfectos que trabajan legítimamente en la fábrica, todos ellos exhiben en la manga los brazaletes con la «I». Han sido llamados para que sean testigos de lo que va a pasar; al otro lado, un grupo de soplones rodea a los fugitivos descubiertos: los padres de Carrick, Cordelia y Evelyn, Bahee y Mona, que creían estar a salvo en el laboratorio.

El corazón se me acelera. Si han venido a por mí, debería entregarme. Yo a cambio de ellos, sería lo más correcto.

Bum, bum, bum.

Doy un paso adelante.

—¿Qué vas a hacer? —pregunta Leonard, con pánico en la voz.

—No puedo permitir que se los lleven. Están ahí por mi culpa.

—¡Eso no lo sabes! —dice—. ¡Celestine! ¡Vuelve aquí!

De pronto, Evelyn grita al ser zarandeada por un soplón. Me incorporo y acelero el paso; si alguien mira hacia aquí, me verá. Una mano surge de la oscuridad y me aparta. Forcejeo, pero en cuanto nuestros cuerpos se tocan sé que es Carrick. Puedo olerlo. Me rodea con sus brazos y estrecha mi cuerpo con fuerza.

—Ni se te ocurra —dice en voz baja.

—No puedo dejar que se los lleven.

—Entonces, os llevarán a todos. ¿De qué serviría eso? Piénsalo, Celestine.

Siempre conserva la calma, incluso en estas situaciones. Habla despacio, como si pudiera procesarlo todo; no como yo, que tengo la mente bullendo de imágenes, pensamientos y pánico.

—¿Cómo has podido escapar? —pregunta.

Le cuento rápidamente a él, y a Lennox, Fergus y Lorcan lo que ha pasado con Bahee. Todos menos Leonard y Carrick se sorprenden, quizás hasta lo dudan. Y tienen parte de razón: el que Bahee me dejara fuera puede que solo fuese para salvar el pellejo, no podemos saber con seguridad si llamó a los soplones. Porque, en caso de que no lo haya hecho, significa que sigue habiendo un traidor entre nosotros. Vuelvo a pensar en Rogan, que es el único que no está presente. O en Mona, que pudo mentirme con los motivos por los que se fue Lizzie.

Me agacho, sin separarme de Carrick, mientras un soplón se lleva a Evelyn, que no para de gritar y de forcejear. Cordelia grita de dolor cuando le arrebatan a su hija, pero la sujetan dos soplones.

—Oh, Dios mío —gimo, llevándome las manos a la cara. No quiero seguir mirando, pero debo hacerlo.

—¡Este no era el trato! —grita Bahee. Y todos, los del patio y los que están escondidos, lo miran con sorpresa.

—Fue él —susurro sorprendida, aunque sospechara de él.

—¿Tú organizaste esto, Bahee? —grita Mona.

La docena de soplones se aparta para dejar paso a su jefe, creo que una mujer, que camina hasta Bahee. Él se echa atrás rápidamente, rendido. La soplona se quita el casco y, para mi completa sorpresa, veo que se trata de Mary May.

Contengo un grito. Carrick me tapa la boca.

—El trato era que os dejaríamos aquí y nos llevaríamos a Celestine —dice Mary May—. Pero no hay ni rastro de Celestine, y nadie dijo nada de que escondíais a una niña I.A.N. Nos la llevaremos de inmediato para proporcionarle el cuidado y el trato que necesita, aunque puede que ya sea tarde —añade, mirando a Evelyn con desagrado.

Siento que Carrick se tensa a mi lado. Sabe cómo es el trato de esa institución especial.

—¿Qué has hecho? —le chilla Cordelia a Bahee, que se encoge apartándose de ella; parece tan débil que una suave brisa podría derribarlo.

—Tenéis suerte de que no os arreste a todos. Llevaos a la niña —ordena Mary May, agitando la mano.

Nunca había visto a mi soplona con un uniforme de antidisturbios. Normalmente vestía como una Mary Poppins severa, que se asegura de que llegas con el toque de queda, sigues tu dieta y cumples con los edictos diarios antiimperfectos. Esta mujer ni siquiera es la Mary May que vino a buscarme a la granja; eso me dice que ha ascendido un escalafón como mínimo. Es como si hubiera entrado en un campo de batalla, con su equipo antidisturbios, casco incluido, y hará lo que sea por encontrarme. ¿Qué posibilidades tengo contra ella? Evelyn se revuelve con ganas. Da una patada en la entrepierna de un soplón, que maldice sonoramente, se encoge y pierde el casco. El corazón me da un vuelco. Siento que Carrick me sujeta con más fuerza y su mano me tapa la boca por segunda vez, porque sabe que voy a gritar.

Ese soplón es Art.

Los rizos revueltos de Art le caen sobre la cara mientras sujeta con fuerza a Evelyn por el brazo. Su rostro es una furiosa mezcla de dolor e irritación.

Cordelia grita por su hija.

Algunos soplones miran a Art y a Evelyn divertidos; espero que alguno de ellos sea humano y encuentre la situación desgarradora.

—¿No podemos llevárnoslas a las dos? —pregunta Art, y su tono de voz me rompe el corazón—. ¿A la madre y a la hija?

—¡Sí! ¡Sí! —Cordelia, que estaba de rodillas, se pone en pie, deseando que se la lleven, dispuesta a ser arrastrada hasta el confín de la tierra si eso significa estar con su hija.

Hace mucho que ansiaba oír la voz de Art. Y ahora está aquí. Tiene un aspecto extraño con ese uniforme, como si fuera un niño disfrazado de soldado; no me extraña que se le cayera el casco, no creo que le encajara ni con esa enorme mata de pelo. Tiene la misma edad de Carrick, pero no es un guerrero como él; tiene cara de niño, y nunca se ha tomado nada en serio. Solo lo he visto concentrarse mientras toca la guitarra; incluso entonces, solo compone canciones ridículas, su favorita es la de la cebra a lunares, el elefante sin trompa, el tigre que se hace la manicura, la jirafa que no encuentra un jersey de cuello de cisne, el brécol que no se come la verdura... Cosas así.

Esta situación no cuadra con Art, es demasiado real para él, no puede librarse de ella haciendo chistes. Le está quitando una niña a su madre. Él se ha visto en la misma situación: perdió a la suya. No puede hacerlo. No lo hará.

—Llevadme a mí en su lugar —brama de pronto una voz al otro lado de la entrada.

Es Rogan. Estaba fuera, libre. ¿Qué pretende ahora? Los soplones se vuelven a mirarlo.

—Yo también soy un I.A.N. —confiesa con voz quebrada por el miedo, pero intentando aparentar firmeza.

—¡Rogan! ¡No! —chilla la madre de Carrick.

—¿Qué diablos hace? —dice Carrick dando un paso adelante, y me toca a mí tirar de él. Lennox también tiene que sujetarlo.

—Dejad a Evelyn y llevadme a mí —dice Rogan, suplicante—. Tengo catorce años. Mis padres son imperfectos. He vivido toda la vida al margen del sistema. ¡Llevadme!

Mary May apenas lo mira. Hace una señal y todos los soplones se retiran ignorando a Rogan cuando pasan por su lado, algunos chocando contra sus hombros, derribándolo, burlándose de él.

—¡Llevadme! —chilla ahora con voz aguda y desesperada, alzando los brazos en señal de rendición.

Los soplones lo dejan atrás y suben a sus furgonetas.

—¿Es que no soy lo bastante bueno para vosotros? —chilla—. Mi hermano os servía, ¿y yo no?

Miro a Carrick, que tiembla de furia, los ojos negros como el carbón.

Kelly corre hasta su hijo menor y lo rodea con los brazos. Rogan está agotado de tanto gritar, y ambos apenas son capaces de tenerse en pie.

Llevan a Evelyn a una furgoneta, sus gritos siguen oyéndose cuando cierran las puertas. Cordelia solloza incontrolablemente, otra vez de rodillas en el suelo. Me recuerda cuando separaron a mi vecina Angelina de su familia. El llanto de los niños gritando por su madre, el angustioso sonido del corazón de una madre al romperse. La detención de Angelina fue la primera vez que vi intervenir a los soplones. Pienso asegurarme de que esta sea la última.

Las furgonetas rojas se alejan, y se llevan a Evelyn.

27

—¿Qué diablos has hecho?

Una vez en la sala de descanso, Carrick empuja a Bahee contra la pared. Nos hemos reunido aquí, descontrolados y furiosos unos con otros, todos desconfiando de todos, para intentar encontrar algún sentido a lo sucedido. Bahee suelta un gañido cuando su pequeño cuerpo choca contra la pared.

—Por favor. —Bahee alza las manos en defensa propia, mientras Lennox, Fergus, Lorcan y Mona lo rodean como carroñeros que han avistado su cena.

Yo me quedo atrás, demasiado aturdida para decir o hacer algo. Me siento culpable de haber provocado esto, aunque haya sido Bahee el que apretó el gatillo. Nunca lo habría hecho de no estar yo aquí.

—No puedo respirar... no puedo... —chilla.

—Carrick... —le llama su padre, intentando calmarlo.

Cuando Carrick afloja la presión sobre su cuello, Bahee lucha para recuperar el aliento mientras la sangre abandona su rostro.

—No sabía que acabaría de este modo, no era lo acordado —dice nervioso. Cordelia llora desconsolada, apretando contra su cuerpo el conejito rosa de Evelyn—.

Sabes que adoro a Evelyn, nunca quise que pasara esto. Por favor, créeme cuando te digo que lo hice por una buena razón. Ella no debería estar aquí. —Me señala con el dedo y todos me miran—. Sé que estáis todos de acuerdo. Nadie quiere decirlo, así que lo haré yo. Ella no debería estar aquí. Llevábamos años a salvo, y ella iba a estropearlo todo.

—No, tú lo has estropeado todo —lo acusa Carrick, apretando los dientes, empujando de nuevo a Bahee contra la pared antes de soltarlo y apartarse de él.

—Habrían acabado por encontrarla —explica Bahee, intentando ganarse a todos los presentes, tratando de recuperar su confianza, ya que le dan una oportunidad para defenderse—. Claro que la habrían encontrado. Celestine es la cara más conocida de todo el país, alguien la hubiera visto tarde o temprano y denunciado al Tribunal. Lo hice por proteger a esta familia para siempre.

—¿Familia? —escupe Mona—. Vives en el país de los chiflados.

—Tendrías que habernos consultado una decisión como esa —dice Adam, y me sorprende que el padre de Carrick no me defienda de inmediato como el resto—. Y me temo, hijo, que tú tendrías que habernos consultado antes de traer aquí a Celestine.

Carrick se queda anonadado, y no tarda en enfurecerse.

—¿Consultarte a ti? —Da un paso adelante, apretando los puños.

—Hijo... —advierte Adam, mirándole temeroso los puños.

—No es tu hijo —dice con calma Rogan desde su rincón oscuro, sentado en el puf.

Carrick se vuelve hacia él.

—Vuelve a decir eso y lo lamentarás.

—NO-ERES-SU-HIJO —repite Rogan, más despacio y alzando la voz. Se levanta—. Su hijo soy yo. Tú apareciste ¿hace cuánto? ¿Dos semanas? Yo he estado siempre a su lado. ¿Sabes cuánto he tenido que sacrificar? Escuela, amigos, una vida normal. Me he pasado toda la vida escondiéndome, cambiando de casa cada pocas semanas, o cada pocos meses si teníamos suerte, mientras tú vivías como un rey. He visto esas instituciones en la televisión: piscinas, restaurantes, vacaciones esquiando. ¿A qué has tenido que renunciar tú? —grita.

Kelly lanza un gemido de dolor, y se tapa las orejas mientras sus hijos discuten.

—¿Que a qué renuncié? —pregunta Carrick, como si Rogan fuese idiota—. ¡A mis padres! —grita con tanta fuerza que hasta Cordelia deja de llorar y levanta la mirada—. A la gente que podría quererme. Yo tenía cinco años, estaba solo y asustado. ¿Crees que me resultó divertido? Esperé a que alguien viniera a por mí... ¡y eso nunca ocurrió! Todos los días me repetían que mis padres eran unos monstruos. ¿Crees que me trataron a cuerpo de rey? No tenía a nadie, no podía confiar en nadie. Me contaban tantas mentiras a diario que al final no sabía a quién creer. Así que perdona si no siento ninguna compasión por ti. Renuncié a mi libertad para encontraros. Y cuando llego aquí, descubro que mis padres ya tienen un hijo. Que mientras yo pensaba que me echaban de menos, ellos habían hecho borrón y cuenta nueva. Eso es lo que sacrifiqué yo. —Se vuelve hacia su padre—. Por eso esperaba un mínimo de confianza, que creyeras que traía a alguien importante.

Las venas del cuello de Carrick se hinchan, y aprieta los puños con fuerza. Todo el mundo se aparta de él, es como un monstruo a punto de explotar.

—Comprendo tus sentimientos por Celestine —dice

su padre despacio, paciente, como si todos hubieran olvidado que sigo en la habitación.

—Olvídate de mis sentimientos. No la traje porque esté colado por ella. No tienes ni idea del poder que tiene Celestine sobre Crevan, de su importancia dentro del movimiento imperfecto.

Veo que algunos ojos se ponen en blanco ante la mención del movimiento.

—Ah, sí, ese poder —se ríe Bahee—. Hablas mucho de su poder, pero yo no lo veo. Ni siquiera quiere dejar esta fábrica, ella misma lo ha dicho.

Todos me miran. Muevo los pies, nerviosa.

—Eso fue antes —digo.

—¿Antes de qué? —se burla Bahee—. ¿Antes de las dulces naderías que te susurraba al oído esta mañana? Celestine, no permitas que la gente te empuje a primera línea de fuego, para luego esconderse detrás de ti.

De modo que era él quien estaba escuchando al otro lado de la puerta. Me oyó admitir que no quería irme, y oyó a Carrick intentando convencerme para que me uniera a él.

No estoy segura de a qué le tiene más miedo, si a que me quede o a que me vaya.

—Esto es ridículo —dice Carrick, harto—. Hablar contigo es una pérdida de tiempo. Tenemos que movernos, hay muchas cosas que hacer, tanto si estáis con nosotros como si no. Da igual si Celestine tiene o no tiene poder sobre Crevan; la gente la sigue y sus seguidores van en aumento. Y no son solo imperfectos. Es un símbolo para todos. El eslogan de la nueva campaña del Partido Vital es «compasión y lógica». Un partido político citando a un imperfecto, ¿cuándo se había visto eso?

—Oh, por favor —dice Bahee con desdén—. Esa es una apuesta que Enya Sleepwell perderá. Solo ofrece falsas esperanzas a los imperfectos. ¿Cuándo ha hecho algo para ayudarnos? ¡Acordaos de Lizzie! ¡Le dijo a su novio que era una imperfecta y él la abandonó! Aquí, en nuestra misma comunidad. ¡Y ella estaba tan enamorada...! —Se ríe, furioso—. Deliráis si creéis que ahí fuera recibiréis el menor apoyo.

—Lizzie no le dijo a Leonard que era imperfecta —digo furiosa, defendiéndolo, ya que, por su propia seguridad, no se ha reunido con nosotros en el ala este—. Leonard sabía que Lizzie era imperfecta y no le importaba.

Todos se vuelven hacia mí. Hasta Rogan me mira desconcertado.

—¿Cómo sabes eso? —pregunta Mona, confusa.

—Exacto. Llevas aquí veinticuatro horas, Celestine, ¿qué sabrás tú? —dice Bahee con desprecio.

—Celestine tiene razón —dice Rogan despacio.

Todos nos volvemos hacia él.

—¿Qué quieres decir? —pregunta Adam.

—No es cierto que Lizzie se fuera por culpa de Leonard —responde, con voz temblorosa. No alza la mirada, como si tuviera miedo.

—Yo no creería nada que saliera de su boca —dice Bahee.

—¡Cállate! —suelta Carrick. Y luego, bajando la voz—: Rogan, cuéntanos lo que sabes.

Este mira un momento a Bahee y aparta los ojos, clavándolos en el suelo. Sigue callado.

Mona se acerca a él.

—Puedes contarnos la verdad. No te preocupes por Bahee.

—Vi como se la llevaba.

—¿A quién? ¿A quién viste?

—A Bahee —confiesa, con lágrimas en los ojos—.

Obligó a Lizzie a subir al todoterreno. Ella lloraba, no quería marcharse. Él le dijo que no iba a consentir que nos arruinara la vida. Lizzie iba a ver a Leonard para contarle que era imperfecta, y Bahee no se lo permitió. Se la llevó. Yo lo vi.

Todos los ojos se centran en Bahee.

—Hace unos momentos, hasta su propio hermano lo consideraba un traidor, así que ¿quién va a creerlo? Es joven. Está confuso. Hace años que no salgo de este lugar, todo el mundo lo sabe.

Carrick se abalanza sobre Bahee y le propina un puñetazo en la mandíbula. Bahee grita de dolor.

—Me la has roto —gime, frotándose la cara. Nadie acude en su ayuda.

—¿Adónde te llevaste a Lizzie? —pregunta Mona, inclinada sobre él.

Bahee gimotea, pide un médico, todos lo ignoran.

—¿Adónde te llevaste a Lizzie? —insiste Mona gritando. Él acaba mirándola con frialdad.

—No muy lejos. A la ciudad. Le dije que se fuera, que se buscara otro sitio donde vivir. —Lo dice tan desprovisto de emoción, de un modo tan impropio del hombre que convocó la reunión para darle a Lennox la bienvenida a la tribu, que es como si tuviera dos personalidades, una cálida y otra fría. Perfecto e imperfecto a la vez, dos caras de la misma moneda—. Lo hice para protegeros a todos. No tenéis ni idea de lo que he hecho por vosotros. Hemos vivido felices y a salvo hasta que llegó Celestine. Erais felices con mi liderazgo, pero si queréis seguirla a ella, solo conseguiréis cavar vuestra propia tumba.

Se produce un largo silencio.

—Yo solo conozco a Celestine desde ayer —apunta Mona—. No he visto ningún indicio de su liderazgo, ni de ese «poder» del que habla Carrick. Pero ¿nadie se ha preguntado quién más tiene a doce soplones buscándolo en un laboratorio de alta seguridad financiado por el gobierno? Sabe algo sobre el Tribunal. —Me mira con curiosidad—. Y sea lo que sea, estoy con ella.

—Yo también —dice Lorcan.

—Igual que yo —afirma Fergus.

—Yo nunca lo dudé —sonríe Lennox.

28

La puerta se abre de golpe y entra Eddie.

—Me alegra ver que sigues con vida, jefe —bromea Lennox, intentando destensar el ambiente.

—Ya no soy tu jefe —dice, con el rostro congestionado; parece a punto de desplomarse en cualquier momento víctima de un infarto.

—¿Te han dejado marchar? —pregunta Bahee, sujetándose la mandíbula.

—No —ladra Eddie, mirando a uno y otro lado con tristeza—. Van a echaros. El dueño de esta compañía dejaba que los imperfectos trabajasen aquí de buena fe, siempre con el acuerdo de que lo mantuvierais en secreto. Habéis roto ese pacto.

—No puede hacer eso —dice Bahee, palideciendo aún más—. He mantenido su identidad en secreto; he mantenido mi palabra. Me prometió seguridad.

—Tú rompes tu promesa, él rompe la suya. Os quiere fuera a mediodía. Esto ya no es seguro para vosotros. Habéis atraído demasiada atención sobre esta fábrica, y sobre él. ¿Cómo queréis que explique todo esto?

—Pero ¿adónde vamos a ir? —pregunta Bahee, al ver que se desmorona todo su mundo.

—Ni lo sé, ni quiero saberlo. Cuanto menos sepa, mejor. Mañana a mediodía, todos vosotros habréis burlado oficialmente mi sistema de seguridad, y con eso quiero decir que os dejaré marchar. —Se detiene en la puerta y me dirige una larga mirada—. Te deseo mucha suerte.

Cordelia vuelve a llorar, y entonces, como si no pudiera resistir más, se levanta furiosa y me grita.

—Lo único que tenías que hacer era entregarte, Celestine.

Me quedo paralizada.

—Si lo hubieras hecho, me habrían devuelto a Evelyn. Esperaba que te entregaras... ¡y no lo hiciste! Sé que eres joven, pero Evelyn solo tiene seis años. ¿Qué clase de líder sacrifica a los demás en su propio beneficio? Él y tú. —Su mirada va furiosa de Bahee a mí—. Los dos sois iguales.

No puedo encajar este insulto, porque temo que sea verdad. Aunque Carrick intenta detenerme, salgo de la habitación hacia mi cubículo. Enciendo un móvil de pago que me dio el abuelo, y marco uno de los números que salvé en su memoria. Nunca pensé que alguna vez llamaría a esa persona, pero es una emergencia.

Una hora más tarde, los veinte imperfectos aguardan en fila ante las puertas de la entrada de Vigor. Carrick, Lennox, Fergus, Lorcan y yo estamos escondidos. Nadie sabe lo que va a pasar, ni siquiera Carrick. Solo les he dicho que esperen aquí conmigo. Que valdrá la pena.

Es la oportunidad de probarme ante cualquiera que no crea en mí.

Un coche negro aparece a lo lejos. Eddie me mira inseguro y asiento con la cabeza. Me oculto todavía más en las sombras.

—¿Qué está pasando? —pregunta Carrick.

Le ignoro y cruzo los brazos. Veo como las puertas de entrada a la fábrica se abren despacio, y ruego para que todo salga según lo he planeado. El coche de ventanillas tintadas se detiene ante la entrada sin cruzarla. Los demás miran nerviosos en mi dirección, pero me mantengo firme, la barbilla erguida. Tiene que funcionar. La puerta del vehículo se abre.

Evelyn sale de él. Cierra la puerta y corre hacia su madre, que se desploma de rodillas, llorando. Cordelia grita para que pueda oírla.

—La has traído. Has conseguido traerla de vuelta —exclama entre sollozos—. Gracias, gracias, gracias.

El coche da marcha atrás y se va por donde ha venido. Las puertas de la fábrica vuelven a cerrarse. No ha sido una trampa, seguimos a salvo.

—¿Cómo lo has conseguido? —pregunta Lennox.

—Sí, ¿cómo lo has conseguido? —repite Carrick.

Todos me miran, asombrados, inseguros.

Con reverencia.

Me gusta.

29

—Voy contigo —dice de pronto Rogan, gritando desde el patio.

—Nosotros también —se suma Adam, asintiendo con firmeza hacia Carrick como disculpa.

—Bueno, pongámonos en marcha —digo, mientras me invade la adrenalina—. Hagamos las maletas y salgamos de aquí. Es hora de moverse.

Una vez en mi cabina, las manos me tiemblan mientras meto en la mochila mis pocas posesiones. Me la echo al hombro y agarro el pomo de la puerta. En vez de girarlo, lo suelto y me acurruco en un rincón. Meto la cabeza entre las rodillas y lloro mientras asimilo lo que pasa.

Art es un soplón y Mary May lo está entrenando. Vino aquí para capturarme. La cabeza me hierve por todos los pensamientos que se agolpan en su interior. No puede haber una traición mayor. Carrick supo todo el tiempo que Art era un soplón. Eso fue lo que quiso decir cuando sugirió que nos aprovecháramos de él para llegar hasta Crevan, «por lo que me había hecho». No intentaba utilizarme; en todo caso, me ocultaba la verdad para que no sufriera.

—¿Cómo lo has logrado? —me pregunta Carrick una y otra vez tras la liberación de Evelyn.

Todos me miran como si fuera una especie de dios... o un bicho raro, pero no les digo cómo lo he conseguido. Ya lo haré cuando estemos a salvo. Creo que en este momento me conviene mantener el misterio, aunque por dentro sea un manojo de nervios.

La verdad es que, cuando hice la llamada telefónica que ha llevado a la liberación de Evelyn, estaba aterrada.

Y ahora todavía sigo temblando.

30

UNA HORA ANTES...

—¿Hola? —Camino arriba y abajo por el pequeño cubículo—. ¿Jueza Sanchez?

Sanchez es una de los dos jueces del Tribunal, aparte de Crevan. También es una de las responsables del veredicto que me acusó de imperfecta, pero pasó todo el juicio tratando de desautorizarlo. Sanchez me encontró cuando huía e intentó hacer un trato conmigo para que la ayudase a derrocar a Crevan. No me fie de ella, pero me dejó marchar para demostrar que sí era de confianza. Se lo mencioné al abuelo, pero me advirtió que tuviese cuidado, que relacionarme con ella podía traerme más problemas.

—Sanchez al habla.

—Celestine North.

Una pausa.

—Vaya, vaya, vaya. Has salido a la superficie. Parece ser que has vuelto a escapar de él. Debo admitir que estoy disfrutando con este juego del gato y el ratón, aunque Crevan no puede decir lo mismo.

—Hace dos semanas dijiste que me ayudarías.

—A cambio de algo, creo recordar.

Ignora qué arma tengo exactamente contra Crevan, solo sabe que está aterrado por algo y que envía soplones a diestro y siniestro para capturarme. Ella ha sacado sus propias conclusiones.

—Lo sé. Pero, antes, haz una cosa para demostrarme que puedo confiar en ti.

—Creo que ya lo hice. Te dejé escapar, ¿no te acuerdas?

—Las cosas han cambiado. Tienen a mi abuelo retenido en una celda. No creo que eso me permita confiar en ti.

—Vaya, aprendes muy deprisa. ¿Qué más puedo hacer?

—Hace una hora se llevaron a una niña I.A.N. de la fábrica PCC. La quiero de vuelta.

—Eso es imposible.

—Entonces, tampoco puedo yo ayudarte. Adiós.

—Espera. —Hace una pausa—. Dame una hora.

31

Tras mi número de magia, todos esperan mi siguiente movimiento. Ahora creen en mí, confían en mí. No les puedo contar que el arma que Carrick cree que tengo, la grabación de Crevan perdiendo el control y marcándome ilegalmente por sexta vez como un poseso, no está en mi poder.

Nadie puede saber que no la tengo. Es la única baza de que dispongo. Es cuanto poseemos los imperfectos, y sin ello no somos nada.

De momento, lo único que me hace continuar es el hecho de que la gente cree en mí. Y les estoy mintiendo a todos.

Pero ¿qué otra cosa puede esperarse de una imperfecta?

32

Mi siguiente movimiento es buscar un ángel. Naturalmente.

Raphael Angelo.

El único abogado defensor que ha conseguido que se anule un veredicto de imperfecto.

La primera vez que oí ese nombre fue cuando me lo mencionó mi abuelo al visitarme en Highland Castle durante el juicio. Descarté sus divagaciones por considerarlas inútiles teorías conspirativas. En aquel momento creía que aquello no era más que un gran malentendido, que Crevan me sacaría de esa situación. No sabía que acabaría depositando mi única esperanza en aquella conversación.

Tras acurrucarme en un rincón de mi cabina sintiendo que el mundo es demasiado para mí, que todo es excesivo, agobiante y abrumador, me centro, me seco las lágrimas y formulo un plan.

Hay gente esperando.

Vuelvo a llamar a la jueza Sanchez.

—Gracias —digo en cuanto contesta.

—Hoy por ti, mañana por mí, Celestine. Ahora, reunámonos.

—Todavía no. Necesito una dirección.

—¿Otro favor?

—Te estoy ayudando, ¿recuerdas? —protesto, intentando que no me tiemble la voz—. La próxima vez que nos veamos será ante el Tribunal y entonces sabrás exactamente qué hacer. Pretendo anular mi condena para poder volver a mi vida, mi escuela, mi familia y que todo vuelva a ser como antes. —La voz se me quiebra.

—Oh, Celestine —dice ella con un suspiro—. Esperaba mucho más de ti. Sabes que tienes todas las de perder, nunca se ha anulado un veredicto de imperfecto.

—Eso no es cierto —digo—. Jessica Taylor.

Ella calla.

—¿Cómo sabes eso? Esa información nunca se hizo pública.

—Sé muchas cosas que ni te imaginas. —Recupero mi confianza, casi hasta la chulería—. También sé otras muchas cosas que tú no sabes. ¿Qué crees que tiene tan preocupado a Crevan?

—¿Quién te representará en el juicio? —pregunta.

—El señor Berry no, ya que ha desaparecido junto con todos los guardias presentes en la Cámara de Marca; igual que Pia Wang, que empezó a hacer preguntas.

Ella guarda silencio un momento. Ya sabía todo esto.

—Sí. ¿Qué pasó en esa Cámara de Marca, Celestine? Estoy impaciente por saberlo.

—Puede que se hayan ido todos juntos a una excursión para fomentar el espíritu de grupo. ¿Te molesta que te excluyeran?

—Crevan no puede saber que hemos hablado, no puede parecer que lo hemos planeado. Yo te estoy protegiendo, pero tú también tienes que protegerme a mí.

—No hemos planeado nada. Lo sabrás cuando suceda, y te necesitaré a mi lado.

—¿Qué dirección necesitas?

—La de Raphael Angelo.

Se ríe.

—Esto se ha puesto interesante. Desgraciadamente, no puedo ayudarte, Celestine. Ayudar a un imperfecto, como jueza del Tribunal, es un gesto impensable. Deberás encontrarlo sola. Llámame cuando tengas algo con lo que pueda trabajar.

Hasta su última palabra rezuma hipocresía, y más teniendo en cuenta que acaba de ayudarme a liberar a una niña I.A.N.

Me dan ganas de volver a acurrucarme en una esquina de la cabina, dado lo bien que me fue la vez anterior, pero no lo hago. En vez de eso, maldigo, tiro el teléfono a la cama y me pongo a caminar de un lado a otro. Los oigo a todos fuera hablando en el pasillo, esperándome. Ya han hecho las maletas y están listos para partir, dispuestos a acatar mi siguiente orden. ¿Y cuál va a ser? «Piensa, piensa, piensa, Celestine. Utiliza lo que tienes. Utiliza lo que tienes.»

«Si hay un problema, encuentra la solución.» Recurro a mis habilidades matemáticas.

¿Qué tengo de mi parte? ¿Con quién puedo contar? Bam. Vuelvo a coger el teléfono y busco la web de Highland Castle. No tengo que buscar mucho; en la página de inicio parpadea el número de una línea directa a la que debe llamar la gente para informar si ha visto al fugitivo más buscado: Celestine North.

Marco el número.

—Línea Directa de Highland Castle —contesta una mujer.

Pongo los ojos en blanco al oír el nombre y altero mi voz, asumiendo que graban las llamadas.

—Quisiera hablar con la soplona Kate, por favor. Tengo información que solo quisiera comunicarle a ella.

—Le paso.

No puede ser tan fácil.

El teléfono suena y ella contesta. Por su voz y los sonidos de fondo parece que esté caminando, probablemente buscándome.

—Kate al aparato.

Doy por hecho que los móviles de los soplones también están controlados.

—Soy la chica del árbol.

Ella guarda silencio. Oigo como se aleja de donde sea que esté porque el ruido de fondo cambia.

—Perdona, no puedo oírte bien, no tengo buena cobertura. Deja que te llame desde un fijo. ¿Me puedes dar tu número?

—No.

—Vale. Llámame a este otro número dentro de dos minutos.

Miro entre las cosas de Mona buscando un lápiz. No consigo encontrar nada excepto maquillaje. Utilizo un lápiz de labios rojo para escribirlo en la pared.

Kate cuelga y me pongo a caminar de un lado a otro. Dejo pasar un minuto. Dos.

Agitada, confusa, no sé por qué lo hago, pero vuelvo a la pared con el lápiz de labios y dibujo la V roja del logo de Vigor, que equivale al símbolo de raíz cuadrada.

$$\sqrt{}$$

La estudio un momento, preguntándome por milésima vez dónde la he visto antes.

Alguien llama a la puerta.

—Un momento.

Noto que la voz me tiembla y respiro hondo.

La puerta se abre de todos modos. En el pasillo están Mona, Carrick, Lennox, Kelly, Adam, Rogan, Cordelia y Evelyn, todos con sus bolsas en mano, listos para partir. También veo a Bahee, apretado entre Fergus y Lorcan, y parece que no se ha apuntado por decisión propia. La tensión puede cortarse con un cuchillo. Hasta Carrick parece nervioso, no le resulta fácil ceder el control a nadie. Temo que esté perdiendo la fe en mí. Y temo que sea con razón.

—Los demás se han ido ya, se han dispersado. Tenemos que movernos, Celestine —urge Mona—. En cualquier momento vendrá Eddie a echarnos. Solo tenemos una oportunidad para que nos ayude a salir; si la perdemos, se acabó.

Todo el mundo me mira con tanta expectación, tanta esperanza, tanta dependencia, que no puedo funcionar así. No puedo liderar a un grupo.

Me aclaro la garganta y me fuerzo en parecer más autoritaria. Problema, solución. Se supone que soy buena en estas cosas.

—Tenemos que dividirnos —digo—. Fergus, Lorcan y yo no podemos viajar juntos. Nuestras caras son demasiado conocidas.

Todos se muestran de acuerdo al instante.

—Carrick y yo daremos el siguiente paso solos, los demás esperaréis en algún lugar seguro hasta que os lleguen nuevas instrucciones.

Se miran incrédulos unos a otros.

—¿Dónde sugieres que esperemos? —pregunta Mona. Sus dudas sobre mi capacidad de liderazgo van en aumento.

«Piensa, piensa, Celestine. Problema, solución, eres buena en eso.»

—¿Qué diablos le has hecho a mi pared? —dice ella, entornando los ojos.

—Qué más da, Mona, ya no es tu pared —dice Carrick, pero noto impaciencia en su voz. Todos se están cansando de no hacer nada y de esperar... a que yo tome una decisión.

Me vuelvo para ver el número de teléfono escrito con lápiz de labios rojo, con el logo de Vigor al lado, y de pronto algo encaja tan claramente que se me acelera el corazón.

Recuerdo la conversación que tuve hace unas semanas con el profesor Lambert. Su esposa, Alfa, que fue mi profesora de matemáticas, me llevó a su casa para asistir a una reunión que parecía ser de un grupo de apoyo a familias de imperfectos afectadas. En realidad era un mitin, un intento de buscar apoyos para la causa imperfecta, y que fue interrumpida por una redada de soplones. Al esconderme conocí a su marido, el profesor Lambert, que también es imperfecto. En tiempos fue un científico prominente; tenía fotos suyas con gente importante, enmarcadas en oro y colgadas en las paredes. Tenía incluso una foto con Crevan, tomada en tiempos más felices. Habían sido viejos amigos hasta que Crevan lo marcó. Sabía que era un hombre inteligente, pero también que se había tomado unas cuantas copas de más, así que no le hice mucho caso a su consejo. Solo ahora, cuando lucho por encontrar una solución, encuentro sentido a sus palabras.

—¿Conoces a George Pólya? —me preguntó.

—Por supuesto —le respondí.

Era un matemático. Mi madre me había comprado un libro suyo para mi cumpleaños. A muchos niños les parecería un regalo extraño, pero a mí me encantó.

—Me gustó su filosofía. Pólya nos advierte que, si no

podemos resolver el problema, siempre habrá otro más sencillo que sí lograremos descifrar. Búscalo y encuéntralo...

El profesor Lambert me dio ese consejo, y ahora puede servirme. Nunca se me ocurrió preguntarle cómo utilizaba en su beneficio el hecho de ser científico, pero ya sé la respuesta, porque el logo de Vigor es el mismo logo que vi en el despacho secreto de su casa, estampado en su trabajo, en el reverso de las fotos, en el papel de cartas, en las placas. El profesor Lambert dirige esta instalación.

—El dueño de esta fábrica nos ayudará, él os acogerá —digo, con un subidón de adrenalina al ver que mi plan va cobrando forma.

Bahee lanza un bufido.

—¿Cómo puedes asegurarlo, si ni siquiera sabes quién es el dueño? No lo sabe nadie aparte de mí, y Eddie acaba de decirnos que además no quiere seguir ayudándonos.

—Lo conozco personalmente —digo con seguridad—. Es el profesor Bill Lambert.

Carrick me mira sorprendido.

—Puede que no quiera que nos quedemos aquí, pero no ha dicho que no vaya a ayudarnos. Mientras hablamos, su mujer, Alfa, y él están esperando que lleguéis a su casa.

O así será dentro de un momento. Alfa estará más que encantada de hacerlo, sobre todo habiendo dos niños I.A.N. en el grupo.

—Pero... ¿cómo sabes lo del profesor Lambert? —balbucea Bahee—. Es anónimo... es... —Bahee me mira sorprendido, confuso, furioso, impresionado. Todas esas emociones pasan por su magullado rostro, mientras su desconcertada mirada va de Carrick a mí—. ¿Cómo puedes saberlo?

—Ya os lo he dicho: es poderosa —dice Carrick con suficiencia.

—Ahora disculpadme un momento, tengo que hacer una llamada importante —digo, y les cierro la puerta en las narices.

Me apoyo en ella y respiro hondo, antes de marcar el número que escribí en la pared.

Kate lo coge al primer timbrazo.

—Soy yo —digo.

—Las conversaciones por móvil son rastreadas, pero esta línea es segura. ¿Cómo puedo ayudarte?

Casi grito de alivio.

—¿Estás de mi lado?

—Debería haberte detenido en cuanto te vi, ¿por qué si no iba a dejarte allí?

—Ya no sé qué pensar.

—Escapaste, ¿no? Eres dura de roer, sabía que estarías bien.

Este parece ser el mensaje que transmito a la mayoría de la gente, cuando en realidad es todo lo contrario.

—Dos cosas. Hay otro soplón de nuestro lado. Es el soplón del profesor Bill Lambert. Se llama Marcus.

Marcus ayudó al abuelo a esconderse en casa de Lambert, y se aseguró de que no nos vieran.

—Tengo que ponerme en contacto con él. Hay algunas personas que necesitan esconderse en un lugar seguro.

Kate guarda silencio.

—¿Hola?

—Es mi marido —dice despacio.

Sonrío sorprendida y lanzo un puñetazo al aire, dando gracias por las maravillosas coincidencias de la vida.

—Entonces, ¿podrá llevar a mi gente a un sitio seguro?

—Sí. Lo llamaré ahora mismo.

—Hay otra cosa. Necesito la dirección de Raphael Angelo.

—¿Raphael es tu siguiente movimiento?

—Sí.

—Puedo conseguirla, pero hace años que no lo ve nadie. Hace mucho tiempo que lo espantó Crevan.

—Bueno, entonces ya tenemos algo en común.

33

Raphael Angelo vive en las montañas, a dos horas en coche de Vigor, en lo más profundo del bosque. Está más que apartado de las zonas habitadas, no lo habría encontrado ni en un millón de años. Resulta difícil dar con él hasta con las detalladas instrucciones de Kate.

Mientras los demás utilizan el todoterreno de Vigor para reunirse con Alfa y Bill Lambert, Leonard nos deja usar su coche a Carrick y a mí. Nunca podré pagarle su ayuda, y menos cuando hacerlo conlleva una sentencia de cárcel, pero pienso hacer por él todo lo que pueda.

Es la primera vez que Carrick y yo estamos solos desde primera hora de la mañana. Apenas he tenido tiempo de pensar en ello, pero ahora hemos dejado la ciudad y estamos a salvo en las montañas; aquí no hay soplones y podemos relajarnos. Él baja las ventanillas y pone música, evitando las emisoras de radio que anuncian a todo el país que he vuelto a eludir a los soplones.

Si la emisora es propiedad de Crevan, dicen que soy una fugitiva que temer y evitar. Si es una emisora normal, la conversación se centra en por qué se persigue tanto a una chica de dieciocho años y lo fácil que le resulta —que me resulta— evadir al sistema. ¿No será que el sistema es imperfecto? ¿Hay motivo para que se vigile tanto a los imperfectos, si viven en paz y no causan problemas? ¿Qué intenta probar el Tribunal? Todas buenas preguntas.

Pero cada conversación es desacreditada por los medios de comunicación de Crevan, que me señalan como la causa de las revueltas que han estallado por toda la ciudad, utilizando como prueba las grabaciones de la revuelta del supermercado, donde me enfrenté a un oficial de policía.

—¿Estás bien? —pregunta Carrick, cogiéndome la mano y apretándola sobre mi regazo.

—Sí.

—Quiero decir, tras lo de anoche... ¿estás bien?

Era mi primera vez y se lo dije, fue delicado y comprensivo, asegurándose en todo momento de que yo me encontrara a gusto. Y aunque él no me lo dijo, supe que no era su primera vez. Los chicos de las instituciones tienen fama de ligones, o al menos eso fue lo que me dijo Mona. Y tengo la sensación de que ella lo sabe, que al menos participó en que se ganaran esa reputación. Aunque no con Carrick. Estoy segura de que nunca pasó nada entre ellos.

—Ah, eso. Sí, estoy bien, gracias. —Me sonrojo, y él sonríe.

La sonrisa le transforma la cara. Estoy tan acostumbrada a verlo tenso y serio, que ahora parece incluso más joven.

—¿Cómo sabes que el dueño de Vigor es el profesor Lambert? —pregunta, estudiándome con curiosidad.

Me río.

—Carrick, tú eres el que no para de decirle a la gente que tengo poderes mágicos. Y luego, cuando utilizo mi magia, ¿vas y te sorprendes?

—Sí, exacto.

—Reconocí el logo. Cuando llegué no podía recordar dónde lo había visto, pero luego me di cuenta. Estaba por todo su despacho. Y es muy propio de su sentido del humor invertir en este tipo de compañía.

Vuelvo a reírme.

—¿Qué quieres decir? —Frunce el ceño.

—El carbono es un desecho que poluciona. Y Vigor encuentra un modo de utilizarlo como recurso.

—Es verdad —reconoce, aunque todavía un poco confuso.

—Y utiliza a imperfectos para hacerlo. Nosotros somos el carbono, somos lo que nadie quiere. «Convirtiendo problemas en soluciones.» Eso es muy del profesor Lambert. Me dio unos consejos que en su momento no entendí, pero ahora sí. —Cambio el tono—. Bill y Alfa me dijeron que te mandaron a su casa cuando dejaste el instituto.

—Casas Vecinas, las llama la institución —explica furioso—. Más bien son centros de control para vigilar todos tus movimientos. Es como salir de una prisión para ir a otra. Teóricamente, su trabajo es ayudar a integrarte en la sociedad bajo su supervisión, pero lo que hacen en realidad es tenerte controlado para informar a la institución. De haber sabido que el profesor Lambert tenía algo que ver con la fábrica, nunca habría ido allí.

—¿Crees que Bill te delató al Tribunal? —pregunto, sorprendida.

—Es evidente que mis relaciones con él no son tan buenas como las tuyas —dice, apartando su mano de la mía y agarrando el volante, volviendo a ponerse serio.

—Solo vi a Bill una vez —digo despacio—. Alfa era mi profesora de matemáticas, la única dispuesta a darme clases particulares en casa cuando mi escuela me echó educadamente para no perjudicar su reputación.

No me molesto en ocultar la amargura de mi voz.

Él me mira. La dulzura ha vuelto a su rostro, preocupado por todo lo que pasé desde que nos separamos.

—Carrick, dime qué ocurrió para que no confiaras en ellos —le pido con calma.

Se toma su tiempo. Cuenta su historia con rabia contenida.

—Yo estaba a su cuidado mientras buscaba a mis padres. Solo llevaba un día con ellos cuando, de repente, me llevaron a Highland Castle. Tenían fotos mías visitando la casa de donde se me llevaron.

—¿Fotos? ¿Solo eso? Eso no prueba que intentaras encontrar a tus padres —digo, molesta—. ¿Desde cuándo querer revivir tu pasado te convierte en imperfecto?

—El tipo de la casa con el que hablé, el que nos había alquilado una habitación trece años antes, declaró ante el Tribunal —explica, resignado.

—Aun así, Carrick, eso no es nada. ¿Desde cuándo hacer preguntas...?

—No pensaba negarlo, Celestine —me corta, furioso. Se toma un momento para calmarse antes de proseguir—. Además, disfruté viendo su asombro cuando admití lo que pretendía hacer. No había encontrado a mis padres, pero estuve todo lo condenadamente cerca del éxito que pude, y valió la pena ver sus caras al darse cuenta de que habían fracasado conmigo.

Estudio su perfil y adoro su compromiso, su fuerza, hasta su testarudez, aunque todos esos rasgos sean los que lo metieron en líos. Prefiere tener razón a estar a salvo, y por eso tenemos tanto en común.

—Pero, sigo sin entender por qué culpas a Bill —sondeo.

—Alfa prácticamente trabaja para el Tribunal, dirigiendo su organización benéfica y aconsejando a las familias de los imperfectos, así que no me resultó difícil sacar conclusiones.

—Eso es lo que parece desde fuera. En realidad la utiliza para ganar apoyos a la causa imperfecta; es un modo de reunir a la gente. Quiere acabar con las instituciones I.A.N. Intentaba atraerme a su bando y que te llevara conmigo —explico.

Carrick trata de asimilarlo. Veo que está teniendo la misma crisis de fe que yo. Nada resulta sencillo cuando eres imperfecto; te conviertes en un peón de los juegos de mucha gente. Por mucho que lo sienta por él, me consuela saber que no soy la única que pasa por eso.

—Bill me dijo que, si te hubieras quedado con ellos, te habrían ayudado a encontrar a tus padres. Esa había sido su intención desde el principio, pero estuviste con ellos menos de veinticuatro horas. Nunca les diste la posibilidad de mostrarse cómo son realmente.

Digo esto con toda la delicadeza del mundo, intentando juzgar su estado de ánimo antes de continuar. Él no responde. Sigue aferrando el volante, mirando intensamente al frente.

—Cuando te llevaron a Highland Castle, tus padres fueron trasladados a Vigor, donde podían vivir a salvo. Y luego, cuando te soltaron, te informaron de su paradero. Si lo piensas un poco, te darás cuenta de que fueron Alfa y Bill quienes lo orquestaron todo. Si no, ¿cómo te enteraste de la existencia de Vigor?

Sigue sin contestarme. Anda perdido en sus pensamientos, intentando relacionarlo todo, moviendo mentalmente las piezas de lo que antes creía tener tan claro. Carrick huyó de Alfa y Bill para encontrar a sus padres, pero si se hubiera quedado con ellos, podría haberlos encontrado sin acabar marcado. Es muy posible que perdiera su libertad por nada. No fuerzo más la conversación sobre sus padres, pero hay algo que no puedo seguir posponiendo.

—Sabías que Art se había convertido en un soplón, ¿verdad?

Se remueve incómodo en su asiento, concentrado en el serpenteante camino que sube por la escarpada colina.

—Creí que lo sabías —explica—. Ha salido en las noticias.

Mi abuelo sí debía de saberlo y me lo ocultó.

—Cuando estábamos en la cama y lo mencioné —continúa—, lo hice creyendo que ya sabías que era un soplón. Pero entonces lo defendiste. Y me di cuenta de que no tenías ni idea.

Y yo le acusé de acostarse conmigo para llegar hasta Art. ¿Por qué no podremos confiar los unos en los otros? Suspiro profundamente.

—Perdona si crees que debí decírtelo entonces —dice con cuidado—. Para empezar, elegí mal el momento, y no quería hacerte más daño.

—No pasa nada, no estoy enfadada. —Hago una pausa—. En realidad, creo que nunca he estado más enfadada, pero no contigo.

Ahora que lo sé todo, la rabia me carcome. La imagen de Art con el uniforme de soplón me enferma. Nunca fue una carrera que Art deseara seguir, él quería estudiar Ciencias. Su sueño era trabajar en los laboratorios de la misma fábrica que acababa de asaltar. Convertirse en un científico excéntrico y melenudo, y buscar una cura para el cáncer que le arrebató a su madre. Teníamos un plan. Un plan muy concreto y muy pensado: ir a la Universidad Humming para licenciarnos, él en Ciencias y yo en

Matemáticas. En vez de eso, yo soy una imperfecta y él un soplón. La presa y el cazador.

Su decisión de convertirse en soplón es personal. Es una bofetada, una patada en el estómago; me dice claramente que apoya a su padre, que está de acuerdo con la decisión del Tribunal. Es él diciéndome: «Creo que eres imperfecta, Celestine, imperfecta hasta la médula, como dice mi padre. Defiendo el dolor que te infligió, te mereces todo lo que te pasa. Y cuando te encuentre...» Entonces, ¿qué? ¿Qué me hará? Carrick me mira ansioso.

Pero, por muy enfadada que esté, no puedo odiar de pronto a la persona que una vez quise tanto. No puedo cambiar tan deprisa, no soy un robot. Quiero intentar entenderlo. ¿En qué piensa? ¿Por qué hace esto?

—Tal vez está fingiendo —digo de pronto—. Igual se ha convertido en soplón para intentar ayudarme.

—¿Cómo podría hacerlo? —El tono de Carrick es neutro.

—No lo sé. —Le doy vueltas—. Puede que solo lo haga para poder encontrarme. Puede que sea uno de los buenos, como Marcus y Kate.

En cuanto lo digo en voz alta, me lo creo. Me incorporo en el asiento, llena de esperanza. Miro a Carrick, que ha recuperado su expresión de soldado. Está enfadado, distante.

Un año, nuestros padres nos regalaron a Juniper y a mí anillos que reflejan tu estado de ánimo. Funcionan midiendo tu temperatura. Si te acaloras, se vuelven rojos; si estás tranquila, son púrpuras o azules. Cuando los dejas en la mesita de noche al acostarte, son negros. He pasado mucho tiempo preguntándome de qué color son los ojos de Carrick, y ya sé por qué. Me recuerdan a esos anillos. Su color parece reflejar su estado de ánimo, por eso me parecían negros cuando estábamos en las celdas de Highland Castle, luego eran de color avellana con manchas verdes cuando nos acostamos y ahora... Bueno, ahora ni siquiera me mira.

Desvía un momento el coche y para en una curva peligrosa, como si no la hubiera visto o no le importara. Cualquiera que tome esa curva no tendrá tiempo suficiente para vernos y esquivarnos, inevitablemente chocará con nosotros. Carrick me mira furioso y me provoca un escalofrío. Sus ojos son ahora marrón oscuro, sin verde, sin alegría.

—Te engañas si crees que está fingiendo. Hoy hemos visto cómo le arrebataba a Evelyn a su madre. Tu abuelo sigue en una celda de Highland Castle. ¿No crees que Art podría tirar de algunos hilos? Iba en una patrulla que te buscaba, en una instalación patrocinada por el Estado. ¿Es que quieres que te rescate, Celestine? ¿Es eso?

—¡No! —salto.

—Porque yo estoy aquí, y estoy arriesgando mi vida por ayudarte.

—¡Igual que yo! —le respondo gritando.

Me mira fijamente. La ira le rezuma por todos los poros, y yo le devuelvo la mirada, sintiendo que el calor crece en mi interior y me quema. Parece que va a decir algo más, pero se lo piensa mejor. Saca el coche de la curva y sigue conduciendo montaña arriba. Durante los siguientes cuarenta y cinco minutos no cruzamos ni una palabra. De hecho, me acaba doliendo el cuello de tanto mirar por la ventanilla por no mirarlo a él.

Estoy que echo chispas. Necesito mucho tiempo para que la rabia disminuya lentamente, y cuando lo hace, me doy cuenta de que no está dirigida contra él, sino contra mí. Porque sé que tiene razón. Art no está intentando ayudarme. De ser así, ya lo habría hecho.

SEGUNDA PARTE

34

La entrada de la casa de Raphael Angelo se encuentra a unos buenos cinco minutos en coche de la puerta principal. Tras ver una placa de madera con la inscripción EL CEMENTERIO, no tengo precisamente muchas esperanzas. La casa aparece de pronto ante nosotros. Es una enorme cabaña de madera con grandes ventanales de cristal, que reflejan el bosque que hay detrás de nosotros. Da la impresión de que los pocos ladrillos que se ven son un espejismo que flota en el centro del bosque, como si la casa intentara camuflarse en él. Salgo del coche y estiro las piernas, ansiosa. No sé qué decir; necesito ayuda, pero después de la discusión no puedo pedírsela a Carrick.

—Bueno, ¿quién va a hablar? —pregunto con calma—. Necesitamos trazar un plan.

—Es algo tarde para eso —me suelta, evitando mirarme.

Camina directo a la puerta y pulsa el timbre. No puede ser más testarudo. Corro para alcanzarlo, pero la puerta se abre antes de que llegue.

El hombre que abre mide poco más de metro veinte.

Cambia su mirada de Carrick a mí, antes de volver a Carrick.

—Vaya, mi vida se ha vuelto interesante. Pasad.

Abre más la puerta y nos guía al interior de la casa. Cruzamos un enorme vestíbulo con una escalera de madera, hasta llegar a una cocina abierta con grandes ventanales que dan a un jardín y al bosque de más allá. Todo el interior —paredes, suelos— es de madera de diferentes tipos, colores y texturas. La cabaña es amplia y luminosa, moderna y clásica. Y también un caos. Allí donde miro veo niños. Desde adolescentes a un bebé en una trona; algunos parecen padecer de enanismo, otros no. Se dispersan cuando entramos y se agrupan alrededor de una larga mesa de madera, ante otras ventanas tintadas. Están manchados de pintura.

—Fresno, te dije que la pintura no se come —lo regaña Raphael—. Chopo, comparte los pinceles con Olmo. Avellano, el agua para la pintura no se bebe, sabes que la pequeña Mirto está pintando una obra maestra. —Y a nosotros—: Mirto hace que todo parezca marrón, creo que tiene un don.

Miro a la pared que señala, dividida en secciones. Cada sección para un niño distinto. Fresno, Chopo, Olmo, Avellano y Mirto. La de Mirto es completamente marrón.

—Todos tienen nombres de árboles —digo.

—¡Ding! —exclama, imitando el sonido de una campana de concurso.

Una mujer se ríe y se abre paso hasta la mesa donde intenta imponer un mínimo orden.

—Esta es mi esposa, Susan. Una santa. —Ella se inclina para darle un largo beso al pasar—. Es un genio y la responsable de mi éxito. Susan, niños, estos son Celestine y Carrick. Decidles hola.

—Hola —dicen al unísono.

Carrick y yo nos miramos al darnos cuenta de que conoce nuestros nombres.

Susan sonríe y agita la mano a modo de saludo-despedida.

Seguimos a Raphael. Los ojos de Carrick son ahora más verdes que castaños, su inocencia brilla mientras estudia el lugar con curiosidad.

Entramos en una habitación con un escritorio, y los dos miramos sorprendidos a nuestro alrededor. No es un despacho normal. Exceptuando un sofá, todo se ha diseñado y construido pensando en la altura de Raphael. Él se sienta en su silla, y nosotros en el sofá que hay ante el escritorio.

En el suelo hay una alfombra en la que han cosido un traje de vaquero, una cara de goma aplanada y un sombrero de cowboy. Piso las botas, procurando no tropezar con las espuelas. Sobre la chimenea hay una cabeza humana, espero que falsa, rematada con unas astas. Es de un viejo canoso que sonríe enseñando un diente de oro. Me doy cuenta de que el sofá en el que nos sentamos está hecho de algún material que simula una piel blanca con pecas.

—Aquí no hay nada de origen animal —explica, al ver nuestra reacción—. Es una ironía. Vamos, relajaos. Soy vegano. Estoy en contra de matar animales por comida, ropa o diseño de interiores. Todo lo que hay aquí es falso, incluso las botas de cuero de la alfombra. Yo lo llamo Wayne. —Hace una pausa—. Lo sé, lo sé, un enano vegano. Salir a cenar es una tarea difícil, pero peor lo tiene mi hermana. Es celiaca. No, es broma. No tengo hermanas —dice, sin sonreír ni tomar aliento. Se levanta y se acerca a una vitrina a por whisky—. Os ofrecería un trago, pero sois imperfectos, y las reglas dicen que no podéis beber alcohol. Tomad algo de agua. —Nos tira a cada uno un botellín que saca de una neverita y los cogemos al vuelo.

Carrick estudia el agua con desconfianza.

—No te preocupes, no es un truco. Ningún animal resultó dañado durante el embotellado del agua. Lo que pasa es que me gustan las películas. —Alarga la mano y abre un cajón mostrando cientos de DVD—. Veo como tres al día, y sé cómo va la cosa. Policía veterano a punto de retirarse, le encargan un último caso y le pegan un tiro. Ladrón veterano hace un último trabajo antes de retirarse, sale mal y lo pillan. Es inevitable. Atraes tus miedos. El arte imita a la vida, la vida imita al arte, y todo eso, y aunque afectaría a mi esposa, Susan, y mucho...

—Hazlo o te dejaré —grita ella desde la habitación contigua.

—... aunque eso afectaría a mi querida esposa, Susan, y mucho, podría plantearme aceptar vuestro caso. En mi historia, nunca me pegan un tiro ni me pillan. Soy un abogado que no ha perdido ni un solo caso, así que, siguiendo el esquema de las películas, saldré de mi retiro y perderé.

Finalmente miro a Carrick.

—Pero eso solo es en el peor de los escenarios —se apresura a añadir—. Nunca he perdido, y no pienso hacerlo ahora. Supongo que no tenéis dinero. Estáis huyendo, eso impide conservar un trabajo; y en el supuesto de que trabajarais, no hay un trabajo de imperfecto con el que se puedan pagar mis honorarios. El hecho de ser fugitivos me pone en una situación aún más precaria y hace que la defensa resulte todavía más difícil, pero da igual, estoy acostumbrado a las complicaciones. Sin ánimo de ofender, Carrick, sugiero representaros por separado. Me he dado cuenta de que te sorprendía que conociera tu nombre, pero leo las noticias, sigo los procesos judiciales y, aunque no te acercas ni de lejos a la publicidad que le han hecho a tu amiga, me las he arreglado para leer un par de sentencias sobre tu pequeña debacle. Estúpida, aunque honorable.

»Aquí la estrella es Celestine. En todas las parejas siempre hay un miembro menos importante que el otro. Eso suele crear problemas, pero os tendréis que aguantar, las hay que se las arreglan para que funcione. Supongo que si estáis aquí, es porque soy el único abogado en la historia que ha conseguido anular un veredicto de imperfecto. No sé cómo lo habéis descubierto, fue un asunto estrictamente confidencial, sin papeleo que pudiera rastrearse, pero ya me lo contaréis luego. Fue un resultado que no benefició en mucho a vuestro querido amigo, el señor Crevan. ¿Qué? ¿Cómo voy?

Hace una pausa.

—Ah, tenía razón —sonríe—. Y la razón siempre vence. Si la acompañan el trabajo duro, la perseverancia, cantidades ridículas de dinero, amenazas, trucos y que el caso lo lleve alguien con tiempo suficiente. Y a mí cuando algo me importa, me importa de veras.

»Todas las semanas recibo docenas de peticiones de imperfectos para que acepte su caso, y siempre las rechazo. Soy una quimera, el abogado soñado por muchos, no porque sepan que conseguí esa anulación, sino por mi reputación en los juzgados. Soy el gigante de la litigación de imperfectos. Irónico, ¿verdad?

»Por eso estoy aquí retirado y a salvo en las montañas, lejos de todo. No sé muy bien cómo me habéis encontrado, pero estoy impresionado. Celestine, puedo ver en tu cara que no crees que esté a salvo en estas montañas. Frunciste el ceño cuando lo dije. Bueno, tienes razón, siempre nos queda tu amigo Crevan. He decidido que lo mejor para los dos es mantener las distancias. Es un mal perdedor, pero sabe dónde vivo por si me necesita. Y se ha asegurado de que yo lo sepa.

Raphael se inclina hacia delante y me mira como es debido por primera vez desde que llegué.

—En cuanto a ti, has conseguido escapar de él. Resulta curioso por dos razones: cómo lo haces y por qué te busca. Quiero saber ese porqué, claro, pero no puedo dejar que sea el factor determinante para decidir si acepto o no tu caso. Puedo arreglármelas sin saberlo.

Se recuesta y se da golpecitos en el mentón mientras piensa.

—Si te pregunto por qué tienes toda la atención de Crevan, ¿me lo dirías, Celestine?

Siento que Carrick está a punto de hablar, pero me adelanto a él.

—Solo si antes aceptas representarme. Por escrito —añado.

Él sonríe.

—El problema estriba en que, sea lo que sea que pasa entre el juez Crevan y tú, no estoy seguro de poder ganar tu caso. Fue un proceso curioso desde el principio. Eres imperfecta, y no por ayudar a un imperfecto, lo que habría conllevado una sentencia de cárcel, sino por mentir acerca de ello. Tú misma lo admitiste en la audiencia, lo que mancilla de por sí tu carácter. Quiero saber lo que tiene tan ansioso a Crevan. Y me estoy preguntando si vale la pena saberlo a cambio de perder un caso. —Me mira y medita un rato—. En estos momentos me inclino por el sí.

Se levanta, y camina de un lado para otro pisando a Wayne, la alfombra vaquera.

—Ah, claro.

Se detiene y sonríe como si hubiera oído mi silenciosa refutación.

—Ya lo entiendo. Lo que quieres es que defienda el caso de los imperfectos en general; lo que sería una cuestión de derechos humanos que dirimiría la Corte Suprema. Eso acaba con tu caso, porque no hay abogado de nivel que haya representado a un imperfecto fuera del Tribunal, por el miedo a que consideren que está ayudando a un imperfecto, no importa el dinero que este pueda pagar; aunque no sea tu caso, porque adivino que tú no tienes. No, lo que necesitas es a alguien como Enya Sleepwell, la del Partido Vital, que lucha por tu causa, pero tu novio ya debe de saberlo, dado lo involucrado que está en su campaña.

Al principio pienso que habla de Art, pero me doy cuenta de que mira a Carrick. Estoy confusa.

—Oh, no, señor Angelo, se equivoca, Carrick no tiene nada que ver con Enya Sleepwell —explico.

—Oh, querido. No sabe lo tuyo con Enya Sleepwell, ¿verdad, Carrick? ¿Se lo explicas tú, o debo hacerlo yo?

Carrick traga saliva.

35

—Sí, explíquemelo... por favor —digo, mientras paseo la mirada de Raphael a Carrick y viceversa, sintiendo cómo aumentan en mi interior el miedo y la rabia.

—La misión de tu novio, en caso de que decida aceptarla, y, afrontémoslo, la ha aceptado ya, consistía en cuidar de ti y seguir este mismo plan de acción para que Enya Sleepwell pudiera utilizarte en su campaña. Ella busca el voto de los imperfectos, algo que ningún político ha intentado antes. Ya sabrás que los imperfectos no suelen votar en las elecciones, pese a ser uno de los pocos derechos que les quedan. ¿De qué le sirve a un imperfecto votar a un político, que controla una sociedad a la que técnicamente no pertenece?

»Buscar el voto imperfecto es tan inteligente como arriesgado. Enya necesita a su lado algo más que imperfectos. Necesita gente que crea en ellos. ¿Y cómo puede la gente creer en los imperfectos? Gracias a Celestine, la heroína del momento. Es un círculo vicioso. ¿Cuánto de su campaña recae sobre tus hombros, Celestine? —Mira a Carrick—. Apuesto que mucho.

—¿Cómo ha...? Eso no es exactamente como... —farfulla Carrick.

—Mmm... —Raphael vuelve a centrarse en mí—. Piensa por ti misma, Celestine.

Estoy tan abrumada por lo que acabo de oír, por la idea de que Carrick esté confabulado con Enya Sleepwell, que no puedo apartar los ojos de él. Carrick no quiere ni mirarme, clava la vista en el suelo, incómodo, jugueteando con las deshilachadas rodillas de sus vaqueros.

—Dejad para luego las peleas y los insultos. Mírame a mí, mírame a mí —recalca Raphael con una sonrisa. Vuelve a su escritorio, abre un cajón y saca un papel. Lo rellena y me lo entrega—. Esto nos convierte en abogado y cliente. Es un contrato estándar, pero servirá.

Me tomo mi tiempo para leerlo. Es breve y sencillo, y viene a decir que Raphael Angelo representa los intereses de Celestine North. Sin trampas evidentes.

—A ver, dime. —Se sienta en una banqueta y se inclina hacia mí—. ¿Qué sabes que sea tan malo como para que el zorro de Crevan quiera darte caza?

—No se lo digas —suelta Carrick cuando me levanto—. No sabemos si podemos confiar en él.

—¿Confiar? —escupo, furiosa—. Así que conoces esa palabra...

Carrick aparta la mirada, molesto, negando con la cabeza.

—Mal empezamos —dice Raphael con un suspiro, y cruza los brazos.

Le doy la espalda a Raphael, me levanto la camiseta y me bajo la cintura de los pantalones.

Silencio.

Entonces, Raphael coge aire.

—Una sexta marca. Y en la columna. —Se levanta y se acerca a inspeccionarla—. No está en los documentos del Tribunal, y eso que son conocidos por su meticulosidad. Es tu palabra contra la de ellos.

—Hay una grabación de Crevan ordenando la marca extra —digo, midiendo mis palabras—. Eso es lo que busca.

Él se inclina hacia delante, alzando las cejas.

—¿Una grabación? Bueno, eso cambia las cosas.

—Todavía hay más. El guardia se negó —explico—. La columna no es una zona oficial de marcado y no había anestesia. Estaba al margen de las normas del Tribunal, así que me marcó Crevan en persona.

A Raphael casi se le salen los ojos de las órbitas. Pasea por la habitación mientras piensa. Aunque intenta ocultarlo, noto que está excitado, y eso me confirma que tengo un as bajo la manga. Que realmente tengo algo poderoso contra Crevan.

Se detiene. Me mira compasivo, repentinamente triste, con sinceridad.

—Debo disculparme, Celestine, me temo que te he fallado. Me he dejado engañar por el truco más viejo de la película, que es precipitarme, dar por hecho que ya lo he visto y oído todo. Se me escapó el detalle de que pudiera haber una sorpresa final. Me temo que soy hombre de blancos y negros, de buenos y malos. Del mismo modo que no le ofrezco alcohol a un imperfecto, tampoco puedo ayudar en mi casa a un imperfecto fugitivo. Tengo siete hijos y demasiado que perder.

Carrick se tensa a mi lado.

—Tenemos un excepcional sistema de vigilancia rodeando la casa. Nuestro amigo Crevan nos ha dado motivos de sobra para ello. Supe que venías cuando aún estabas bastante lejos. En cuanto te vi llegar, le dije a mi querida esposa que llamara a los soplones.

Carrick profiere una furiosa maldición y se pone en pie de un salto, con los puños cerrados. Se acerca a Raphael.

—Pero... —Raphael alza un dedo ante Carrick—, vivimos tan lejos por una razón. El soplón más cercano está a una hora de viaje, en el mejor de los casos, lo cual nos deja cuarenta y cinco minutos para trazar un plan. Así que... —Raphael mira a Carrick, nervioso, curioso, ligeramente divertido— tracémoslo.

36

—Vámonos a toda prisa de aquí, Celestine —suelta Carrick furioso, renunciando a un muy evidente deseo de machacar a Raphael.

—Muy machito por tu parte —dice Raphael, divertido.

—Callaos los dos —corto, alzando la voz—. Necesitamos su ayuda, Carrick.

—¿Su ayuda? —pregunta, horrorizado—. Acaba de delatarnos a los soplones.

—Solo a Celestine, la verdad. No creí que vinieran más deprisa si te mencionaba a ti.

Miro a Carrick y luego a Raphael, dividida. Hemos llegado tan lejos... Este es el único plan que tengo. Raphael Angelo, el único abogado que ha invalidado un veredicto de imperfecto. Lo necesito. ¿Qué puedo hacer sin él? ¿Cómo podría llevar mi caso hasta la jueza Sanchez?

—Vale, quédate tú si quieres —dice Carrick—. Yo no pienso hacerlo, no me fío de este tío. Un segundo más aquí y acabaremos de vuelta en Highland Castle.

—Carrick, espera. —Me vuelvo hacia Raphael—. ¿Puedo hablar con él en privado?

—Claro. Tic, tac, tic, tac —dice Raphael, señalando

un reloj sobre la chimenea. Por primera vez me fijo en las «manecillas humanas» con guantes color mostaza que señalan las horas. A continuación, sale de la habitación.

Carrick me mira con los brazos cruzados y la mandíbula apretada. Los ojos más negros que nunca.

—No podemos confiar en él.

—A qué se refería cuando mencionó a Enya Sleepwell —pregunto, temblorosa.

Y aunque intenta quitarle importancia, todo su lenguaje corporal cambia.

—Mira, Celestine... —Se acerca a mí y me coge delicadamente las manos—, no es momento para hablar de eso.

—Este es justo el momento. Necesito saber la verdad.

Suspira, molesto, porque, según él, pierdo el tiempo.

—Enya Sleepwell se me acercó durante tu juicio. Quería contactar contigo, quería ayudarte. Está llevando una campaña completamente basada en tus principios: «Compasión y lógica.» Esas fueron tus palabras, y las has visto en todas las farolas y carteles de la ciudad. Le dije que la ayudaría a encontrarte, pero que sería difícil. La prensa estaba en tu casa, en tu colegio, no podía llegar hasta ti. Pia Wang se ocupaba de tu caso.

—¿Viniste a buscarme porque te lo pidió Enya Sleepwell? —pregunto, sintiendo temblar mi voz. Lo oigo hablándome en el pasillo, camino de la Cámara de Marca: «Te encontraré.» Lo esperé durante las siguientes semanas, creyendo que teníamos una especie de conexión o lazo de algún tipo, pero no era así. Era un favor a un político.

—Espera, Celestine, escúchame —dice impaciente—. Enya fue la única que estuvo apoyándome en el castillo, cuando se acabó mi juicio y permitieron que me marchara.

—¿Te ayudó a convertirte en un fugitivo?

Mira a su alrededor y baja la voz.

—No puedo decir eso. Pero me guio, me dio pistas, me dijo en quién podía confiar y en quién no. Averiguó que mis padres estaban en Vigor, que ahora sabemos que pertenece a Alfa y al profesor. Entonces lo ignoraba, pero debe de estar financiando su campaña. Enya tiene muchos recursos, gracias a ella conocí a Fergus, Lorcan y Lennox. Tiene planes para los imperfectos y reúne a gente que piensa como ella. La fuerza está en el número, su campaña te necesita, eres la clave de todo. Quiere verte, pero no puede mientras te busquen. No es el enemigo, Celestine, intenta ayudarte.

—¿Sabe lo de mi sexta marca?

—No —dice con firmeza, y lo creo.

—Estaba en la revuelta del supermercado. Recuerdo que la vi.

Se queda paralizado.

—Lorcan y Fergus también estaban allí. No me había parado a pensarlo, pero ¿qué hacíais precisamente ahí? —Entorno los ojos, todo me parece sospechoso.

No dice nada.

—Carrick. Habla.

—Nos dijeron que estarías en casa de Alfa.

Alfa me invitó a una reunión en su casa y sentí que me había engañado. Me hizo subir a un escenario ante centenares de personas, me puso delante de un micrófono y esperaba que contase mi historia. Algo conmovedor, algo inspirador. No conseguí articular palabra, me quedé sin voz. No tenía nada que decirle a toda esa gente que tanto esperaba de mí. Irónicamente, lo que me rescató de aquella embarazosa situación fue la llegada de los soplones.

—Fuimos a buscarte —explica Carrick—. Pensé que

era la mejor posibilidad de llegar hasta ti. Evidentemente, cuando empezó el asalto no pudimos entrar. Pero cuando tu abuelo y tú salisteis de la casa, os seguimos y os vimos entrar en el supermercado.

—Tú organizaste la bronca del supermercado —digo de pronto. Y, por su mirada, ya sé exactamente lo que sucedió.

Balbucea y tartamudea su versión de los acontecimientos, pero me da igual cómo intente manipularlo.

—Organizaste la bronca del supermercado —repito, subiendo el tono de voz.

—Necesitaba encontrarte, Celestine.

—Podrías haberme dado un golpecito en el hombro y decirme «Hola, Celestine. Soy yo, Carrick, ¿te acuerdas de mí?» —digo con sarcasmo y voz temblorosa—. No tenías por qué empezar una revuelta.

—Necesitaba que Enya y los demás vieran lo buena, lo valiente que eres. Bajo presión, Celestine, eres toda una heroína.

—¡No soy ninguna heroína! ¡No soy más que una chica corriente que hizo lo que debía! ¡No hay nada heroico en lo que hice! —grito con frustración.

—Estamos todos tan contenidos por el miedo a cometer un error que ya nadie actúa por instinto. Eres especial, Celestine, créeme. Necesitamos a Enya, y ella te necesita a ti. Fergus y Lorcan creyeron en ti desde lo del supermercado, y te han apoyado desde entonces. Nadie esperaba que acabase como acabó, que el agente de policía se comportase como lo hizo. Solo quería que la gente viera tu fuerza, cómo te defendías. Eso no cambia nada lo que siento por ti.

Pienso a cien por hora.

—Organizaste la bronca del supermercado —repito por tercera vez con un rugido, y él guarda silencio—. Por tu culpa, por lo que pasó en ese supermercado, tuve que abandonar a mi familia. —La voz se me quiebra—. Tuve que dejar a la gente que quiero. Tú me metiste en esta situación.

—No, Celestine, no —protesta, alzando las manos ante mí como si intentara domar a un caballo salvaje.

—Eres tan malo como Art —escupo, con la ira y el dolor corriendo por mis venas.

Todo lo que me ha pasado desde aquel momento ha sido culpa de Carrick. Yo acataba las reglas hasta que Lorcan y Fergus se colocaron junto a mí en la cola. No se permite que haya tres o más imperfectos juntos. Y, por segunda vez, mi vida cambió para siempre.

—Si Enya Sleepwell va a ayudarme, ¿por qué no nos limitamos a cruzarnos de brazos hasta que se acaben las elecciones? Cuando esté en el poder, podrá poner fin al Tribunal y liberar a los imperfectos... o lo que sea que pretenda hacer.

—Enya necesita que convenzas a la gente de que lo mejor es disolver el Tribunal. Eres la única persona imperfecta que le ha caído bien a la gente. Les muestras lo que somos: seres humanos; si están escuchando nuestra historia es gracias a ti, y solo contando nuestra historia podremos llegar a cambiar las cosas. Cuanto más te persiga Crevan, más cuestionará la gente sus motivos. Y lo más importante, tienes la herramienta necesaria para hacerlo: la grabación. Es lo que necesitan ver todos.

Pero no la tengo. Es un secreto que le he ocultado. Siento que la sangre acude a mi rostro. Lo estoy acusando de ser un mentiroso, pero también lo soy a mi vez. Sin embargo, ¿acaso no es peor su mentira?

—Enya Sleepwell no es más que otra persona que me necesita para su causa —le digo—. No puedo confiar en ella. Solo busca el voto imperfecto para poder ascender en el escalafón. ¿Quién sabe lo que hará si la eligen primer ministro? ¿Quién sabe si no dará la espalda a todas las promesas que hizo? ¿Y dónde me dejará eso a mí? Tienes razón, Carrick, estoy sola. Aquí todos buscan su propio beneficio, y yo tengo que empezar a pensar en mí misma. No necesito a nadie. No te necesito.

Pestañea sorprendido, claramente herido. Sus ojos pasan del negro al castaño, del castaño al avellana, asoman motas verdes.

Antes de que pueda cambiar de opinión, añado:

—Vete, por favor. Puedo hacer esto sola.

Salgo de la habitación en busca de Raphael, estoy segura de que ha escuchado toda la discusión entre Carrick y yo. Está en la cocina, dando de comer puré de plátano al bebé.

—Treinta y cinco minutos para que lleguen los soplones —dice—. Tic, tac, tic, tac. ¿Te quedas?

Asiento.

—¿Sola?

La puerta principal se cierra de un portazo, y oímos el rugido de un motor. Ahora sí que estoy sola de verdad.

37

—Bueno, eso responde a mi pregunta —dice Raphael con jovialidad, volviendo a meter la cuchara en la boca del bebé, pero esta sale catapultada hacia su cara, la mesa y toda la habitación en general—. Bien hecho, Arce —felicita a su hija por su habilidad comiendo—. No te preocupes, Celestine, no estás aislada del todo, tengo un coche que puedes llevarte. Uno que habrás robado tras amenazar la vida de mis hijos y obligarme a darte la llave. —Se vuelve hacia sus hijos—. ¿Verdad que sí, Fresno?

Ella asiente, con sus ojos azules muy serios.

—Daba tanto miedo, papá... ¡creí que me mataría! —dice con dramatismo, perturbadoramente creíble. Los demás se ríen.

—Bastante bien —dice él—. Y ahora, a trabajar.

En el jardín trasero hay bancos de madera junto a una mesa. Nos sentamos en uno de ellos con los árboles por único concejo.

—¿Quién sabe lo de la sexta marca? —pregunta.

—Los guardias...

—Nombres, por favor.

—Tina, June, Funar, Bark, Tony, Crevan. También estaba el señor Berry. —Hago una pausa—. Y Carrick.

Me mira para saber si hablo en serio.

—De haberlo sabido antes...

—¿Qué?

—Bueno, es que... tiene su utilidad. Es importante. Es un testigo, Celestine. De haberlo sabido, no habría permitido que se fuera.

Cierro los ojos, arrepentida, y apoyo la frente en la mesa.

—¿Y el señor Berry estaba grabando eso? —continúa.

—Sí, desde la sala de observación —confirmo, sin alzar la cabeza de la mesa—. Y ahora ha desaparecido. Igual que los guardias.

Sorprendido, Raphael alza la mirada de su cuaderno de notas.

—Pia Wang también sabe lo de la sexta marca. Empezó a investigar, pero también ha desaparecido.

Él se quita las gafas.

—¿Confiaste en Pia Wang? —pregunta, como si yo estuviera loca.

—También firma como Lisa Life.

Se queda boquiabierto.

—Estaba buscando a los guardias para entrevistarlos, preparaba un artículo sobre Crevan. Hace dos semanas que no tengo noticias suyas. Mi padre y mi madre saben lo de la marca, claro, pero no estaban presentes e ignoran que me la hizo Crevan en persona, no se lo dije. No estoy segura sobre mi hermana, nunca lo hablamos. El tribunal ha dejado en paz a mi familia. Más o menos. Pero hace dos días se llevaron a mi abuelo para interrogarlo. Sabe lo de la marca y que me la hizo Crevan.

¿Solo han pasado dos días?

—Quieren acusarlo de ayudar a los imperfectos —continúo—. También lo saben algunos estudiantes con los que voy al colegio. Me secuestraron y me encerraron en un cobertizo, me desnudaron y me sacaron fotos. —Lo digo sin emoción, y él me mira conmocionado—. Son Logan Trilby, Natasha Benson, Gavin Lee y Colleen Tinder.

Al oír esto, deja caer las gafas en la mesa y abre todavía más los ojos.

—Vamos adentro.

Lo sigo hasta la cocina y enciende la televisión. Busca el canal de Imperfectos TV, lo que provoca las quejas de los niños. Veo a la sonriente sustituta de Pia, una rubia guapa de gélidos labios rosados y mejillas como las de la Bruja Buena, mientras pronuncia con odio cada una de sus palabras. Aparecen fotos de Logan, Colleen, Natasha y Gavin. La de Natasha es una *selfie* que se hizo tras inyectarse bótox en los labios. Está ridícula, parece un pez globo. No sé por qué estoy mirando unas fotos de esas caras idiotas y sonrientes como si nunca hubieran roto un plato. Yo sé la verdad.

Entonces me doy cuenta del motivo. Debajo de sus rostros destaca una palabra:

DESAPARECIDOS

38

Llevan dos días desaparecidos. Los religiosos padres de Logan me acusan de la ausencia de su hijo. Han concedido una entrevista exclusiva a Imperfectos TV.

Raphael apaga el televisor.

—Lo tienes todo en contra. ¿Cómo crees que debo continuar, teniendo en cuenta que los que estaban al tanto de lo ocurrido han desaparecido, y que acabas de tener una pelea de enamorados con el único testigo que te quedaba?

Mira a su alrededor, a sus hijos. Y, por primera vez, lo veo nervioso. Susan nos echa de vuelta al exterior para que continuemos, sin dejar de murmurar por lo bajo:

—No quiero saberlo. No quiero saberlo.

Necesito volver a ganármelo. Necesito darle confianza.

—La jueza Sanchez está de mi lado. No me preguntes cómo ni por qué, pero lo está. Mi plan era encontrarte y reabrir el caso. Al verse en la grabación, Crevan tendría que confesar que me hizo la injusta sexta marca. Y si había cometido ese error, bien podría haber cometido más. Eso lo convertiría en otro imperfecto de facto. Entonces tendría que disculparse, y todo el sistema de los imperfectos quedaría cuestionado. Crevan sería humillado y se vería obligado a dimitir, que es lo que quiere la jueza Sanchez.

Raphael sonríe y me mira con lo que creo que es admiración.

—¿Quieres acusar a Crevan de imperfecto?

Me muerdo el labio por los nervios.

—Sé que no es muy convencional...

—Yo no soy un hombre convencional. Pero antes tendría que ver la grabación.

Ah.

—Hay un problema. —Trago saliva—. Un gran problema. No la tengo.

Silencio.

—El marido del señor Berry me dijo por teléfono que la tengo yo. Crevan oyó la conversación, debía de tener la línea intervenida. Pero no sé dónde está.

Raphael parece a punto de rodearme el cuello con las manos y apretarlo hasta estrangularme, pero afortunadamente no lo hace. Respira profundamente un par de veces.

—¿Te visitó el señor Berry en tu casa después del juicio? —pregunta.

—No.

Los primeros días fueron muy duros, entraba y salía de la bruma provocada por los calmantes, pero sé que no me visitó. Puedo contar con una mano las personas que lo hicieron. El médico. Angelina Tinder.

—Me visitó Tina —recuerdo de repente—. Era una de los guardias. Una guardia maja.

—Entonces, ella debió de darte la grabación.

La mente me funciona a cien por hora. Pienso en lo que pasó hace cuatro semanas. Parece toda una vida.

—No. Me llevó magdalenas que había hecho su hija.

Recuerdo que me pareció muy feo porque no podía comérmelas. Solo un lujo por semana, y una sola magdalena supera el consumo de calorías permitido.

—En las magdalenas había algo —dice él.

—No. Se las comió mi hermano pequeño. —Me levanto y empiezo a caminar de un lado a otro—. Nos habríamos dado cuenta si se hubiera tragado un... un... No sé, señor Angelo. ¿Qué es lo que buscamos? ¿Un expediente? ¿Un disco? ¿Un chip?

—Supongo que un USB —conjetura—. O la tarjeta de memoria del teléfono del señor Berry.

Solo nos quedan quince minutos antes de que deba marcharme.

—Tiene que haberte dado algo más —dice él.

—Ni siquiera llegué a verla. —Me estrujo el cerebro—. No me encontraba bien y mi madre no dejó que me visitara, no le pareció apropiado.

—Y no lo era, ¿verdad? —dice, meditando sobre ello—. No, era una visita completamente inapropiada y arriesgada para ella. Debía de tener alguna finalidad, tuvo que darle la grabación a tu madre.

—Trajo una bola de cristal —recuerdo de repente—. Un globo de nieve de Highland Castle. Cuando lo sacudías, caía confeti rojo como la sangre. Después de lo que me pasó allí, me pareció el regalo más horrible y desagradable que podía darme nadie. Me pregunté por qué lo hacía.

—Ahí —dice levantándose—. Tiene que estar en la bola, ¿dónde está?

Lo miro con desconfianza, preguntándome si puedo fiarme de él. Se lo he contado todo, pero ¿no le habré contado demasiado? Si pierdo la grabación, pierdo todo mi poder.

Finjo decepción. Vuelvo a apoyar la cabeza en la

mesa. No me cuesta hacer brotar las lágrimas, de todos modos ya estaban a punto de asomar.

—La destruí —miento—. La lancé contra la pared y se rompió. Mamá la tiró a la basura. Pero eso pasó hace semanas, ya no la tengo.

Raphael parece furioso, pero me cree. Pienso en formas de recuperar el globo de cristal. No puedo llamar a casa, seguro que estarán controlando el teléfono. Fue así como Crevan se enteró de su existencia, escuchando mi conversación con el marido del señor Berry. ¡Qué idiota fui entonces!

Me quedan diez minutos.

Raphael está impaciente. Se sienta despacio.

—Mi forma de pensar, de ser, es poco convencional. Ese es mi punto fuerte, Celestine. Uno no llega a mi edad, ni consigue mi aspecto, sin tener que endurecerse y luchar. Cuando eres adolescente, lo que te hace diferente puede llegar a ser lo peor del mundo. Al hacerte mayor te das cuenta de que eso es tu arma, tu armadura, tu fuerza. Tu don. En mi caso, ese don es pensar de forma no lineal, que es hacer precisamente aquello que crees que no deberías hacer.

—¿Y eso qué significa?

—¿Qué has estado haciendo las últimas dos semanas?

Frunzo el ceño, mientras le doy vueltas a la pregunta. Huir, esconderme, llorar, sentir pena de mí misma. Perder la virginidad, pero seguro que no se refiere a eso.

De pronto lo miro, adivino lo que va a decir.

—Evitar a Crevan.

—Exacto. Ahora debes encontrarte con Crevan.

39

Una vez que hemos concretado el plan, Raphael vuelve a la casa para buscar las llaves del coche. Se deja el teléfono móvil sobre la mesa, y lo cojo. Tras haber llamado a la jueza Sanchez y a la soplona Kate con mi teléfono secreto, no quiero llamar con él a Juniper. Es muy posible que ya no sea seguro. Gracias al abuelo, sé que Juniper trabaja en una cafetería de la ciudad. Es extraño cómo las vidas de los demás siguen, cómo se mueven, cómo avanzan, mientras que la mía sigue estancada.

Cuando eres acusado de imperfecto, debes contratar a un abogado que te represente. Si te hallan inocente, el Tribunal paga las costas judiciales; si, por el contrario, te declaran culpable, te corresponde a ti pagarlas. El señor Berry era el mejor abogado del Tribunal y el más caro, y sé que estoy pagando por sus servicios a costa de los ahorros de papá y de mamá.

Por más que mamá sea una *top model*, perdió algunos contratos y renunció a otros por no estar ya de acuerdo en cumplir con los estándares de perfección que pregonan los productos que anunciaba. Dudo que ahora siga teniendo ingresos. Papá trabaja como director en la cadena de televisión News 24, pero estoy segura de que está bajo la bota de la nueva directora, Candy Crevan, la hermana de Bosco. Ella no dejará que papá decida qué noticias han de emitirse, especialmente cuando su hija forma parte de ellas.

Así que Juniper está trabajando. Es verano y, de todas formas, ambas habríamos tenido que buscar un trabajo para las vacaciones, antes de que empezaran las clases, pero ahora sé que las cosas en casa deben de estar tirantes. A pesar de que Juniper es mayor que yo, apenas nos llevamos un año, la gente siempre piensa que somos gemelas. Durante las semanas que los medios asediaron nuestra casa, muy a menudo utilizamos a Juniper como cebo y la hacíamos salir para despistar a los fotógrafos, mientras yo me escapaba por la puerta trasera. Podemos parecernos físicamente, pero en cuanto a personalidad, somos polos opuestos.

El colegio me encantaba y siempre sacaba sobresalientes. Juniper lo odiaba y tenía que esforzarse a causa de su dislexia. Pero, aunque yo obtenía mejores notas, Juniper siempre fue la más lista. Es más espabilada, y sabe captar mejor a la gente y las situaciones. Manteniéndose al margen, como mera observadora, aprendía mucho más que yo, que siempre me involucraba en las cosas.

Juniper siempre fue más habladora cuando Crevan nos visitaba, creo que tenía las mismas teorías conspiratorias que el abuelo. Por eso cambiamos los papeles aquel día en el autobús: tenía que haber sido ella la que ayudase al anciano imperfecto. Creo que, en cierto modo, habría sido más feliz siendo ella la imperfecta porque siempre se ha movido por los límites de la sociedad. Para Juniper, ser marcada como imperfecta casi habría supuesto una medalla de honor. Tenía que haber aprendido mucho de ella. La echo tanto de menos...

Llamé a Juniper a la cafetería dos veces desde casa del abuelo. Ella solo me respondió una vez. Nunca dije una palabra... solo quería escuchar su voz. No pretendía causarle problemas, pero sabía que si el Tribunal revisaba los registros telefónicos del abuelo, no le resultaría extraño que llamase a su nieta al trabajo.

Ahora vuelvo a marcar el número.

—Coffee House —responde una voz masculina.

—Con Glory, por favor.

También sé que se ha cambiado de nombre. Nadie quiere contratar a alguien cuya hermana está en la lista de los más buscados por el Tribunal. Glory y Tori eran los nombres que nos dábamos la una a la otra cuando éramos pequeñas. Nos poníamos cojines bajo las camisetas y fingíamos ser dos mujeres con sobrepeso que gestionábamos una pastelería. Nos pasábamos horas haciendo pasteles de barro en el jardín trasero, adornándolos con hierba y pétalos de flores, y sirviéndoselos a nuestros clientes imaginarios, normalmente a Ewan, que intentaba comérselos para diversión nuestra y pánico de mamá.

—No se admiten llamadas personales —rezonga.

—Su abuela ha muerto —le espeto, y le pasa rápidamente el teléfono.

—¿Diga? —Parece nerviosa.

—¿Glory? Soy Tori, la de la pastelería.

Una pausa.

—¿Eres tú? —susurra.

—Sí —le aseguro al borde del llanto.

Hay muchas cosas que quiero decirle a mi hermana, pero tengo miedo de contarle demasiado. Me estoy quedando sin tiempo y necesito marcharme antes de que vuelva Raphael. Y antes de que lleguen los soplones.

—¡Oh, Dios mío! ¿Estás bien?

—Sí, pero tienes que ayudarme. Necesito algo de casa, ¿puedes conseguírmelo?

—Lo intentaré. —Baja todavía más la voz—. Es complicado, siguen viniendo a casa para registrarla. Y ella se llevó todo lo que quiso de tu habitación. Lo siento, pero no pudimos impedírselo.

Sé a quién se refiere exactamente. Mary May.

—Al día siguiente de tu marcha, vino y arrasó tu cuarto después de que el abuelo... Bueno, se llevó todas tus cosas. Buscan algo, y no solamente a ti.

—Así es —digo escuetamente—. ¿Dónde se lo llevó todo?

—No lo sé, pero no llevaba uniforme y conducía su propio coche. Lo metió todo en sacos de basura y se marchó.

Resulta que lo hizo cuando se llevaron al abuelo, cuando no pudieron encontrarme en la granja. Así que fue hace dos días. Y siguen buscándome, lo que significa que siguen rastreando la grabación. Imagino que no ha descartado el globo de cristal. Conociendo a Mary May, no lo ha hecho.

Oigo volver a Raphael y decido colgar.

—Has sido de gran ayuda. Te quiero —digo deprisa. Cuelgo y dejo el teléfono sobre la mesa.

—Le he dejado un mensaje a la secretaria de Crevan —dice Raphael, dejando un vaso de agua sobre la mesa para mí—. Le he dicho que me llame en cuanto vuelva. Seguro que sabrá de qué se trata, ya le habrán advertido de tu presencia aquí. Y considerará urgente cualquier llamada telefónica mía.

Parece nervioso por lo que ha hecho. O por a quién se lo ha hecho: al juez Crevan.

No pienso esperar a que Crevan devuelva la llamada

y convertirme en presa fácil para los soplones. Es imposible saber en quién confiar. En lugar de pensar en ello, necesito enfrentarme a los hechos.

Sé en quién no puedo confiar.

Sé exactamente cómo atrapar a Crevan con una rápida llamada telefónica.

40

—Art, soy yo —anuncio con el móvil en la oreja, mientras traqueteo por las montañas en el Mini Cooper de Raphael. El corazón va a salírseme del pecho, lo oigo latir en mis oídos, siento una rabia incontrolable. Tengo ganas de gritarle por aquello en lo que se ha convertido.

—¿Celestine? —pregunta, sorprendido.

Conecto el manos libres y coloco las mías en el volante para concentrarme, mientras el Mini sigue montaña abajo.

—¿Dónde estás? —Su voz se quiebra.

—Tenemos que vernos —digo firmemente—. Quiero enseñarte algo.

—¿Qué es?

—Un vídeo. De tu padre y mío.

—¿Qué? ¿De qué estás hablando?

—Dentro de dos horas. En nuestro lugar de siempre.

Guarda silencio mientras se lo piensa.

—De acuerdo.

Corto la llamada. Carrick tenía razón en una cosa. Art es el cebo.

41

Me escondo en lo alto de la colina, al amparo de la oscuridad y con el estómago revuelto. Susan insistió en que, antes de dejar la casa, comiera algo para no quedarme sin energía. Ahora, ese algo está amenazando con rebelarse contra mi estómago. Espero en la cima que domina la ciudad, mi antiguo punto de encuentro con Art. Es la primera vez que llego antes que él, siempre tenía que esperarme... otra muestra de que nuestra situación se ha invertido.

La luna está alta en el cielo. No es la perfecta luna llena de la última vez que estuve aquí con Art, la noche que me regaló la tobillera con tres círculos que representaban la armonía y la perfección, la noche antes de que mi vida cambiara para siempre. Quizá la luna no fuera perfecta, quizá solo me lo imaginé, porque ahora soy capaz de ver muchas cosas que no eran ciertas. Pienso en cómo era antes, en lo ingenua que fui al creer que lo sabía todo, que podía planearlo todo, que tenía la solución a cualquier problema. Que podía confiar en la gente.

Sigo llevando la tobillera que me regaló. Solo una vez pensé en arrancármela y tirarla lejos: fue en el momento que lo vi vestido de soplón. Pero, al igual que la sexta marca en mi columna vertebral, la tobillera me da poder. Ahora sé que me la dio un soplón de segunda, el hijo del hombre que hizo que me marcasen. Eso me señala como perfecta. Todos son unos hipócritas.

Oigo el ruido de pisadas sobre la grava y me escondo. Vaqueros, sudadera con capucha, mechones de rizos dorados, cara blanda, ojos amables, labios sonrientes como si todas las palabras que surgen de su boca fueran una broma. Es Art. Espero un poco para comprobar que viene solo. Dejo que se impaciente un minuto. Dos. Nadie más a la vista... de momento.

Salgo de entre las sombras.

—Hola —me saluda tímidamente, como si me tuviera miedo. Me mira de arriba abajo. Y después echa un vistazo a su alrededor, nervioso. Me pregunto si Crevan aparecerá ahora o esperará hasta que terminemos de hablar, si Art ha recibido órdenes de sacarme información o si es siquiera consciente de que está siendo utilizado. Pobre Art. Siento un ramalazo de ternura por él, atrapado en medio de todo el problema. Pero esa empatía desaparece cuando pienso en que él solito ha elegido en qué bando alinearse.

—Hola —respondo, de una forma mucho más suave de lo que pretendía.

Oigo pisadas tras Art y me preparo. Me sorprende descubrir que me siento decepcionada porque no podremos pasar un poco de tiempo juntos y a solas. No aparece ningún regimiento de soplones con su uniforme de antidisturbios, solo Crevan, tal como sospechaba. Sabía que no traería un ejército que pudiera escucharme hablar de la grabación, no quiere que nadie se entere. Lleva vaqueros y una sudadera. Es una versión más adulta de Art en visita no oficial.

—¡Papá! —grita Art, volviéndose. Me alegra ver que está realmente sorprendido, antes de lanzar preguntas con acritud—. ¿Qué haces aquí? ¿Me has seguido?

—He recibido tu mensaje —me informa Crevan, ignorando a Art, engreído como si eso pudiera impresionarme. Apoya la mano en el hombro de su hijo—. Vete a casa, yo me encargaré.

—¿Qué está pasando? ¿Qué quieres decir con que recibiste el mensaje?

—Lo siento, pero ahora que eres un soplón, tenemos acceso autorizado a todas tus llamadas. La de Celestine hizo saltar las alarmas en el acto, luego hablaremos de eso —asegura, y luego se vuelve hacia mí—: Art ya no puede quedarse hasta tan tarde como solía hacerlo antes, debido a su nuevo trabajo —añade sonriendo, creando arrugas en el rabillo de sus ojos.

Miro rabiosa a Art y después a Crevan.

—Debes de estar muy orgulloso de tu hijo. Ahora es como tú.

Art baja la mirada. Noto que se siente aliviado por poder alejarse de mí, ahora que sabe que sé que es un soplón. Nos dedica una última mirada a los dos y desaparece rápidamente.

—Es irónico que tus delitos me hayan favorecido al devolverme a mi hijo. Ahora estamos más unidos que nunca —dice Crevan, dando unos pasos hacia mí.

La brisa me trae un aroma familiar a menta. O a antiséptico, no termino de situarlo. Quizás incluso sea un simple chicle, tal vez es el olor del Crevan de mi vida anterior, de cuando éramos amigos, casi familia.

—Nunca hubiera aceptado integrarse en el negocio familiar si no lo hubieras traicionado y huido, convirtiéndote en una fugitiva.

Siento ganas de correr hasta él, de darle puñetazos y

patadas. Siento ganas de gritarle con todas las fuerzas, de escupirle los peores insultos que se me ocurran, pero sé que no le harían ningún efecto. Es impenetrable. Toda emoción o afecto que sintiera por mí, murió hace mucho tiempo. Creo que ahora se sienta durante horas, pensando de qué forma puede destruirme a mí y a la conexión que su hijo tiene conmigo.

—Querías enseñarle algo a Art. —Disfruta viendo la expresión de mi rostro—. Supongo que se trata de esa grabación secreta, así que dámela. —Intenta mostrarse tranquilo y frío, pero sé que no lo está. Ha buscado este vídeo por todo lo largo y ancho del país desde hace dos semanas.

Sonrío.

—¿De verdad crees que la he traído conmigo?

Su sonrisa desaparece.

—Llamé a Art suponiendo que te diría dónde íbamos a encontrarnos. ¿Crees que ignoraba que era un soplón? Claro que lo sabía. Lo que no suponía era que mantendría nuestra cita en secreto. Parece que esa sociedad padre-hijo no es tan fuerte como creías. —Disfruto haciéndole daño—. He cambiado mucho desde que me marcaste, soy más lista. Es irónico, tú también me has hecho un favor a mí.

Su rostro se ensombrece al darse cuenta de que lo tenía todo planeado, que ha caído en mi trampa.

—No he venido a mostrarle la grabación a Art. He venido a hablar contigo, he venido a decirte que cometiste un error, aunque creo que ya lo sabes. Intentas borrar tus huellas, pero no puedes. Los guardias, los estudiantes, un periodista, un abogado... ¿no crees que has ido un poco demasiado lejos? ¿Creías que nadie se daría cuenta? ¿Que nadie juntaría todas las piezas? No puedes marcar a todo el mundo, Bosco.

—¿Crees que un simple vídeo tiene tanto poder? —sonríe.

—Sé que lo tiene porque sé lo que muestra. Yo estaba allí, ¿recuerdas? Y porque has removido cielo y tierra buscándome, persiguiéndome, dándome caza. Estás aterrorizado. Sabes que no puedes escapar. Cuando la gente vea esa grabación, se dará cuenta de que eres un animal, un monstruo descontrolado al que se le ha dado un poder ilimitado y en el que ya no se puede confiar.

Traga saliva, intentando aparentar que mis palabras no le preocupan, pero sé que es mentira. Nadie le ha hablado nunca así.

Cojo aire profundamente.

—Puedo hacer que todo esto acabe. Te daré el vídeo si admites que no soy una imperfecta, que lo que hice en el autobús no estuvo mal. Arrepiéntete, Crevan —le escupo, repitiendo lo mismo que me exigió en la Cámara de Marca.

Parece sorprendido.

—No pienso hacerlo, nunca lo haré. Si lo hiciera, todos los imperfectos exigirían lo mismo.

—Ese es el trato.

Me encojo de hombros. Él suspira, y deja caer los hombros. Se mete una mano en el bolsillo mientras se frota la cara con la otra, cansado.

—Está bien. Acepto.

Retrocedo un paso ante la rapidez de mi triunfo. El consejo de Raphael ha funcionado, pero debo continuar mientras tenga el viento a favor.

—Necesito que hagas lo mismo por otra persona. Carrick Vane.

Puede que Carrick me haya mentido en su implicación con Enya Sleepwell, pero eso no cambia lo que pasó entre él y yo, lo que compartimos en el castillo y en la cabina la noche anterior. Puede que me deba una disculpa, pero sigue siendo la persona en la que más confío, la que me ha traído hasta este punto. Se lo debo.

Me mira entornando los ojos, y yo intento mostrarme fuerte. Parte de mí siente pánico por haber mencionado a Carrick, por dejarle saber que estamos relacionados.

—Si me das todas las copias que tengas de la grabación, haré eso por tu amigo y por ti. Pero yo también tengo exigencias que plantear. Ambos dejaréis el país, no quiero volver a saber nada de vosotros nunca más. Si volvéis a poner un pie en Humming, os encontraréis en la misma situación que ahora.

Me sorprende que haya funcionado. ¿Irme del país? Sin problemas. ¿Ser libre? Sí, por favor.

—Pero nuestro trato será privado —continúa, ampliando sus condiciones—. Nadie podrá saber que vuestras sentencias han sido revocadas. Viviréis libres y las autoridades del país al que vayáis estarán al corriente de la nueva situación, pero el público no. Lo mantendremos en secreto.

Es exactamente lo que pasó con el caso de Raphael Angelo. Si acepto no hablar públicamente sobre la anulación del veredicto, significará que nunca llegaré a limpiar realmente mi nombre y que nadie más podrá utilizar mi caso para luchar por su propia libertad. No podríamos acusar a Crevan de ser un imperfecto. Enya Sleepwell no tendría nada para su campaña y los derechos de los imperfectos no cambiarían. Sanchez no sería capaz de arrebatarle el poder a Crevan.

Pero yo sería libre. Y Carrick también.

Recuerdo lo que me dijo Cordelia en Vigor: «¿Qué clase de líder sacrifica a otros en su propio beneficio?»

—No —digo con voz temblorosa—. No puedo aceptarlo.

—Estuviste muy cerca, Celestine —se burla Crevan, chasqueando la lengua.

No estoy lo bastante alerta, ando demasiado perdida en las repercusiones de la decisión que he tomado, y tardo en reaccionar. Creía ser muy lista, pero resulta que aún no lo soy lo suficiente. Cuando saca la mano del bolsillo, me clava una aguja hipodérmica en el muslo.

Caigo al suelo.

42

Despierto en la cama de un hospital. Me rodea una cortina blanca, paredes blancas, techo blanco, sábanas blancas, fluorescente brillante que me hiere los ojos. Llevo una bata roja.

Intento sentarme, pero estoy inmovilizada. Tengo la parte superior del cuerpo agarrotada, pero soy capaz de moverla. Mi torso y mis brazos me obedecen, pero de cintura para abajo nada. No se mueve. Estoy completamente paralizada.

Me siento atrapada y gimoteo por el esfuerzo. Aparto la sábana e intento mover las piernas con las manos. Aunque se me antojan muy pesadas puedo moverlas, pero no las siento. Las golpeo, les doy palmetazos, intento que despierten, que me obedezcan.

Alguien aparta de golpe las cortinas y me sobresalto. Es Tina.

Tina. La guardiana que estuvo conmigo mientras me marcaban, que desapareció. No, la guardiana que creí que había desaparecido como todos los demás. Lleva un uniforme de soplona y todo aquello en lo que creía se desmorona. La teoría de que estaba de mi parte, que había contrabandeado la grabación para mí, que Crevan la había escondido para que no hablara, todo se desintegra. Ella es el enemigo.

Se lleva un dedo a los labios para que guarde silencio.

—Te inyectó una sustancia que te paraliza —susurra—. Planean hacerte un injerto de piel para eliminar la sexta marca.

—¿Qué? —siseo.

—Chis —me recomienda silencio—. El Tribunal ha traído a la doctora Greene para realizar la cirugía. Lo siento, Celestine, es un maldito embrollo.

—Creí que te habían hecho desaparecer. Estaba preocupada por ti.

Se acerca y me toma la mano.

—Nos amenazó a mi hija y a mí. Vi lo que les hizo a los otros y no fui capaz... —Sus ojos se humedecen—. Intenté ayudarte todo lo que pude. ¿Encontraste el USB?

—¿El del globo de cristal? —pregunto.

Su rostro se ilumina de alivio.

—Bark añadió una base falsa a la bola. Yo no estaba segura de que pudieras descubrirlo, pero él sí, dijo que eres una chica muy lista. —Sonríe con tristeza al recordarlo—. Pensé en enviarte una nota, pero no quería dejar ningún rastro en papel o que pudiera caer en las manos equivocadas. No podía contactar contigo, no estaba segura de que lo encontrarías.

—No lo deduje hasta que fue demasiado tarde. Mary May se llevó todo lo que quiso de mi habitación, pero no creo que sepa lo que esconde el globo de cristal o yo no estaría aquí. ¿Dónde se lo habrá llevado?

—No lo sé —responde con los ojos llenos de pánico. Si encuentran la grabación que esconde el globo, se verá metida en un buen lío.

—Por favor, Tina, tengo que saberlo. Averígualo por mí.

La puerta se abre.

Tina se me acerca y por un momento creo que va a darme una bofetada, pero solo empuja mi cabeza contra la almohada y me tapa los ojos con la mano indicándome que los cierre.

—Sigue dormida, doctora Greene —dice con tranquilidad.

—Dios, nunca he visto a nadie dormir tan profundamente.

—Supongo que hace tiempo que huye. Debe de estar exhausta —argumenta Tina, y capto compasión en su voz.

—Mmm... —La doctora Greene no parece muy convencida—. ¿Seguro que no ha tomado ninguna medicación?

—No lo sé, doctora —responde Tina, precavida—. Solo me han pedido que la vigile.

—Normalmente preparo a mis pacientes con semanas de antelación para asegurarme de que la medicación no interfiera con la capacidad de la sangre para coagularse. —Le habla a Tina como si desconfiase de ella, como si le estuviera dando la oportunidad de confesar que me ha drogado.

Reina un extraño silencio mientras me observan.

—Me temo que eso tiene que preguntárselo al juez Crevan.

—Ya lo he hecho.

Y ambas saben que no puede preguntárselo dos veces. Intento mantener mi respiración calmada. Me recuerda a cuando estaba en el horno de tierra, pero al menos aquí puedo respirar. La situación ha mejorado, aunque la parálisis es algo nuevo.

—¿Ha visto la marca? —pregunta la doctora Greene en un susurro.

—Estaba allí cuando la marcaron, doctora.

—No puedo creer que se hiciera eso a sí misma. ¿Cómo logró apoderarse del hierro de marcar del guardia en un momento así? ¿No se supone que los imperfectos están atados a una silla?

—¿Perdón? —pregunta Tina, sorprendida.

—El juez Crevan me dijo que no pudiste impedir que Celestine se marcara.

Silencio.

—Es importante eliminar la marca de inmediato. Sus acusaciones contra el juez Crevan podrían tener graves repercusiones. ¿Sabe que está diciéndole a la gente que fue él quien la marcó? No me extraña que se volviera loco para encontrarla.

Tina permanece en silencio.

—Porque fue eso lo que pasó, ¿no? —insiste la doctora Greene, dubitativa.

—¿Ha despertado ya? —resuena la voz de Crevan mientras entra en la sala.

—Todavía no, juez —responde la doctora, sorprendida por su súbita irrupción.

—Avíseme cuando lo haga. No quiero que hable con nadie, ni que siga contando mentiras.

—Sí, señor —asiente Tina con rapidez.

—¿Todo en orden? ¿Le parece adecuado el quirófano, doctora Greene?

—Sí, juez. Gracias. ¿Puedo preguntar qué tipo de instalación es esta? No conocía su existencia.

—Esta sección es un secreto gubernamental, doctora.

Casi puedo captar la sonrisa que acompaña a su voz y me imagino su cara. Solía pensar que Crevan era atractivo antes de que se quitase la máscara.

—Si no le importa, me gustaría echarle un vistazo a la cicatriz antes de la intervención —pide con firmeza la doctora Greene.

Tina y la doctora me mueven hasta colocarme de costado. Espero que Crevan no se haya quedado y también esté mirando. Oigo cómo la doctora Greene aspira profundamente.

—Dios, parece muy dolorosa. Es casi una tortura. ¿Por qué se haría una joven algo así? —pregunta, desconcertada.

—¿Quién sabe lo que pasa por la mente de una imperfecta? Volveremos a reunirnos tras la intervención, doctora —ordena Crevan—. Ahora debo preparar la entrevista que el primer ministro me ha pedido que conceda antes de las elecciones. Tengo que demostrarle al público que no soy el lobo feroz que asegura el Partido Vital —bromea, intentando quitarle hierro al asunto.

Si el gobierno le ha pedido que dé una entrevista, es que está metido en un buen lío. Control de daños.

—Ah, sí. Un cara a cara con Erica Edelman —dice la doctora—. Le deseo suerte, es una entrevistadora muy eficiente.

—Está ansiosa por hacerme sudar, pero sabré torearla.

El sonido de las pisadas de Crevan disminuyen a medida que se aleja y abandona la sala.

—¿En qué consistirá la cirugía? —pregunta Tina en voz baja.

—Cuando Celestine despierte, le colocaremos una intravenosa en el brazo para administrarle anestesia general. Se la inyectaremos y se dormirá, no sentirá ningún dolor. Le haré un injerto por capas, extrayendo piel de la parte interior del muslo y la fijaré sobre la marca mediante puntos. Después cubriré la zona afectada con vendas. La traeremos aquí para la recuperación y le administraremos calmantes si es necesario. Haremos todo lo posible para que se sienta bien. Tendré que mantenerla en observación unos cuantos días para asegurarme de que el injerto progresa adecuadamente. Por lo demás, deberá evitar ciertas actividades físicas durante tres o cuatro semanas, pero la zona donante se curará en dos o tres.

—Ya ha estado aquí antes para que le trataran las heridas —comenta Tina tranquilamente.

—Parece... perdóneme por decirlo, pero parece preocupada. ¿Siente algún tipo de afecto por ella?

—Tiene la edad de mi hermana —responde Tina.

—Interesante —comenta la doctora Greene—. Sus argumentos se parecen mucho.

—¿Qué quiere decir?

—Estuve viendo el juicio de Celestine por televisión. Dijo que la razón por la que ayudó al anciano del autobús fue porque le recordaba a su abuelo.

—Creo que se llama empatía —explicó Tina—. Puede que como sociedad la hayamos perdido.

—No todos —aclara la doctora Greene.

Sus pisadas resuenan en el linóleo del suelo, y Tina y yo nos quedamos solas.

—Tienes más o menos una hora para salir de aquí —me susurra al oído—. Después, la doctora Greene empezará a hacerle preguntas a Crevan y se verá metida en un buen lío. Iré a tomarme un café. Dejaré las llaves de mi coche junto al bolso, en la silla del rincón de la sala. Está fuera, en el aparcamiento. Mientras, me encargaré de distraer a los demás. Es cuanto puedo hacer por ti, Celestine —añade a modo de disculpa, y se marcha rápidamente antes de que pueda pedirle algo más, algo que habría hecho.

No pierdo el tiempo. Utilizo los hombros para poder sentarme. Me aferro a la cortina buscando apoyo para ponerme en pie, pero peso demasiado y las anillas que la sujetan a la barra ceden. Caigo al suelo gruñendo y me golpeo el costado. No sé si la caída también ha afectado a mis piernas porque no las siento. Ruedo hasta colocarme boca abajo, intentando ignorar el dolor, y avanzo utilizando los brazos y los hombros, arrastrando las piernas.

Siento mi cuerpo pesado e indolente, como si estuviera muerto; no obedece mis órdenes. Empiezo a sudar de inmediato por el esfuerzo, lo que ayuda a que mi cuerpo se deslice por el pulido suelo. Es como si me hubieran partido por la mitad, no siento nada por debajo de la cintura. No tengo idea de dónde estoy. Bajo mi bata roja de hospital solo llevo unas braguitas. Apenas consigo llegar hasta la puerta de la sala, así que no sé cómo podré escapar del edificio. Por lo menos sé que no estoy en Highland Castle.

Llego hasta la silla donde se encuentra el bolso de cuero negro de Tina, y recojo las llaves de su coche.

Imagino a Crevan llegando hasta mí y mirándome en el suelo, moviéndome como una babosa. Indefensa y a su merced, tal como él quisiera. Esa idea me da ánimo y redoblo el esfuerzo para moverme más deprisa.

Tina ha dejado la puerta entornada. Lo suficiente como para que pueda pasar la mano por la abertura y tirar de ella, por lo que doy gracias. Me habría sido imposible llegar hasta el pomo. Tina me ha ayudado más de lo que esperaba. Observo el pasillo. Está vacío. Oigo voces más allá, procedentes de la sala de personal.

—Jason, ¿puedes venir un momento? —está diciendo Tina—. El juez Crevan me ha pedido que repase con vosotros el manual de seguridad.

Veo que un soplón, que estaba controlando las cámaras de seguridad al final del pasillo, abandona su posición.

—Lo recibimos hace semanas —protesta este, ajustándose los pantalones por encima de la cintura y uniéndose al pequeño grupo de guardias.

—Sí, bueno... Pues parece que no está contento con la forma en que cumplimos las normas —responde Tina, ante las quejas de los otros—. ¿Qué tal si repasamos el manual mientras nos tomamos un café?

—Buena idea —aplaude Jason, uno de los soplones.

—Bien. Página uno... —comienza Tina.

Estoy reptando por el pasillo, a punto de girar hacia la derecha para dirigirme a la salida, cuando oigo la cadena Imperfectos TV atronando en la habitación más cercana a mí. Están retransmitiendo en directo el debate entre los líderes de los partidos.

—El eslogan de campaña del Partido Vital es «Compasión y Lógica», para sintetizar que «una buena cabeza y un buen corazón forman una combinación formidable» —asegura desde su podio Enya Sleepwell.

—Esas palabras se las he oído a más de un imperfecto, lo que demuestra que Enya Sleepwell está de acuerdo con ellos —replica el primer ministro Percy.

—Es interesante que diga eso, primer ministro. Estaba citando a Nelson Mandela.

Punto para Enya.

Repto por el vestíbulo hasta la sala opuesta. En ella veo sillones: más pacientes con batas rojas. Más imperfectos. Ellos podrán ayudarme.

—Perdonen —susurro, entrando en la sala—. Necesito ayuda.

Todos están de espaldas, pero no se vuelven, no me hacen caso. Quizá debería irme, pero, como dice Carrick, todo lo que tienes que hacer es convencer a una persona. Si lo consigo, tal vez podamos ayudarnos unos a otros y salir de aquí. No creo que sea capaz de conducir un coche con las piernas en estas condiciones. Si tengo que hacerlo por lo menos lo intentaré, pero con ayuda sería más seguro y más rápido. Vuelvo a reclamar su atención, pero no me oyen o me ignoran, no quieren ayudarme. Me arrastro hasta el sillón más cercano, con la cara y la espalda chorreando sudor por el esfuerzo.

—Perdone, necesito su...

Me callo de golpe. Se me eriza el vello de todo el cuerpo.

El hombre del sillón es el señor Berry.

43

—¡Señor Berry!

Le tiro del brazo para captar su atención. Sus ojos muertos no se apartan del televisor, y no creo que sea porque le interese especialmente el debate. Tiene la mirada de un drogado. Parece un anciano. Su rostro es más joven que el resto de su cuerpo, pero lo parece menos sin su habitual colorete y su corrector de ojeras. Da la impresión de que el cuello apenas puede sostenerle la cabeza.

Miro el sillón vecino y veo a Pia Wang. La hermosa Pia Wang que intentaba ayudarme. Tiene la misma mirada distante y el pelo grasoso, como si no se lo hubiera lavado en semanas. Temo seguir mirando las demás butacas, pero debo hacerlo. Llego hasta la siguiente fila, y descubro allí a los guardias: Bark, que me marcó; Funar, June y Tony, el hombre de seguridad que lo presenció todo.

En la primera fila están los chicos de la escuela: Natasha, Logan, Gavin y Colleen. Los observo desvalidos con sus batas rojas, no como la última vez que los vi, cuando me ataron y me desnudaron para contemplar mis marcas. El aroma a menta que flota en el ambiente hace que sienta náuseas. Es el mismo olor que despedía Crevan.

Me avergüenzo por sentir satisfacción contemplando a los que abusaron de mí no hace tanto y fotografiaron mis marcas. Fue un acto malévolo que selló su destino. Siento algo más de simpatía por Colleen, al fin y al cabo crecí con ella. Vivió toda la vida en la casa frente a la mía y era amiga de la familia, recuerdo jugar con ella cuando éramos pequeñas hasta el fatídico día en que su madre, Angelina Tinder, fue arrestada y marcada como imperfecta en el último Día de la Tierra que cambió nuestras vidas. No es que disculpe lo que ella me hizo, pero lo que motivó a Colleen fue el dolor, no la pura maldad, como los otros. Me alegra no encontrar al abuelo, otros miembros de mi familia o a Raphael Angelo en esta sala.

Nadie aquí puede ayudarme, ni siquiera perciben mi presencia. Me he quedado demasiado tiempo. Oigo las voces de los soplones en el pasillo, diciéndole a Tina que se niegan a seguir escuchándola.

—Nunca se enterará, Tina. Le diremos que lo hemos vuelto a repasar y ya está —dice uno de ellos, mientras Tina intenta retener inútilmente su atención.

Pierde la batalla. Los guardias ya se han bebido su café y empiezan a dispersarse.

Me he quedado sin tiempo.

44

La puerta de la sala se abre y entra una guardia. Mantengo la mirada fija en el televisor, intentando imitar a los demás. Mi corazón late desbocado por el esfuerzo de trepar a uno de los sillones vacíos, el sudor se desliza por mis sienes y recorre toda mi columna vertebral. No sé si me lo estoy imaginando, pero creo sentir incluso como resbala por mis piernas. ¿Estarán desapareciendo los efectos de la anestesia? No puedo intentar caminar para comprobarlo, pero siento agujetas en los muslos. Me he quedado sin aliento por el esfuerzo de auparme al sillón y espero que la guardia no se fije en cómo se agita mi pecho bajo la bata roja. Intento controlar la respiración y lo que supongo que es una mirada inquieta en mis ojos que contraste con la de los demás, que parecen zombis. ¿Qué les habrá hecho Crevan? ¿Cuánto tiempo hará que están aquí y qué pretende hacer con ellos?

La guardia jadea repentinamente y sale corriendo de la habitación.

—¡Stacey! —grita en el pasillo, manteniendo la puerta abierta con su cuerpo, así que no puedo moverme.

Decido correr el riesgo y me limpio el sudor de las cejas. Un movimiento simple, pero peligroso. Ella vuelve con otra guardia. Susurran entre ellas con las cabezas juntas.

—Es ella. Es Celestine North.

—No. No lo es, Linda —niega Stacey.

Se acercan a mí. Intento mantener la cabeza alta y los ojos fijos, como si no me diera cuenta.

—Es tan joven...

—Es más guapa en persona.

—Probablemente ha adelgazado mucho.

—La dieta de la fugitiva. No me iría mal.

Una de ellas resopla, y a las dos se les escapa una risita que reprimen de inmediato.

—Sabía que Tina ocultaba algo en esa habitación. Además, está esa doctora arrogante y lo de tener que repasarnos todas esas normas. ¿Qué deben de estar tramando?

—No es asunto nuestro preguntarlo ni saberlo.

—Sácame una foto con ella.

—¡Stacey!

—¿Qué pasa? Es para mí, no se la enseñaré a nadie.

Vuelven a reírse, mientras Stacey se arregla el pelo y se agacha a mi lado, pasándome un brazo por encima del hombro, como si fuéramos dos buenas amigas disfrutando de una noche de fiesta.

Linda sostiene el teléfono frente a nosotras. Siento el aliento de Stacey sobre mi piel y puedo oler su perfume dulzón. Intento concentrarme en el televisor, pero...

—Una, dos, tres... ¡Santo cielo! —exclama Linda, dando un paso atrás.

—¿Qué? —Stacey también se aleja de mí, como si creyera que soy una bomba a punto de explotar.

—¡Me ha mirado!

—No puede ser —replica Stacey—. Les han metido suficientes drogas en el cuerpo como para que les duren una semana. Mira a la de la tele, por ejemplo. —Chasquea los dedos frente a la cara de Pia—. Pia Wang, en directo —la imita—. Ahora no parece tan estupenda, ¿verdad?

Linda no está segura. Le doy miedo, y disfruto interiormente de ese poder.

En el pasillo se oyen voces y el retumbar de botas militares. Otro grupo de soplones. Llegan ante la puerta y la abren de un empujón. Aparecen cinco, todos enfundados en sus cascos. Dos de ellos se quedan en la puerta y los otros tres entran en la sala.

Se acabó. Han descubierto que ya no estoy en mi cama.

Uno de los soplones se quita el casco. Es Kate. Intento no reaccionar.

—Traemos órdenes de Highland Castle. Tenemos una autorización para llevarnos custodiada a Celestine North.

Kate mira a una guardia y a otra.

—Esto es cosa de Tina —dice Stacey rápidamente, ansiosa por salir de allí a causa del acto nada profesional que ha cometido hace unos momentos—. La avisaré.

—Te acompaño —añade Linda.

Kate se marcha con ellas. En cuanto las tres dejan la sala, el segundo soplón se quita el casco y descubro que es Carrick. Mi estómago da un salto. El último soplón resulta ser Juniper.

Ahogo un gemido.

—El comando de rescate ha llegado —suelta Juniper, entrando en acción—. Tenemos que darnos prisa. Si a alguien se le ocurre llamar al castillo tendremos problemas. —Y empieza a desnudarse.

Carrick aparta la mirada.

—Juniper, ¿qué diablos estás haciendo? —le pregunto.

—Ocupando tu lugar.

—¡¿Qué?! No puedes...

—No hay tiempo para discusiones —replica con urgencia—. Voy a hacerlo, así que cállate y obedece. Si te niegas, nos meterás a todos en un lío. Cíñete al plan.

No puedo creerlo, no puedo dejar que lo haga, no puedo abandonar a mi hermana en este lugar, sabiendo lo que pretenden hacer en el quirófano.

—Los retrasaré. Te daré tiempo para que hagas lo que tengas que hacer. Levanta y quítate la bata —me ordena, enfadada.

—¡No puedo! —replico.

—¡Claro que puedes! —insiste, alzando la voz.

—¡Chis! —nos previene Carrick.

—No. Quiero decir que no puedo, literalmente. Crevan me inyectó algo y las piernas no me obedecen.

Ambos me miran desconcertados y veo el miedo en sus ojos. Van a tener que improvisar. ¿Cómo vamos a salir de aquí si no puedo caminar?

45

—Nosotros te sacaremos —asegura Carrick—. Sigamos.

—Carrick, no seas estúpido. Harán preguntas, no funcionará —protesto.

Juniper me saca la bata por encima de la cabeza.

—Por favor, Juniper, no lo hagas.

—Basta, Celestine —corta ella, furiosa—. Es la única salida.

—Papá y mamá nunca me lo perdonarán.

—Ha sido idea de mamá. De haber podido, ella misma hubiera ocupado tu lugar.

Juniper se quita su ropa y me ayuda a vestirme. Puedo ponerme la chaqueta, ya que controlo la parte superior de mi cuerpo, pero me es imposible colocarme los pantalones de combate porque no puedo levantarme. Carrick me ayuda. Pienso en el día anterior, cuando sus ojos y sus manos recorrían mi cuerpo, y creo que a él le pasa lo mismo porque nuestras miradas se cruzan. Ojos verdes moteados de puntos color avellana. Después de todo no me ha abandonado. Juniper nos mira a él y a mí alternativamente, y sonríe feliz. Sé que sabe lo nuestro. Meten mis piernas en los pantalones y mis pies en las botas. No pueden perder tiempo con los calcetines.

Los pinchazos y las agujetas se extienden hasta mis rodillas.

Veo que Juniper lleva marcada una «I» en la sien y otra en la palma de la mano.

—Me las ha hecho mamá —confiesa Juniper muy nerviosa. Me mira tiernamente—. Las seis.

Lo sabe. Es la primera vez que hablamos de las seis marcas.

Confío en mamá y en su habilidad con el maquillaje para imitar una auténtica cicatriz. Como modelo, mamá se ha puesto muchas veces en manos de los mejores maquilladores del mundo, especialmente para las sesiones fotográficas más locas, y ha conseguido que las marcas de Juniper parezcan auténticas, heridas protuberantes llenas de costras.

Carrick me levanta y me pone en pie, pero no puedo sostenerme sola. Sigo sin sentir nada de rodilla para abajo.

Juniper descubre a Gavin, Logan, Natasha y Colleen en la fila delantera de sillones.

—Bien —aprueba, con una mirada fría.

—Gracias —susurro, inclinándome para darle un beso.

Me rodea con sus brazos para sostenerme.

—Te lo debía. Ahora ve a salvar al mundo, hermanita —añade. Y veo lágrimas en sus ojos al separarnos.

Cuando volví a casa tras mi marcado, esperé todos los días a que Art me visitase o, por lo menos, contactase conmigo de alguna forma. No lo hizo nunca. Me di cuenta de que Juniper desaparecía de su cuarto por las noches y, una de esas noches, la seguí y descubrí que se reunía con Art en nuestro lugar secreto de la cima de la montaña. Saqué conclusiones equivocadas. Ahora creo que sus reuniones eran absolutamente platónicas. Ninguno quiso causarme problemas, pero tardé tiempo en darme cuenta. Creí que ambos me habían traicionado. Juniper y yo aclaramos la situación, pero sé que siente la necesidad de redimirse. Este acto de amor es mucho más de lo que pensé que podría hacer. Es muy peligroso.

Juniper me coloca el casco, mientras me sostienen los brazos de Carrick.

Kate vuelve a la sala con Tina, que parece nerviosa. Stacey y Linda se mantienen juntas observándonos con curiosidad. Espero que Carrick y Juniper tengan un plan muy bueno, y que Tina pueda proteger a mi hermana. Le paso discretamente a Tina las llaves de su coche y ella se las guarda rápidamente en el bolsillo, deslizándome al mismo tiempo un papel.

—Un mensaje para Highland Castle —me dice.

—Ya estamos listos para salir —anuncia Kate, abriendo la puerta.

Carrick tiene que tirar de mí, lo que hace que los guardias me miren con desconfianza.

—Esa puta estúpida me ha dado una patada —comento, disfrazando mi voz lo mejor que puedo y apoyando todo mi peso sobre Carrick.

Ellos miran inmediatamente a Juniper, que contempla fijamente el televisor desde su sillón. Nos ignoran mientras salimos, sin dejar de estudiar atentamente a mi hermana.

—Dale tú una patada —dice Linda—. Te dije que no estaba del todo inconsciente. Me miró.

—Oye, ¿no te parece distinta? —pregunta Stacey.

—Los famosos siempre parecen distintos cara a cara —replica Linda.

—Será mejor transportarla a la cama para su operación —interviene Tina—. Ayudadme a llevarla hasta la silla de ruedas. —Levanta a Juniper y las otras colocan la silla de ruedas tras ella. Juniper interpreta muy bien su papel y se comporta como una muñeca de trapo.

Avanzamos por el pasillo hacia la libertad, pero me duele el corazón al dejar atrás a Juniper. Carrick me sostiene, mientras intento mover las piernas como si estuviera caminando. Sé que tiene que emplear toda su fuerza para mantenerme erguida. Los dos soplones que vigilaban la puerta nos siguen e intento deducir quiénes son. Sería demasiado arriesgado que Fergus y Lorcan se aventurasen en un lugar como este, así que quizá sean Mona y Lennox. Uno de ellos es una mujer, seguro. Salimos de la instalación y noto el aire fresco en mi piel. No podremos escapar indemnes, no podremos.

Llegamos a la camioneta de los soplones y reconozco al que se sienta al volante: es Marcus, el soplón del profesor Lambert y esposo de Kate.

Cuando la camioneta se acerca al control de la entrada, nos sentamos muy rígidos en nuestros asientos. Resulta que me habían traído a las Barracas Creed, en el Centro de Entrenamiento y Educación de Soplones. Su extensión es de cuatro hectáreas y recibe el nombre de la ciudad en la que se encuentra. Crevan ha creado su propia instalación, lejos del cuartel general principal, para mantener aislada a la gente que considera una amenaza. No será capaz de ocultarlo por mucho tiempo, ahí está mi hermana y toda la gente que intentó ayudarme. Mi corazón se acelera cuando frenamos ante la puerta y Marcus baja el cristal de la ventanilla.

Saca el brazo y le hace una señal al guardia de la caseta de entrada.

Todos guardamos silencio, conteniendo la respiración.

El guardia sale de la caseta y se acerca a la furgoneta.

—Abre las puertas, necesito echar un vistazo al interior. Órdenes nuevas. —Mira a Marcus, como si esas órdenes le gustasen tanto como un agujero de bala en la cabeza.

—Claro —responde Marcus desbloqueando las puertas—. ¿Qué estáis buscando?

—Gente de más.

—No es mala idea, la necesitamos. Ahí fuera todo está muy revuelto —responde Marcus.

—Dímelo a mí.

El guardia desliza la puerta a un lado y nos mira, como si simplemente nos estuviera contando. Siento ganas de vomitar.

Kate se quita el casco.

—Hola, Ryan —saluda casualmente.

—Hola. Gracias —asiente con la cabeza. Vuelve a cerrar la puerta y le da un par de golpecitos a la carrocería.

Vuelve a la caseta y nos deja pasar. Deseo que Marcus salga a toda velocidad, pero no quiere levantar sospechas y se toma su tiempo.

Mientras nos alejamos de las Barracas Creed, los dos misteriosos soplones se quitan los cascos. Mona y Lennox me sonríen.

—Gracias, chicos.

Los abrazo y Mona me apretuja con todas sus fuerzas.

—¿Habéis procurado en Vigor que el profesor Lambert esté a salvo? —pregunto.

—Todos excepto Bahee —explica Lennox—. Decidimos dar un rodeo y lo abandonamos en una carretera de la ciudad.

—Lo dejamos en el mismo sitio donde él abandonó a Lizzie —añade Mona, con los ojos destellando fuego. Se han vengado al fin—. Le preguntamos por ella, pero tuvimos que salir de allí pitando, no es el lugar más seguro del mundo.

Sé que Mona se siente culpable por no buscar antes a su amiga, por no comprender que su desaparición no era voluntaria.

—La encontraremos —afirmo para transmitirle valor.

—Incluso después de dejarlo, Bahee creyó que íbamos a llevarlo con nosotros hasta el profesor Lambert —dice ella, furiosa—. Le doy una semana como máximo antes de que los soplones lo encuentren. No tiene ni idea de cómo sobrevivir ahí fuera.

—¿Y si habla con el Tribunal? —pregunto.

Carrick se encoge de hombros, desconcertado.

—Dudo que hable con nadie de Alfa y del profesor. Han sido su único salvavidas todo este tiempo. De todas formas, no tiene ni idea de cuáles son nuestros planes.

—Ni dónde viven los Lambert —añade Lennox—. Buena jugada, Celestine.

Alza su mano abierta esperando la mía, y río cuando chocamos las palmas.

—Tenías razón, Celestine, son buena gente —dice Carrick, y capto el tono de disculpa en su voz.

Todo el mundo empieza a quitarse los uniformes, excepto Kate y Marcus, que acelera la furgoneta. No hay tiempo para ser discretos.

—Si alguien nos detiene ahora, os llevamos prisioneros, ¿de acuerdo? —apunta Kate, y todos asentimos.

Carrick me alcanza un paquete con ropa. La han traído de mi casa, que no he visto desde hace semanas. Juniper debe de haberla elegido. Estoy recuperando el tacto en mis piernas, pero todavía no puedo sacarme los pantalones yo sola. Carrick empieza a quitarme las botas sin decir una palabra. Ese acto tan simple hace que broten lágrimas de mis ojos.

—Gracias a todos —vuelvo a decir.

—Podremos sacarte de un montón de pequeños problemas, siempre que tú nos saques de uno grande —propone Lennox, y entiendo lo que quiere decir. Nos necesitamos los unos a los otros, no todo depende de mí. Ellos también están corriendo un gran riesgo.

—¿Cómo me encontrasteis?

—Carrick te siguió —aclara Mona.

Miro a Carrick, pero tiene la cabeza agachada y está ocupado con mis botas.

—¿Y cómo pudisteis contactar con Juniper?

—Por el último número marcado en el teléfono de Raphael Angelo —explica Carrick, alzando una ceja. No fue una buena idea, siempre meto en líos a la gente.

Ese pensamiento me lleva a otro. Otro que es horrible.

—¿Qué le va a pasar a Juniper? —pregunto, llena de pánico—. Estaban planeando hacerme un injerto de piel.

—¿Un injerto de piel? —se extraña Mona, confusa—. ¿Para qué?

No sabe nada de la sexta marca.

Miro preocupada a Carrick.

—No te preocupes, tenemos un plan. En cuanto la avisemos, tu madre se presentará en tromba con un abogado y un agente de policía. Los acusará de retener a la hija equivocada.

Me quedo con la boca abierta.

—¿Creéis que funcionará?

—Lo hará —asegura Kate, y me pregunto hasta qué punto ha cambiado de bando y por qué, o si siempre estuvo en contra del Tribunal y creyó que la mejor forma de combatirlo era desde dentro. Me encantaría hablar largo y tendido con ella, pero no es el momento.

—Quizá mi madre tendría que presentarse también con Bob Tinder —sugiero.

—¿Bob Tinder? —repite Carrick mirándome y frunciendo el ceño, mientras me quita una bota.

—Era el director del periódico de Crevan Media —aclaro—. Es mi vecino. Su esposa, Angelina, fue marcada antes que nosotros. Tuvo algo que ver con un desacuerdo entre Crevan y Bob, y esa fue la forma de Crevan de castigarlo por ello. Su hija Colleen está allí. Es una de las estudiantes desaparecidas.

—¿Todos los estudiantes están allí? —pregunta Kate, inclinándose hacia delante.

Asiento.

—¿Incluso Logan Trilby? —insiste, y el simple sonido de su nombre hace que me rechinen los dientes. Me duele pensar en lo que me hizo. Fue el peor, el más mezquino de todos.

—Entonces, puede que sea el famoso matrimonio de los Trilby el que deba entrar allí en tromba buscando a su hijo —sugiere Kate pensativa.

Niego con la cabeza.

—Si supieran dónde se encuentra Logan, sus padres acudirían al Tribunal. Son sus mayores simpatizantes. Me culpan a mí de todo, nunca os creerían. —Recuerdo su entrevista en Imperfectos TV, cuando me endilgaron la desaparición de su hijo.

—Escucharán lo que sea si eso significa encontrar a su precioso hijo —dice Kate, intercambiando una mirada con Marcus. Un tácito plan entre ellos.

—Una modelo ejemplar, un respetado dúo religioso y el furioso director de un periódico. Se han metido con los padres equivocados. —Mona sonríe, casi alegre—. ¿Y los padres de los demás chicos?

—Natasha y Gavin —digo tranquilamente, recordando cómo me desnudaron en el cobertizo y examinaron las cicatrices de mi cuerpo.

Entonces los veo como hace unos minutos, con los ojos muertos y la baba prácticamente cayendo sobre sus rojas batas de hospital. Es contradictorio. Los odio, y al mismo tiempo me dan lástima. Me alegro de que hayan recibido su castigo, y a su vez me siento culpable.

—Por mí, pueden quedarse allí —masculla Carrick entre dientes.

No puedo verle los ojos, debe de saber lo que me pasó. Pia Wang, como Lisa Life, documentó lo sucedido con todos sus terribles detalles.

Mientras Marcus y Kate discuten excitados sus planes, tiemblo por dentro. Sé exactamente dónde se va a meter mi madre y la clase de persona a la que va a acusar.

No será fácil. Por lo que respecta al Tribunal, nadie es intocable.

46

Marcus se lleva a Kate, Mona y Lennox a la mansión de Alfa y del profesor Lambert, donde se ocultan todos. Tengo visiones de Evelyn en una habitación rosa, peinando a una muñeca. Incluso, aunque no sea verdad, quiero que se encuentre en alguna parte donde se sienta libre. Sé que Alfa le ofrecerá la mejor vida que pueda. Pero Carrick y yo todavía no estamos a salvo. La camioneta se detiene junto a una fila de tiendas en medio de la nada, o eso parece. Es tarde y todas están cerradas, excepto un comercio chino.

—Otra vez a solas tú y yo —dice Carrick, abriendo la puerta de la camioneta, y mirando a derecha e izquierda antes de salir de ella.

Me encantaría volver a casa de Alfa, darme un baño, comer, dormir y pretender que nada de esto ha pasado, pero he ido demasiado lejos para eso. Juniper ha ocupado mi lugar. El reloj sigue avanzando. Antes de que descubran que no soy yo, tengo muchas cosas que hacer.

—Buena suerte —nos desea Kate, antes de cerrar la puerta.

Carrick y yo quedamos abandonados a nuestro destino. Las Barracas Creed están lejos de la ciudad, y Marcus y Kate nos han dejado en la periferia, en los suburbios. Carrick vuelve a tener que sostenerme y llevarme casi en volandas. Busco a nuestro alrededor algún lugar donde escondernos, aunque eso realmente no importe en estos momentos, ya que nos encontramos en un callejón relativamente tranquilo y está anocheciendo. Es fácil ocultarse al amparo de la oscuridad, pero la cosa se complica tras el toque de queda, cuando los controles se multiplican. Y este está a punto de llegar.

—¿Y ahora qué? —pregunto.

Él se mira la palma de la mano, como si estuviera leyendo algo en ella.

—Rescatar a Celestine North, la mujer más hermosa del mundo. Hecho.

Me río sorprendida. No me esperaba eso de él.

—Siguiente punto: pedir perdón. —Me mira, tragándose el orgullo—. Perdón. Siento mucho no haberte hablado de Enya Sleepwell, pero, por favor, comprende que mis intenciones eran buenas. Todo lo que he hecho, ha sido en pro de la causa imperfecta, por ti y por mí. Nunca pretendí hacerte daño. No era ningún truco, solo hice todo lo que pude.

Habla en serio, lo sé, y ya no quiero discutir con él. Aun así, no hay nada malo en dejar que se sienta un poquito culpable. Dejo que continúe.

—Creí que salvarte la vida sería una demostración de lo mucho que lo siento, ¿sabes? Supuse que así podría ahorrarme esta conversación —sigue, mordiéndose el labio para ocultar una sonrisa.

—Mmm... La verdad es que no me has salvado la vida. Iban a hacerme un injerto, no a matarme. Pero agradezco igualmente que me hayas rescatado.

—Nada es lo bastante bueno para ti —comenta divertido.

Le pongo la mano en el pecho, mi palma contra su cicatriz.

—Tú lo eres. Quise culparte por todo esto, lo que fuera antes que culpar a mi estúpido ego. Adoro a mi familia, no quería abandonarla. No estaba acostumbrada a ser yo la responsable, y es más fácil cuando puedes echarle la culpa a otro.

Pienso en Juniper sola en el hospital y me estremezco. ¿Habrán descubierto ya la suplantación? Espero que el plan funcione y que Tina pueda ayudarla. No me quedaré tranquila hasta que sepa que ambas, Juniper y mamá, están a salvo.

—Y yo solo estoy acostumbrado a ser yo mismo —dice Carrick—. Lo siento. Por lo que pasó en el supermercado y por dejarte en las montañas. Por si sirve de consuelo, te he estado siguiendo siempre. A propósito, ibas demasiado rápido descendiendo por la montaña en tu Mini.

—Tenía una misión.

—Te vi con Art —susurra, estudiando mi reacción.

No le respondo.

—Escuché toda tu conversación con Crevan.

Bajo la cabeza, avergonzada porque mi plan no funcionase.

—Crevan lo sabe todo sobre ti. Estoy segura de que sabía que intentabas ayudarme. Lo siento. Traté de negociar con él nuestra libertad y estaba dispuesto a concedérnosla, pero no podía abandonar a todos los demás. No podía.

Espero que me grite, que me diga que lo que hice fue algo estúpido, pero no lo hace.

—Adelante, dime que soy una idiota.

—Fuiste muy valiente por intentarlo.

—Fui estúpida.

—Bueno, un poco estúpida. —Pero su tono es humorístico—. No obstante, hiciste bien en no aceptar el trato. Por mucho que desee marcharme a otro país y vivir libre, no podría hacerlo sabiendo que abandonaba a los demás imperfectos.

Me consuela saber que tomé la decisión correcta.

—La otra noche, en tu cubículo, pasé uno de los mejores momentos de mi vida —confieso.

Me levanta la barbilla y me besa con ternura.

Cierro los ojos para disfrutar de ese beso. ¡Quién sabe cuándo podremos repetirlo!

—¿Por qué hemos venido aquí? —pregunto, cuando nos separamos y nos recomponemos.

—Quiero que conozcas a alguien.

—¿A quién?

—A Enya Sleepwell.

47

Había sido una tienda de teléfonos móviles. Ahora está cerrada, con un cartel de EN VENTA en el aparador, cuyo cristal ha sido pintado para que nadie pueda ver el interior.

—¿Está aquí? —pregunto, confusa. Siempre había pensado que la futura líder de nuestro país viviría en un lugar más refinado.

—Cuando tienes tantos seguidores imperfectos, no puedes reunirte con ellos en cualquier parte. Debe ser cuidadosa.

Toca el timbre y abren inmediatamente. Carrick aún tiene que ayudarme a andar, pero estoy recuperando las fuerzas y ya puedo cojear a su lado.

En cuanto entramos, me sorprende el decorado. Hay mesas de despacho y sillas por todas partes, pizarras llenas de estadísticas y resultados de sondeos de opinión, ordenadores portátiles conectados a todos los enchufes de la tienda y, contando con que era un negocio de electrónica, hay muchos. Nadie nos hace caso, ni a Carrick ni a mí, están ocupados contemplando un enorme televisor de plasma colgado en la pared.

La pantalla muestra la entrevista de Erica Edelman

con el juez Crevan. Él lleva un traje elegante, camisa y corbata azules, que hacen que sus ojos, también azules, brillen bajo los focos. Es la imagen de alguien en quien puedes confiar. Erica viste pulcramente, con falda y blusa, piernas torneadas y un peinado perfectamente moldeado con secador. Es una de las entrevistadoras más famosas, que tiene su propio programa, y a la que todos los políticos temen porque es capaz de dejarlos a la altura de simples escolares.

Miro a mi alrededor buscando a Enya Sleepwell, pero no la veo. Ni siquiera sé qué le diré cuando lo haga. Carrick y los demás le profesan una lealtad inquebrantable, pero todo lo que he podido deducir de otras personas como Alfa o Raphael, es que todavía no ha demostrado que merezca su confianza. Algunos incluso la acusan de utilizar la causa de los imperfectos en beneficio propio, lo que me parece bien si, una vez alcance la cima, sabe hacia dónde apuntar los cañones.

Nos quedamos detrás de los allí reunidos y atendemos a la entrevista. Me apoyo contra la pared.

Crevan y Erica Edelman caminan por el barrio donde él creció. Es un reportaje grabado días antes. Vemos la casa donde nació, sus trofeos de fútbol, fotos de sus abuelos... cosas que nos hacen pensar que es el descendiente de una larga y noble estirpe. Después volvemos al estudio, que no es un estudio, sino su sala de estar. El gran salón que apenas usa: una chimenea preciosa, estanterías llenas de libros, paredes repletas de fotografías de Art cuando era bebé, y recolocadas para que sirvan de fondo cuando tomen primeros planos de Crevan. Me fijo en que han eliminado todas las fotos en las que aparecía yo.

—Señor Crevan, hablemos un poco de usted. Incluso su nombre es poco corriente. ¿De dónde proviene el nombre de Bosco?

Me gusta que Erica lo llame señor Crevan y no juez Crevan. Eso le priva de parte de su armadura, lo convierte en un simple ser humano, y sé que cada vez que se dirija a él de esa forma se sentirá molesto, se hundirá algunos centímetros en su sillón.

—Proviene de mi abuela, Maria Bosco. Era italiana, una gran mujer, y mis padres quisieron rendirle homenaje.

—Maria Bosco, esposa de Mitch Crevan, quien ideó el Tribunal.

—Exacto. Fueron el primer ministro Dunbar y él quienes fundaron el primer Tribunal. Inicialmente fue una medida temporal para estudiar y dictaminar todo lo que había de malo en nuestro gobierno.

—Y fue su padre quien lo llevó más allá.

—Mi padre lo transformó en algo permanente y junto a otros, que también jugaron un papel importante, lo convirtió en lo que es hoy, sí.

Erica lo mira fijamente, sus ojos marrones sondeando su alma.

—Dígame, Bosco, ¿cómo fue su infancia?

—Los dos hermanos y una hermana, Candy, tuvimos una infancia muy feliz... —Y a renglón seguido, cuenta la historia de una familia que trabajó duro, pero que finalmente obtuvo su recompensa.

—Nos ha presentado un retrato brillante, señor Crevan —observa Erica—. Volvamos a sus años de juventud. Hábleme de los castigos que sufrió a manos de su abuelo y de su padre.

Crevan ríe abiertamente.

—Hace que parezca muy... cruel. Solo me aplicaron la misma disciplina que mi padre había recibido del suyo, y la que mi abuelo, a su vez, recibió de su padre. Y puedo asegurarle que en aquellos tiempos había peores métodos disciplinarios, créame. —Sonríe, intentando quitarle importancia al asunto.

—Explíqueme ese método —insiste ella.

Crevan se acomoda en su asiento y piensa en el pasado.

—Era una disciplina basada en los siete principales fallos de carácter, los que provocan nuestras malas conductas y nos abocan a cometer delitos menores. Teníamos que llevar un letrero colgado del cuello, donde se especificaba cuáles eran nuestras flaquezas.

—¿Llevaba ese letrero en casa?

—No, no solo en casa. —Sonríe de nuevo, como si fuera un recuerdo gracioso—. Teníamos que llevarlo siempre y en todo lugar: jugando al fútbol, en la escuela... Recuerdo que Candy fue a su primera cita con un letrero donde podía leerse «glotona». —Ríe francamente—. Y que Damon tuvo que llevar uno que ponía «terco» durante todo un torneo de fútbol. Pero aprendíamos deprisa. Lo que quiero decir es que aprendimos rápidamente a reconocer nuestro comportamiento, a saber cuáles eran nuestros principales defectos a una edad muy temprana y cómo controlarlos.

—¿Aprendieron todo eso a los trece años?

—No. A los trece años nos los explicaron, pero tardamos un tiempo en comprenderlos y aprenderlos. —Y vuelve a reírse.

—Hábleme sobre esos defectos de carácter, esos fallos que ha mencionado y del propósito del castigo.

—Resumiendo, se puede decir que todos y cada uno de nosotros tenemos un rasgo negativo principal. A veces toma el control, y se convierte en un grotesco defecto de carácter. Tenemos que aprender a identificarlo para controlarlo y mejorar nuestra madurez personal.

—Díganos esos siete defectos. ¿Son como los siete pecados capitales?

—La disciplina de mi infancia no forma parte de las prácticas del Tribunal. —Su sonrisa es amable y contrasta con la dureza de sus ojos—. Creí que estábamos aquí para hablar sobre el Tribunal y desmantelar algunos de los mitos que intenta difundir el Partido Vital, que es lo que realmente me importa.

—Pero esa disciplina forma parte de su infancia. Es la raíz del Tribunal si quiere expresarlo así, por eso me interesa —razona Erica.

Crevan toma aire por la nariz. Sé que está furioso, pero intenta ocultarlo.

—Existen siete defectos principales de carácter. El autodesprecio es denigrante y hace que uno se subestime. La autodestrucción es un sabotaje, un castigo. Alguien que lo padezca sufre un constante tormento que hace que desee huir de sí mismo.

»El mártir es alguien que se niega a aceptar su propia responsabilidad y siempre culpa a los demás.

»La testarudez hace que nos resistamos a los cambios, incluso a los positivos.

»La codicia es egoísmo, indulgencia excesiva, exceso de consumo.

»La arrogancia provoca un complejo de superioridad, una necesidad de ser visto como mejor que los demás, porque ser una persona corriente resulta intolerable.

»La impaciencia es intolerante con la obstrucción y el retraso.

—¿Y utiliza ese método con su hijo Art?

Mi corazón se desboca al oír el nombre de Art. Al principio siento la necesidad de defenderlo, lo que es natural porque es alguien a quien amé; después, siento rabia al recordar quién es y qué es ahora. Pero aguanto la respiración mientras hablan de él.

Crevan se tensa visiblemente.

—Mi hijo tiene dieciocho años.

—¿Y cuando estaba creciendo?

—No —responde secamente.

—¿No fue eficaz con usted, su padre y su abuelo? Parece que es una forma tradicional de hacer las cosas en la familia Crevan.

Él frunce el ceño ante la pregunta, que aparentemente le parece ridícula.

—Mi hijo no necesita ese tipo de disciplina, y eso refuerza mi teoría de que la gente está cambiando. Existe una nueva generación de gente sana. Los imperfectos están disminuyendo año tras año.

—Alguien podría decir que ha ampliado su disciplina paterna a toda la nación.

Crevan se ríe, simulando encontrar esa afirmación muy divertida.

—Alguien podría decirlo, pero no sería verdad.

—Enya Sleepwell dice que los hombres y las mujeres de este país viven aterrorizados, pero usted considera que la gente está cambiando. ¿No es posible que estén paralizados por el miedo a cometer un error, a tomar una decisión, a correr el riesgo de que se considere un fallo por el que puede ser castigado y expulsado de la sociedad?

—No, no estoy de acuerdo con Enya. Lo que ocurre es que, ahora, la gente piensa antes de actuar.

—Y si lo hiciera por miedo, ¿sería correcto? ¿No habríamos sobrepasado el límite de lo que es la democracia?

—Oh, por favor —protesta, enfadado—. Vivimos en un país democrático. El pueblo de esta gran nación ten-

235

drá dentro de dos días la oportunidad de acudir a las urnas para que su voz sea escuchada.

—¿Y si la gente vota por el Partido Vital, cuya política principal es abolir el Tribunal?

—No creo que eso suceda —dice confiado—. El Partido Vital no tiene experiencia. Sabemos muy poco de Enya Sleepwell y de su partido, más allá de su campaña «no estamos de acuerdo con la existencia del Tribunal». Eso hace que me pregunte qué tiene que esconder Enya Sleepwell. ¿Por qué le asusta tanto el Tribunal?

—Supongo que es porque cree que el Tribunal es inhumano —aclara Erica.

Eso levanta vítores en la sala.

Erica pasa una página de sus notas.

—Me han informado de que se está llevando a cabo una investigación sobre usted.

Crevan parece confuso, pero logra dominarse, consciente de que la entrevista es en directo.

—Se abren investigaciones a menudo sobre los casos del Tribunal, ya que a veces es necesario clarificar algunos detalles. Existen comités de vigilancia que se encargan de que todo se haga correctamente —explica.

—Pero esta investigación no es sobre el Tribunal, sino que se centra concretamente en usted, señor Crevan. Se supone que revisarán algunos de sus casos más controvertidos; en especial, el caso reciente de Celestine North. Hay gente que opina que fue marcada injustamente, que el caso en sí es imperfecto.

Mi corazón palpita descontrolado al oír mencionar mi nombre.

—Es una investigación gubernamental privada, hemos visto los documentos —dice una voz cerca de mi oreja.

Miro a mi alrededor, y veo que Enya Sleepwell se encuentra a mi lado.

Parpadeo desconcertada. Quizá las cosas están cambiando realmente.

En la pantalla, el juez Crevan hace una pausa antes de contestar.

—Me encantará colaborar con cualquier información sobre el caso de Celestine North, pero de momento no sé nada de esa investigación y, por tanto, comprenderá que no puedo discutir ningún detalle con usted. No obstante, puedo asegurar al público que siempre procuro que se haga justicia.

Crevan rechina los dientes mientras espera la siguiente pregunta, intentando disimular su rabia.

—Una última pregunta: si su padre y su abuelo vivieran, ¿qué letrero cree que le colgarían a usted del cuello hoy día? ¿Cuál es, según su propia definición, su «grotesco defecto de carácter»?

Se lo piensa y deja asomar una divertida sonrisa en sus labios.

—La ansiedad —termina diciendo—. Aspiro a mucho, quizás hasta demasiado, para mi país y para mis conciudadanos. Quiero lo mejor para nosotros, y supongo que la gente puede llegar a verme como yo solía ver a mi padre cuando era adolescente. Y lo entendería. Si tengo que jugar el papel de lobo feroz para que mejore nuestra sociedad, lo haré. Pero todos terminarán agradeciéndomelo, como yo se lo agradecí a mi padre. El número de imperfectos disminuye día tras día. La gente cambia, y es capaz de reconocer lo correcto y lo incorrecto. No tienen los mismos códigos morales que en la época de mi abuelo, cuando el país estaba en una ruina financiera y era, francamente, un desastre.

—O podría decirse que nuestros actuales líderes han

aprendido de las experiencias y los errores de sus predecesores —replica Erica—. Y eso es algo que debemos agradecerles, ¿no?

No es algo que se le haya ocurrido a Crevan o que le complazca, pero sonríe de todas formas.

—Hablé con Mark Houston mientras preparaba esta entrevista —sigue Erica, consultando las hojas que tiene en su regazo.

—¡Mark! —exclama Crevan, emocionado—. Sí, era amigo mío en el colegio. No lo veo desde hace años.

Frunce el ceño, mientras espera a que Erica termine de consultar sus notas.

—Le pregunté a Mark si recordaba el defecto de carácter que su familia quería disciplinar en usted, si recordaba haberlo visto en el colegio, en los partidos de fútbol, en los cines o por las noches con el letrero colgado de su cuello. Y él me contestó que sí. Sentí curiosidad por saber qué letrero llevaba. ¿Sabe qué me respondió?

—No, pero si recuerda ese pequeño detalle después de tanto tiempo, debo confesar que su memoria es mucho mejor que la mía. —Y exhibe una amplia sonrisa.

—Dijo que le resultaba fácil recordarlo porque siempre llevaba el mismo. ¿Cuál cree que era su rasgo más distintivo? —Mira sus notas para citar textualmente—: La arrogancia. Algo que, según su anterior explicación, provoca un complejo de superioridad, una necesidad de ser visto como mejor que los demás, porque ser una persona corriente le resulta intolerable.

La furia en su rostro es claramente visible, pero no le da tiempo a responder.

—Señor Crevan, gracias por venir esta noche. Ha sido una entrevista muy reveladora.

Erica sonríe a cámara.

Todos los reunidos en la sala aúllan de contento al

terminar la entrevista. Las luces siguen tenues mientras hablan entre ellos y la analizan, algunos se conectan a Internet para sondear la reacción del público, analizan encuestas de opinión y trazan tácticas.

—No pareces muy contenta —susurra Enya.

—Se va a poner muy furioso —digo, sacudiendo la cabeza.

Y sé de lo que es capaz Crevan cuando está furioso.

48

—Encantada de conocerte al fin —dice Enya.

Me tiende la mano y se la estrecho. Su apretón es firme; su piel, cálida.

—Yo también —respondo, notando cierta duda en mi voz—. ¿Piensa abolir el Tribunal si gana las elecciones?

—Directa al grano, ¿eh? —sonríe—. Por aquí utilizamos la palabra «cuando», no «si».

Pero no me responde a la pregunta.

—Ven conmigo, hablaremos en privado —sugiere, empezando a alejarse.

Carrick nos mira un poco nervioso, probablemente temeroso de que pueda acabar insultando a la mujer que todos los presentes consideran una heroína.

Ya soy capaz de mantenerme erguida, aunque mis piernas siguen pareciendo de gelatina. Me concentro en intentar caminar con normalidad. Enya coloca una mano en mi espalda y me guía hasta un pequeño despacho lejos del bullicio. Un grupo de gente apiñada alrededor de un ordenador la ve y rápidamente nos dejan a solas.

Enya se sienta en la mesa y me ofrece toda su atención.

—No confías en mí. ¿Por qué?

—No confío en nadie —respondo simplemente.

—Comprensible.

—Sé que Carrick confía en ti. Cree en ti como toda la gente de esta sala y los miles de seguidores que te apoyan en todo el país. Yo no tengo todavía nada en lo que basarme. —Trago saliva—. Solo espero que si te votan, no cambies de opinión.

—Cuando llegue al poder, no cambiaré de opinión. Haré todo lo posible para cumplir mis promesas.

—¿Y cuáles son?

—Un trato justo para los imperfectos y una revisión del Tribunal —explica.

—¿Una revisión? ¿Un trato justo?... No es suficiente. Hay que deshacerse de él.

—¿Quieres abolirlo por completo? —pregunta Enya, preocupada—. No podemos hacerlo de golpe, Celestine. Necesitamos ir paso a paso.

—Ir paso a paso no es efectivo cuando vives en un país que necesita grandes cambios.

Se queda pensando.

—Puedes confiar en que mantendré mi palabra sobre los imperfectos. Y si sigues haciendo lo que haces, si encarnas un modelo fuerte y positivo, si demuestras a la población que los imperfectos sois normales y no monstruos, no solo estarás ayudándome a mí, sino que te ayudarás a ti misma. Eres una joven motivadora, Celestine. El país necesitaba gente como tú desde hacía tiempo para impulsar la controversia acerca de los imperfectos. Me has inspirado, puedes deducirlo por el eslogan de mi campaña.

—Es... adulador —respondo, asintiendo.

—Entonces, ¿qué puedo hacer por ti? —La miro con sorpresa—. Ya es hora de que alguien te ayude, ¿no crees?

—Estarías ayudando a una imperfecta. Estarías ayudando a una fugitiva —la prevengo.

—Mira a tu alrededor, Celestine.

Observo a las personas de la sala contigua a través del ventanal acristalado y me fijo en los brazaletes con la «I» que lleva la mayoría, en las cicatrices visibles e, imagino, las que esconden bajo sus ropas.

—Aquí no estoy ayudando a nadie —explica—. Tal como lo veo, todo el mundo me está ayudando a mí.

—Buena defensa —sonrío.

Mis piernas flaquean de repente y tengo que sentarme.

—¿Te encuentras bien?

—Crevan me llevó a una instalación del Tribunal en las Barracas Creed y me inyectó una sustancia que me paralizó, pero logré escapar.

Me mira asombrada. Tarda un minuto en digerir la información.

—¿Qué hay entre Crevan y tú, Celestine? ¿Por qué está tan obsesionado contigo?

—No puedo decírtelo.

—Pero hay algo.

Asiento.

—Algo grande.

—Enorme.

Abre mucho los ojos.

He tomado la decisión de confiar en ella.

—Estoy intentando revelar al público la verdad sobre Crevan. ¿Me ayudarás?

—En todo lo que pueda.

Salimos del despacho y Enya me lleva hasta un rincón tranquilo, donde se encuentra un hombre alejado de todo el alboroto de la sala. Frente a él tiene un ordenador con la pantalla más grande que jamás haya visto, rodeada de tres portátiles e infinitos cables. Tiene puestos unos auriculares y está concentrado en el vídeo que puede verse en el monitor. Es de Enya Sleepwell en un acto de campaña.

—Está editando las partes más interesantes. Se emitirá mañana por la noche —explica Enya. Apoya una mano en su hombro, y él se quita los cascos—. Pete, aquí hay una chica que necesita tu ayuda. Dale todo lo que precise.

Más animada, le saco todo lo que puedo a Pete. Meto en mi mochila un portátil, un teléfono móvil y varios cargadores. Siento que tengo a Carrick detrás.

—He hablado con Tina —me informa—. La doctora Greene ha decidido no realizar el trasplante de piel hasta mañana por la mañana, así que tenemos toda la noche. Tu madre acudirá en cuanto amanezca.

Me siento fatal al pensar que Juniper pasará toda la noche en ese lugar tan horrible, con Crevan acechando y, no me cabe la menor duda, furioso por el resultado de la entrevista con Erica Edelman. Puede pasar cualquier cosa. También tengo miedo de mamá yendo a ver a los soplones, entrando en tromba y acusándolos de tener a la hija equivocada. ¿Funcionará? ¿Se disculparán y las dejarán marcharse sin más? ¿Permitirán que alguno de los otros padres se lleve a sus hijos? La ansiedad se apodera de mí.

—¿Ya tienes permiso para llevarte todo eso? —pregunta Carrick en voz baja.

—Enya dijo que podía llevarme todo lo que quisiera.

Alza una ceja.

—Muy amable —admite finalmente.

—¿Qué estás planeando?

—Vamos a visitar a alguien.

—¿A quién?

Pienso en la advertencia de Raphael. En lugar de huir de algo, lo mejor es enfrentarlo.

La nota que Tina me pasó cuando escapé tiene escrita una dirección. Nada más. Ni nombre, ni explicaciones, pero no me hacen falta. Sé exactamente a quién corresponde.

—Vamos a visitar a Mary May.

49

Siempre que me siento confusa, repaso lo que sé. Quién está conmigo y quién contra mí, en quién puedo confiar y en quién no, y cómo utilizarlos a ambos. Generalizando: ¿quién está conmigo? Los imperfectos. ¿Quién está contra mí? Los no-imperfectos.

No podemos arriesgarnos a usar el coche de Leonard o el Mini de Raphael tan tarde, tan cerca del toque de queda, ni utilizar cualquiera de los vehículos de Enya Sleepwell. Por ahora, relacionarla tan claramente conmigo podría destruir todo lo que ha hecho para ganarse la confianza del pueblo. Debemos camuflarnos entre nuestra propia gente, así que el mejor medio de transporte que podemos utilizar con seguridad para ir hasta la casa de Mary May es el autobús de los imperfectos.

Mary May vive fuera de la ciudad, pasados los suburbios y cerca de un lago. La imaginaba como una mujer de campo, quizá con caballos u otra clase de animales que la detestan. Ellos tienen sentidos especiales para detectar a gente como la soplona. Pero nunca me hubiera imaginado el lago. El lago es hermoso, mágico, rodeado de montañas decoradas por las sombras de las nubes y la bruma de las cumbres. La familia de mi amiga Marlena tiene cerca de allí una segunda residencia. Ella solía ir muchos fines de semana, y a veces yo la acompañaba. Mamá daba largos paseos por la orilla del lago, le gustaba ver el atardecer. Hasta que Juniper y yo empezamos a quejarnos de lo aburrido que nos resultaba, y dejamos de ir. Ahora me siento culpable de haber actuado así.

Carrick y yo no estamos seguros de que Mary May tenga la grabación, pero es la única pista que tenemos, así que decidimos arriesgarnos. Juniper me dijo que Mary May había revuelto mi habitación y se había llevado todo lo que quiso y pudo en su coche personal, y que cuando lo hizo no llevaba uniforme, sino ropa de civil. Ni siquiera puedo imaginar qué clase de ropa era o que tuviera otra aparte del uniforme de soplón. Pero sí sé que Crevan debe de estar sometiendo a Mary May a una inmensa presión para que encuentre la grabación y me encuentre a mí. Ella era responsable de ambas y nos escapamos de entre sus dedos. Si se llevó mis cosas, debió de guardarlas en su propia casa, donde poder estudiarlas y revisarlas con tranquilidad. Solo son objetos, por eso creo que las tendrá en su casa: fotografías, libros, ropa, objetos personales... Todo aquello que consideraba mío.

Juniper me pasó una gorra y mantengo la cabeza baja, dejando que el pelo tape la cicatriz de mi sien. Llevamos brazaletes que nos han dado en las oficinas de Enya, para asegurarnos de no destacar entre los demás. Alguien imperfecto en un autobús de imperfectos, sin un brazalete, causaría sorpresa y alarma. Hace semanas que no llevo ninguno, y colocármelo nuevamente en el brazo es como añadir un peso extra a mi cuerpo. Estoy segura de que Carrick tiene la misma sensación, ya que su conducta cambia completamente cuando se lo pone, pero supongo que esa es la intención, que nos sintamos diferentes, atormentados, humillados, aislados de la sociedad.

Al menos a Carrick le ahorraron el tener que mostrar su cicatriz día tras día. Cuando esa ventaja les pareció injusta a los imperfectos cuyas marcas sí eran visibles, crearon los brazaletes para eliminar ese pequeño privilegio.

Llegamos a la parada de autobús, atestada de imperfectos. De nuestra gente. Carrick se ajusta la gorra y agacha la cabeza permaneciendo a mi lado. Yo le doy la espalda a los demás.

Una vez en el autobús, los imperfectos muestran sus carnets de identidad y toman asiento.

—No tenemos carnets de identidad —susurra Carrick.

—Sí, los tenemos —digo, buscando en mi mochila y sacando los que me prestó el equipo de Enya.

Carrick los mira con sorpresa, y ríe admirado ante mi previsión. Aunque resulta que yo soy Harlan Murphy, analista, de treinta años, y él es Trina Overbye, una bibliotecaria de cuarenta y tantos. Intercambiamos los carnets con una sonrisa.

Subimos al autobús manteniendo la cabeza agachada y nos sentamos en la última fila. No sé si alguien me mira porque yo no los miro a ellos.

Debería sentirme a salvo en un autobús lleno de imperfectos, son mi gente, pero tengo miedo. Aparece un mensaje en la pantalla de la parte delantera del vehículo. Es un anuncio patrocinado por el Tribunal, como todos los que emiten los transportes para imperfectos. Veo la foto de Carrick. Mi corazón se acelera y le doy un codazo para atraer su atención.

La fotografía fue tomada en Highland Castle, cuando los soplones lo llevaron allí. Reconozco el fondo, es el de una foto policial, y Carrick mira al objetivo de la cámara, lleno de odio y veneno. Tiene todo el aspecto de un ser asocial y agresivo, con su grueso cuello y sus musculosos hombros de levantador de pesas.

Bajo la foto se lee la palabra: FUGITIVO.

Y se oye la voz de la alegre sustituta de Pia Wang.

—Carrick Vane es un preso que se ha fugado junto a Celestine North. Es su cómplice. Si alguien los ve, que llame a este número y será recompensado.

Que ofrezcan una recompensa a un imperfecto es como dejar suelto a un niño en una tienda de golosinas.

—Juniper —le digo a Carrick—. Saben que no soy yo. Nos hemos quedado sin tiempo.

—No, apenas te han mencionado —me advierte—. Mira.

Tiene razón. El anuncio solo habla de él. Crevan sigue pensando que estoy en el hospital, y ahora necesita silenciar a Carrick. Por la mañana, mi madre y su gente irrumpirán en las Barracas Creed y este sabrá que he vuelto a escapar.

Pedirá mi cabeza en una bandeja.

La mujer sentada frente a nosotros se vuelve para mirarnos. Y no es la única que lo hace.

—No pasa nada —dice Carrick, manteniendo la cabeza agachada.

Pero sí pasa. Al final, todas las personas del autobús nos están mirando. Algunas teclean algo en sus teléfonos móviles.

De repente, el vehículo se desvía hacia el arcén y mi corazón deja de latir. Carrick y yo nos cogemos de la mano. Estoy junto a la ventanilla y él en el asiento del pasillo. Su pulgar traza círculos en la palma de mi mano, pero no sé si es siquiera consciente de ello. Es como si acariciara mis heridas, como si abrazara todo aquello que el mundo rechaza.

El chófer deja el volante y se levanta para hablarnos.

—Necesito que todo el mundo baje del autobús un momento. Pueden aprovechar para tomar un café, ir al lavabo, lo que quieran.

Eso provoca gruñidos y preocupación en muchos rostros.

—¿Qué sucede? —susurro.

Carrick se encoge de hombros.

—No, no, no. No pienso aceptarlo —grita un hombre—. Es la tercera vez esta semana que retrasan mi autobús y no puedo permitirlo. Nos hacen bajar del autobús, y luego no nos dejan volver a subir. Que si problemas con el motor, que si los neumáticos... y al final resulta que incumplimos el toque de queda y nos castigan. No pienso bajarme. —Y se cruza de brazos, inflexible.

Algunos aplauden su discurso.

—Esto es una trampa —grita otro. Y también es aplaudido.

Pero la mayoría no quiere problemas y se dirige hacia la salida. Media docena de viajeros se quedan en sus asientos.

—Escúchenme, solo cumplo órdenes —suspira el chófer—. Me han informado por radio de que tengo que aparcar el autobús y esperar al mecánico. Solo hago lo que me ordenan.

Los pasajeros que siguen a bordo le gritan y mueven despectivamente las manos. Ninguno se levanta.

—Deberíamos bajar —sugiere Carrick empezando a levantarse, pero tiro de su mano y vuelve a sentarse.

—Espera.

El problema para el Tribunal es que, en un autobús para imperfectos, todo el mundo es imperfecto. Para la gente a la que se le prohíbe formar grupos de más de dos personas, durante el toque de queda le es imposible cumplir con dicha norma. Al principio, cada autobús llevaba un soplón, pero eso demostró ser demasiado costoso, así que el soplón hizo de chófer. Sin embargo, ante la inminencia de la campaña electoral, los conductores tradicionales fueron a la huelga, alegando que les estaban robando sus puestos de trabajo. El gobierno había prometido crear empleos, no suprimirlos, y terminó devolviendo sus puestos a los civiles, pero instalaron cámaras en los autobuses para asegurarse de mantener controlados a los pasajeros.

Una anciana nos mira indignada.

—¿No podéis hacer nada vosotros dos?

Los demás se vuelven hacia nosotros, incluido el chófer.

—Mierda —susurra Carrick.

—Sí, ¿qué pensáis hacer? —insiste el chófer al reconocernos.

—¡Como si fueran a decírnoslo...! —escupe la anciana—. Son jóvenes, tienen el tiempo de su lado. Están haciendo exactamente lo que debimos hacer todos desde el principio.

Le sonrío agradecida.

—Mirad, tengo un pariente que ha sido declarado imperfecto —dice el chófer—. Antes de que lo acusaran, no podía ni veros. Supongo que eso me abrió los ojos.

Silencio.

—Yo no quiero estar en este autobús con esos dos —grita otra mujer—. Puedo meterme en un lío solo por viajar con ellos. Ya nos han hecho sufrir bastante. ¿Por qué no hacéis lo que os dicen, Celestine North? Dejad de causarnos problemas a los demás.

Me levanto para hablar. Siento que me tiemblan las piernas.

—Estoy de vuestra parte, ¿sabéis? Intento demostrar que no somos imperfectos. O que, si lo somos según unas reglas injustas, no hay nada malo en ello. Hemos cometido errores, sí, pero hemos aprendido de ellos. Solo necesitamos más tiempo para que todos nos unamos.

—Es la única que habla por nosotros —asegura otra mujer—. La única que no utiliza la violencia, al menos. Esos violentos que organizan algaradas no ayudan a nuestra causa. Celestine lo hace de forma pacífica.

—Tiene razón. La gente la aprecia, ¿saben? Se sienten confusos, pero ella les gusta. Discuten si su juicio fue justo o no. ¿Acaso antes se podía hablar así de una imperfecta?

—No conseguiremos nada bueno con esto —dice un hombre—. Todo quedará en meras palabras, como siempre.

—¿Qué palabras? —corta la anciana—. Los imperfectos nunca hemos tenido tanto apoyo. Necesitamos que ese apoyo siga creciendo.

—Ese apoyo no disminuirá —le aseguro al hombre—. No dejaré que eso suceda.

El chófer parece meditar sobre lo que se ha dicho, sopesar los argumentos cuidadosamente, como si fuera juez y jurado en su propio vehículo.

—¿Puedes conseguir que mi pariente vuelva a ser libre? —pregunta.

—Haré todo lo que pueda.

Vuelve a asentir, antes de mirar a Carrick.

—¿Vas a ayudarla?

—Ella nos está ayudando a todos.

—¿Adónde vais?

Le doy la dirección, y la estudia.

—Supongo que es importante para vosotros.

—Para todos nosotros —añado, asintiendo.

—Bien, todo el mundo se quedará aquí esperando

mientras llevo a estos dos a su destino. ¿Alguien tiene algo que decir al respecto?

Los que antes dudaban no abren la boca.

—Si alguno comenta lo que ha pasado aquí, me encargaré de que lo acusen de mentiroso, ¿entendido? —amenaza el chófer.

La mujer del asiento frente al mío nos estrecha las manos y nos desea suerte.

—Quiero que sepáis que me bajo del autobús por ellos —asegura el hombre que empezó la protesta. Me mira a los ojos—. Haced todo lo que podáis por nosotros, Celestine. —Señala con el dedo al chófer—. Y tú será mejor que los lleves donde necesitan ir.

Mis ojos se llenan de lágrimas de gratitud por su gesto. Lo haré por todos ellos.

El chófer vuelve a situarse tras el volante y cierra la puerta, impidiendo que nadie de los que se habían bajado vuelva a subir. Miran furiosos cómo enciende el motor y el autobús se aleja.

Iba en un autobús cuando perdí la fe en la humanidad. Voy en otro autobús cuando la he recuperado.

50

El conductor del autobús nos deja todo lo cerca que puede de la dirección de Mary May, pero tampoco demasiado. Un autobús de imperfectos alejado de su ruta habitual atraería demasiado la atención.

La casita de Mary May, con su techo de paja, se yergue junto a un muelle. La carretera forma un recodo a la derecha antes del final del embarcadero —todos los aperos de pesca se amontonan en la orilla—, y el jardín se extiende hasta el lago. No se ven luces en la casa. Espero que ella no esté dentro, eso lo facilitaría todo mucho, pero hasta el momento nada ha sido fácil.

Nos abrimos paso hasta el embarcadero y escalamos el muro del jardín que circunda un amplio césped bien cuidado y sembrado de flores exóticas, con un precioso puente sobre un arroyuelo. Un lugar muy pintoresco para ser habitado por un monstruo.

Sigo a Carrick agazapada tras unos arbustos, buscando una buena posición para vigilar la casa. La parte trasera da al lago y allí es donde se suele pasar la mayor parte del tiempo.

El plan es muy simple: entrar en la casa y coger el globo de cristal, pero ahora que estamos aquí veo muchos fallos en mi idea. El primero y más importante es cómo entrar en la casa.

—¿Cómo vamos a hacerlo? —pregunto.

—Llamamos al timbre, y cuando abra la puerta la atamos, le damos un puñetazo tanto si es necesario como si no y tú coges la bola...

Lo miro, convencida de que es la idea más tonta que he oído jamás.

—Golpearla solo nos traerá más problemas, también nos echaremos a la policía encima. Mary May es una de las soplonas más apreciadas.

—Así que no puedo atizarla. Vale, solo la ataré... muy fuerte.

—Carrick, tenemos que pensar en algo que no sea la fuerza bruta —respondo, frustrada.

Me mira impasible.

Maldigo en silencio, sabiendo que estoy sola haciendo planes. Puedo comprender sus nervios, ya nos estamos arriesgando mucho por el simple hecho de estar aquí. Estudio la casa, intentando descubrir una forma de entrar. De repente, una figura aparece en la puerta trasera y la abre de golpe. Nos tiramos al suelo.

—Mierda, es ella.

Estoy segura de que nos ha visto. ¿Quién sale al jardín a dar un paseo pasadas las once de la noche?

Una anciana en camisón sale al exterior y pisa la hierba descalza. Tiene una melena larga y gris, con una trenza a un lado. El conjunto parece una visión fantasmal, con su camisón blanco flotando contra la oscura noche.

Ha dejado la puerta abierta. Carrick la observa y sé lo que está pensando, pero mi instinto me dice que se equivoca si pretende lanzarse sobre ella.

La anciana se parece a Mary May, y es fácil deducir que se trata de su madre, el único miembro de su familia que no está marcado, aparte de la propia Mary May. Debe de tener debilidad por ella. La anciana coge una regadera y se dispone a regar las macetas con flores que cuelgan de la pared, pero no cae agua, está vacía.

—¡Tsch, tsch, tsch! —suspira. Mira hacia el lago y cruza el jardín en dirección a él.

—Vale. Yo iré a la casa, tú vigila —dice Carrick, disponiéndose a correr.

—Espera. —Lo sujeto por el brazo. Necesito las dos manos para rodear su bíceps y retenerlo—. No podemos dejarla así, está peligrosamente cerca del agua. Podría caerse.

—Oye, ¿qué pasa con esa manía tuya de ayudar a los ancianos? —pregunta, pero su voz es suave y cálida.

La mujer se ha sentado sobre la hierba y se inclina sobre el lago, intentando llenar la regadera. Camino hacia ella, le quito la regadera y, sin decir palabra, la lleno de agua y se la devuelvo.

Sus ojos me miran con cautela, curiosos, como si intentara localizarme entre sus recuerdos.

—¿Has venido a por mí esta noche? —pregunta con una voz dulce, casi infantil.

No digo nada, tratando de descifrar lo que intenta decirme.

—Nuestro Señor. Te ha enviado para llevarme. Está bien, no pasa nada. —Se levanta—. Estoy preparada. Podré volver a ver a mi Andy. —Mira hacia la casa—. Debería hacer las paces con ella. Espero que el Señor sea bondadoso, ha hecho cosas por razones que cree correctas. Soy su madre. Me presentaré ante Él y hablaré en su favor. Pero los demás... los demás nunca la perdonarán. Espero que me perdonen a mí. Son imperfectos por su culpa. Sé que no recuerdo muchas cosas, pero esta sí. Está buscando algo. ¿Sabes lo que busca?

Asiento con la cabeza.

—Va todas las noches al garaje, ¿sabes? Creo que si lo encontrase, también encontraría la paz. Se está volviendo...

Una luz se enciende en la casita y nos ilumina a las dos.

—Ya viene —susurra—. ¿Cuánto tiempo tengo antes de que Él me lleve?

El corazón me late desbocado ante la visión de Mary May saliendo y corriendo por el jardín hacia nosotras.

—¡Madre! —grita la soplona, furiosa.

Me llevo el dedo a los labios, esperando que los frenéticos movimientos de Carrick no atraigan su atención. La madre de Mary May asiente.

—¿Vendrás a por mí? —me pregunta.

—Sí.

Ella se aleja con la regadera y yo me sumerjo rápidamente en la oscuridad, tras un matorral. Carrick me dirige una mirada de advertencia, pero no nos movemos. No tenemos lugar donde ir que no sea el lago. Si tenemos que hacerlo, lo haremos. Pasa un brazo protector por mi cintura y me atrae hacia él.

La madre de Mary May contempla el lago como si fuera la última vez, con un aire de irreversibilidad, no de tristeza. Alegría, satisfacción, aceptación. Me siento culpable por haber contribuido a acrecentar su delirio, pero ella parece contenta.

—¡Madre! —gruñe Mary May. También va en camisón y parece incómoda caminando descalza sobre el césped para llegar junto a su madre.

—Estaba cogiendo agua para las flores —explica su madre—. Hace días que no llueve.

—¿Cuántas veces te he dicho que no te acerques a la orilla del lago? ¡Es peligroso, podrías caerte! ¿Cómo tengo que...? Madre, ¿de dónde has sacado el agua?

—El ángel. Ha venido a por mí.

—¿Ángel? —susurra Carrick, tapándose la cara con las manos.

No quiero explicárselo por temor a que Mary May pueda oírme. Me sorprende que no nos haya olfateado con sus superpoderes de soplona. Le quita la regadera a su madre.

—Basta de tonterías sobre ángeles. Son más de las once, madre, tendrías que estar en la cama. Como sigas así, tendré que instalar una alarma en casa.

Carrick y yo nos miramos. No tiene sistema de alarma.

—A Andy le gustaba regar las plantas —insiste.

—Papá murió, ¿no te acuerdas?

—A Alice le gusta recoger los pétalos y usarlos en sus obras de arte.

Mary May coge aire profundamente.

—No te atrevas a nombrarla en mi presencia —sisea. Vacía el agua de la regadera en el lago, coge a su madre por el hombro y la lleva de vuelta a la casa.

—¿Dónde han ido todos? —pregunta la anciana con su vocecita infantil—. ¿Por qué no me lo dices? Quiero ver a mis hijos, necesito saber que están sanos y salvos, quiero despedirme de ellos.

—No necesitas despedirte. Conmigo estás a salvo, ¿recuerdas? Solo tú y yo. No necesitamos a nadie más, madre.

Carrick y yo contemplamos cómo vuelven a la casa.

—Está peor de lo que pensaba —susurra.

Mary May entrena a los futuros soplones. Pienso en Art y en lo mucho que estará envenenando su mente. Quién sabe lo que le habrá contado sobre mí. Puede decirle cualquier mentira y seguramente se la tragará. ¿Qué me pasa? ¿Estoy intentando excusar otra vez a Art? Lo saco de mi cabeza.

Se enciende una luz en la habitación delantera.

—El cuarto de la madre —dice Carrick—. ¿Dónde diablos guardará el globo de cristal? Podría estar en cualquier parte.

—En el garaje, seguro —respondo, mirando el pequeño edificio adosado a la casa.

—¿Cómo lo sabes?

—Su madre me ha dicho que busca algo en el garaje. Tiene que estar allí.

Vemos a Mary May pasar de nuevo ante la puerta trasera. Se enciende otra luz revelando la cocina. Ella sigue caminando hasta el garaje. Una luz ilumina las dos ventanitas altas. La única forma de llegar a él es a través de la casa o por la puerta situada en la parte frontal, en el lado opuesto.

Oímos ruidos dentro del garaje: movimiento de cajas, golpes, algo que se estrella contra el suelo o las paredes. Y un grito, un grito demencial. Es perturbador, como el de una bruja ardiendo en una pira. Un grito torturado de angustia y frustración.

Suena como si estuviera arrasando el lugar, y temo que destroce el globo y encuentre la grabación de su interior. O la dañe. Fuera hace frío, la brisa que llega del lago es helada y tiemblo bajo mi fina camiseta. Carrick me abraza, me besa en la nuca y su calor corporal me reconforta instantáneamente.

Mary May sigue buscando unos veinte minutos, después todo queda en silencio. Su frenesí debe de haberla agotado. La luz del garaje se apaga y ella aparece en la cocina, demacrada, con el pelo revuelto, sin rastro de su habitual y cuidado moño. Va hasta el fregadero, bebe un vaso de agua y contempla el exterior como si pudiera vernos. Vuelvo a estremecerme y Carrick me abraza más fuerte todavía.

La luz se apaga y ella desaparece. Su cuarto se encuentra en la parte frontal de la casa, frente al de su madre.

—Le daremos cuarenta y cinco minutos, y luego entraremos —anuncia Carrick—. Después de tanta frustración, tardará un buen rato en calmarse.

Suspiro impaciente. Tan cerca y tan lejos.

—No podemos esperar tanto, Carrick. ¿A quién crees que llamará Crevan si descubre que me he escapado? Ella será la primera.

—Te he dicho que tenemos tiempo —repite, mirando su reloj—. Dijeron que retrasaban la cirugía hasta mañana. Tu madre no irá allí hasta dentro de por lo menos siete horas, y no irá sola. Tina protegerá a Juniper. Crevan no está ahí aún. Todo va bien. Si Crevan apareciera, Tina nos avisaría.

—Siete horas es demasiado tiempo. —Sacudo la cabeza, pensando en todo lo que puede ir mal. Me siento y contemplo la casa con un nudo en el estómago.

El abuelo está encerrado en Highland Castle mientras preparan una acusación contra él; Juniper, en un sórdido hospital improvisado; mi madre, a punto de ir allí para acusarlos de injusticia y criminalidad, y Carrick, en la lista de los más buscados. Todos estamos en peligro. No puedo arrastrarlos conmigo. Este plan tiene que funcionar.

51

Vigilamos la casa de Mary May como halcones. Cuarenta minutos después, cuando todo está tranquilo y ella no ha dado señales de vida durante ese tiempo, decidimos entrar en acción. Carrick se mueve rápidamente por el jardín hacia el garaje, para ver si podemos acceder a él sin tener que entrar en la casa. El recinto no tiene puerta ni cerradura que forzar en su parte trasera, ni un cristal que romper; las dos ventanitas están demasiado altas y son demasiado estrechas para poder entrar por ellas. No tenemos más opción que acceder desde el interior de la casa.

Voy hasta la ventana de la habitación de la madre, y doy unos suaves golpecitos en el cristal, rezando por que Mary May no esté dentro.

La anciana aparece de repente en la ventana, y me sobresalto. Con camisón blanco, piel y melena gris, su aspecto es más inquietante que angelical. Me llevo un dedo a los labios pidiéndole silencio, y después señalo la puerta de la casa. Me dirijo hacia allí, y ella también. La puerta se abre y entro, dejándola entornada para Carrick. La casa está en silencio y camino de puntillas. Las botas de Carrick son más pesadas y le resulta más difícil cruzar la casa sin hacer ruido, así que cada vez que topa con algo o hace crujir la madera del suelo, casi me provoca un ataque al corazón. La casa huele a comida y a humedad.

Al otro lado del estrecho salón se encuentra el dormitorio de Mary May con la puerta entornada, seguramente para poder escuchar los posibles paseos de su madre. Entramos en el cuarto de la anciana y cerramos silenciosamente la puerta.

—Siéntate, siéntate —me invita, haciéndome señas con la mano.

Ella se sienta en la cama, recostándose en las almohadas; yo, en la silla junto a ella.

—Estoy preparada para Él —afirma, alzando la barbilla con valentía.

No sé qué decir, esperando que Carrick pueda encontrar el globo de cristal antes de que esta situación se nos escape de las manos.

—¿Sabes lo que busca Mary May? —vuelve a preguntarme.

Asiento con la cabeza.

—¿Lo encontrarás para ella?

—Lo intento —susurro.

—¿Y eso hará que vuelva a ser la que era?

Vuelvo a asentir.

—Solo quiero volver a ver a mis hijos —confiesa, su vocecita infantil y los ojos llenos de lágrimas—. Ella los apartó de mí.

Le cojo la mano para confortarla.

—Siempre fue un poco... peculiar. De niña siempre quería todas las cosas para ella, las quería demasiado. Amaba mucho a Henry, estaba... estaba obsesionada con él. Cuando Henry se enamoró de Alice, su hermana pequeña, Mary no pudo soportarlo. Se volvió contra Alice, contra toda la familia porque se lo habíamos ocultado. Nos destrozó. —Su dolor persiste, aunque ha pasado mucho tiempo de aquello—. A pesar de todo soy su madre, y solo pido que el Señor se apiade de ella. Ha perjudicado a tanta gente... pero lo ha hecho porque ella también se sentía así.

Le ofrezco un pañuelo y ella se enjuga las lágrimas.

Se tranquiliza, como preparándose para lo que le espera.

—No tengo miedo. Creo que ya estoy preparada para presentarme ante Él.

Oímos un golpecito en la ventana, y ambas nos sobresaltamos. Estoy segura de que todo ha terminado, de que Mary May ha avisado a los soplones, de que ahora mismo están rodeando la casa y un helicóptero nos sobrevuela, con un foco dispuesto a centrarse en mí. La Imperfectos TV en directo, transmitiendo la captura de la evadida Celestine North. Descorro las cortinas y descubro a Carrick agitando el globo de cristal ante mí con una sonrisa de triunfo.

—¿Quién es? —pregunta ella temerosa, intentando esconderse tras las mantas.

Me siento mareada, llena de adrenalina. Le tomo las manos y les doy un cálido apretón.

—Aún no ha llegado su hora —susurro.

—¿No? —pregunta, sorprendida.

Niego con la cabeza y sonrío.

—Vuelva a dormirse. Pronto verá a su familia, se lo prometo.

La ayudo a acostarse, y la arropo con las sábanas y las mantas. Ella cierra los ojos y se relaja con una sonrisa en los labios ante la idea de esa pronta reunión.

52

Seis horas después, Raphael Angelo y yo estamos en casa de la jueza Sanchez, un ático de cristal y mármol situado en el edificio más alto de la ciudad, lo que contrasta rotundamente con el retiro de montaña de Raphael. Ser jueza del Tribunal, marcar a la gente y mirar a los demás desde la posición elevada de su estrado o de su ático, implica manejar mucho dinero. Desde su ventana, la gente que pasea por el parque parecen meras manchitas, casi inexistentes. Las decisiones que los afectan se toman sin conexión con su humanidad.

Pero la realidad nos ha traído hasta el domicilio de Sanchez. Hemos irrumpido en su casa al amanecer y parece que la hayamos despertado, todavía puede detectarse el sueño en sus ojos.

La jueza está casi irreconocible sin su pintalabios rojo, ni la montura roja de sus gafas, que son su marca distintiva. No va maquillada, lleva el pelo recogido con un pasador y viste un cárdigan negro de cachemir aunque en su piso no hace frío.

Nos encontramos en una estancia que abarca la cocina, el comedor y la sala de estar. Es enorme, con amplios ventanales que llegan hasta el techo acristalado. Me descubre mirándolo.

—Mi hijo se dedica a contemplar las estrellas —explica—. Fue la razón por la que compramos este ático.

—Creo que la definición profesional es astrónomo —dice un adolescente que aparece en la cocina, despeinado y con ojos legañosos, ajustándose el cinturón. Parece tener la misma edad que yo. Es guapo, alto, y tiene cierto aire de arrogancia.

—Solo si te pagan por ello —añade la jueza, concentrándose en el ordenador portátil que Raphael sitúa ante ella.

Su hijo me mira, me repasa de arriba abajo, y después desvía sorprendido la vista hacia su madre.

Celestine North está en su propia casa.

—¿Café, mamá? —pregunta.

Me resulta difícil creer que sea madre, que tenga un corazón lo bastante grande o sensible como para amar o haber amado a alguien. Está visto que todos los espejos tienen dos caras. Supongo que Sanchez intenta ayudarme... aunque sea en su propio beneficio.

Asiente con la cabeza ante el ofrecimiento del café.

—Sí, por favor.

—A mi madre le gusta mirar hacia abajo; a mí, hacia arriba —dice, preparando el café—. ¿Te gustaría venir y echar un vistazo? —me pregunta—. Tengo un telescopio en el patio interior.

No quiero ver lo que Raphael y la jueza están a punto de contemplar, pero sé que debería estar presente. Es demasiado importante para perdérmelo.

—No, gracias —niego cortésmente.

Me fijo en que su ropa lleva cosidos los escudos de las escuelas más prestigiosas del país.

—No tendrían que haberte declarado imperfecta

—suelta por sorpresa, como si intentara hacer enfadar deliberadamente a su madre—. Lo digo en serio. Fue un veredicto ridículo. Supongo que estaba en juego algo siniestro.

Tal como dijo Tina, encontramos el USB en la base del globo de cristal que Mary May tenía en su garaje, junto al resto de mis pertenencias. Carrick tardó poco en encontrarlo. Es como si la lealtad de Mary May hacia el Tribunal le hubiera impedido considerar siquiera que lo que podía destruir a su líder estuviera en un simple *souvenir* del lugar que ella tanto apreciaba. El USB se encontraba en un falso fondo, que solo tuvimos que desenroscar. Después llamamos a Raphael con el teléfono móvil que me llevé de la oficina de Enya, y él mismo fue a buscarnos a la casita del lago. No quise ver la grabación, así que me quedé en el coche mientras Raphael y Carrick lo hacían. Más tarde, Raphael no pudo mirarme a los ojos, y Carrick no pudo dejar de hacerlo.

Decidí que era mejor no traer a Carrick con nosotros. Alguien como Sanchez utiliza lo que necesita, y lo que no, lo descarta. Carrick no tiene ningún valor para ella y fácilmente podría enviarlo a Highland Castle en cuanto lo viera. Además, ahora que mamá y Bob Tinder deben de estar en el centro de entrenamiento de los soplones, Crevan no tardará en enterarse de que escapé de allí. Carrick está mejor si permanece lejos de mí, y lo necesitaré para ayudar a Juniper y a mamá.

Reviso el móvil buscando mensajes de Carrick. Nada.

Miro la televisión, que está encendida en la cocina por si hay novedades. No me extraña que Sanchez tenga sintonizada News 24, la cadena de Crevan. Pero no parece que haya nada sobre Juniper o mamá lo suficientemente relevante como para que se emita por televisión.

Claro que, pensándolo mejor, aunque lo hubiera no lo emitirían por ese canal. A Crevan le interesaría taparlo; Bob Tinder, en cambio, lo airearía.

Tobías, el hijo de Sanchez, me trae una taza de café aunque no se la he pedido, y otra para Raphael. Pero la necesito, no he dormido en toda la noche y estoy exhausta, solo la adrenalina me mantiene en pie.

—Gracias. —Y acepto el café, conmovida por ese simple gesto de amabilidad. Huelo a café. Sé que es café. Lo pruebo. Nada.

—Tobías, vete —dice Sanchez en tono agrio, y su hijo se marcha con la mandíbula erguida pero los hombros caídos. Lleva un periódico en las manos y se va a leerlo a otra parte.

Me coloco detrás de la jueza para poder ver la pantalla. Ahora que estoy con Sanchez, necesito ver lo que ella ve, y verlo como ella lo ve.

—¿Quién más tiene una copia de esto? —pregunta Sanchez, antes de que Raphael lo ponga en marcha.

—Es el original —asegura Raphael—. No se lo hemos enseñado a nadie más.

—Si el señor Berry lo filmó todo con su teléfono móvil, para salvarlo en este USB, tuvo que copiarlo en un ordenador —comenta ella.

—Crevan se dedicó a buscar al señor Berry. Creemos que cuando lo encontró, se hizo también con su portátil y su tarjeta de memoria. Esta es la única grabación que queda, la misma que está buscando —explica Raphael.

—¿Y espera que me crea que no han hecho ninguna copia antes de venir? —Alza una ceja, desconfiada.

Raphael me mira.

—Dásela.

Me quedo con la boca abierta por la sorpresa.

—¡Raphael!

—Absoluta sinceridad —me dice—. Es la única manera de que funcione, Celestine.

Enfadada, saco la copia de mi bolsillo y la dejo sobre la mesa, frente a la jueza Sanchez. Ella se la guarda inmediatamente.

Raphael pulsa el *play* y se recuesta en su silla, sabiendo lo que se avecina. Sanchez se acerca a la pantalla.

Me aferro al respaldo de la silla de la jueza, y clavo las uñas en él.

Comienza la grabación. La imagen es inestable y solo vemos el suelo. De repente, la cámara se mueve y todo aparece borroso. Se oyen gritos. Un vistazo a los zapatos de mamá moviéndose, papá gritando, confusión mientras todos están siendo expulsados de la sala de invitados. Sanchez mira enfadada a Raphael, como si le estuviera haciendo perder el tiempo.

El objetivo del móvil enfoca ahora la Cámara de Marca. Se puede ver la espalda de Crevan, enfundada en su toga color rojo sangre. Me inmoviliza en la silla.

El teléfono cambia de enfoque. Más gritos, más conmoción, más imágenes borrosas.

—Oh, vamos —exclama Sanchez, impaciente—. Crevan estaba en la sala cuando fue marcada. Eso no prueba nada.

—Siga mirando —le recomienda Raphael.

El señor Berry cambia de posición buscando un mejor ángulo. Se sitúa tras la puerta, por eso no lo vi en su momento. Crevan se mueve y aparezco yo. Estoy atada al sillón y me veo a mí misma con la boca abierta a la fuerza. El recuerdo de ese momento hace que me entren náuseas.

Alguien debió de empujar al señor Berry porque el móvil se le cae al suelo. Vemos sus pies, botas de los soplones, un tercer par de zapatos. Las deportivas de Carrick.

—Sigue filmando —se oye decir a Carrick.

La jueza Sanchez se vuelve hacia mí.

—¿De quién es esa voz?

No le hacemos caso. Alguien recoge el móvil a tiempo de grabar cómo me marcan la lengua. Es entonces cuando Crevan empieza a gritar.

—¡Arrepiéntete, Celestine!

Se sitúa frente a mí. La imagen es nítida.

—¡Arrepiéntete!

Los guardias me desatan las correas. Parecen perturbados por lo ocurrido, incluidos Bark, que me marcó, y Funar, que me odiaba. Me ayudan a caminar hasta una silla de ruedas.

—Marcadla en la columna vertebral —ordena Crevan repentinamente. Alto y claro. Y me alegra que lo tengamos pillado.

Me alejo de la pantalla del ordenador, no porque sea incapaz de ver las imágenes, sino porque quiero ver la cara de Sanchez. Necesito ver cómo reacciona ante lo que me pasó por culpa de su veredicto.

Su rostro es inexpresivo, controlado, inescrutable. No capto ni rastro de emoción. Ni piedad ni simpatía. Nada. Sus ojos siguen las imágenes, procesándolas como un robot.

Oigo gritar a Crevan, a los guardias peleando, a Crevan empuñando el hierro de marcar, y mis propios sonidos guturales. Sanchez no parpadea ni una sola vez. Raphael se rasca la cabeza, la nariz, se remueve incómodo en la silla y, mientras me marcan la columna sin anestesia, grito de angustia. Tan fuerte, que Tobías aparece para ver qué ocurre. La jueza sigue sin parpadear.

El vídeo concluye aquí.

Me mira, tan fría como un pepino. Su reacción es demasiado gélida, demasiado tranquila. Es obvio que ha creado una máscara para ocultar sus verdaderos sentimientos.

—Dirá que es una reconstrucción.

—Chorradas —corta Raphael.

—¿Qué era eso? —pregunta Tobías, desconcertado.

—No tienes más que entrar en YouTube y encontrarás cientos como esa —dice Sanchez, ignorando a su hijo.

—Esta es claramente auténtica. Puede comprobarse —insiste Raphael.

—¿Crevan hizo...? —sigue preguntando Tobías.

Ninguno le prestamos atención.

—Con su carácter, su poder y su capacidad de persuasión, puede convencer a la gente de que no es real —sigue la juez Sanchez.

—Está esto. —Me doy la vuelta y le muestro la cicatriz de mi espalda.

—¡Dios mío! —exclama Tobías, llevándose las manos a la cabeza. Su frialdad, su presunción han desaparecido.

—¡Tobías, fuera de aquí! —grita ella—. ¡Esto no es asunto tuyo!

Él la mira con una mezcla de sorpresa y rabia, y sale pitando de la estancia.

Sanchez vuelve a centrarse en nosotros.

—La marca de tu espalda no parece tener la misma forma que las demás.

—No estaba inmovilizada y no le suministraron anestesia. La marcó el propio juez Crevan mientras la chica gritaba de dolor, usted misma lo ha visto. Su marca es perfecta dadas las circunstancias. —Raphael la mira incrédulo, intentando permanecer calmado, pero su furia es obvia—. ¿Qué pasa aquí? Creí que quería apartar a Crevan del Tribunal. ¿Ha perdido el coraje?

—No, no he perdido el coraje. Y mi plan sigue siendo eliminar a Crevan como juez principal.

—Me dijiste que trajera pruebas que pudieran hundir a Crevan y eso es lo que he hecho —replico furiosa, porque veo que está dando marcha atrás.

Me mira y, por primera vez, cambia de expresión.

—Has traído demasiado, Celestine. Lo que tienes aquí basta para acabar con el Tribunal en pleno. Ahora sé por qué Crevan tiene tanto interés en ti.

53

Miro desconcertada a Raphael, pero tiene la misma expresión que yo. Nuestra ventaja se ha convertido en desventaja. Estamos en una posición muy precaria. Sanchez quería librarse de Crevan, no terminar con el Tribunal. Con la grabación se convierte en el gato, y yo, de nuevo, en el ratón.

Raphael se aclara la garganta.

—Podemos hacer un trato.

—¿Me está amenazando? —pregunta Sanchez.

—¿Está amenazando a mi clienta? —replica él con frialdad.

En la frente de la jueza aparece una arruga.

—Jueza Sanchez, el juego no ha cambiado. Le trajimos lo que quería, pero no tiene por qué hacerse público. Puede utilizar la grabación en la forma que prefiera para desacreditar a Crevan. Sigue controlando la situación, solo necesita que se dictamine que los actos de Crevan no se ajustan a las reglas del Tribunal y será defenestrado. Y, por tanto, el veredicto de mi defendida se anulará.

Ella parece pensárselo.

—Pero Crevan deducirá que yo tampoco quiero que

nadie vea el vídeo. Formé parte del comité que la juzgó y permitió que esto pasase. Aunque no supiera lo que pensaba hacer, también soy en parte responsable. La grabación hundirá a los tres jueces: a Crevan, a Jackson y a mí.

—No, si lo saca a la luz. Tiene que ser la primera en atacar —dice Raphael.

—Lo tenemos en nuestras manos —aseguro, pero noto el temblor de mi voz.

—A quien tengo, Celestine, es a ti —corrige la jueza—. Y Crevan te está buscando.

—Piensas utilizarme para conseguir lo que quieres —añado.

—Eso es absurdo —grita Raphael, saltando de su asiento—. Es inmoral, indecente, nada ético... y eso juzgándolo bajo las propias reglas del Tribunal. Me enfrentaré a usted si es necesario. Ya están investigando a Crevan, y eso es el principio del fin del Tribunal. Tendrá que escoger qué bando prefiere: si el de los que se hundirán con el barco o el de los supervivientes.

—Tiene razón, soy una superviviente.

Raphael parece aliviado.

—Es una lástima que su causa sea la de los que se hunden con el barco. Le resultará muy difícil enfrentarse conmigo cuando los soplones se lo lleven por ayudar a una imperfecta, Raphael.

—Es mi abogado. Firmamos un contrato —intervengo.

—Un abogado que representa a una fugitiva.

Raphael mueve la cabeza sonriendo ampliamente, como si pensara que la situación es hilarante.

Me mira.

—Vámonos, Celestine, salgamos de aquí.

—Me temo que no puedo dejar que se vayan. —Descuelga el teléfono—. Grace, soy yo. Llama a Crevan ahora mismo y pásamelo.

Me lanzo a por el USB, que sigue conectado al portátil, pero ella se me adelanta y me empuja. Es más fuerte de lo que pensaba y caigo hacia atrás contra la mesa de café, que se destroza cuando mi hombro impacta contra el cristal. Raphael corre en mi ayuda.

—¿Estás bien?

—¡Tobías! —grita la jueza.

Su hijo aparece, ya vestido con su chándal universitario y evalúa la situación: yo en el suelo entre cristales rotos y su madre al teléfono. Y la conoce muy bien.

—¿Qué has hecho? —le pregunta.

—Impedir que se marchen. —Y corre a su dormitorio con el móvil pegado a la oreja—. Maldita sea. Insiste, Grace. Necesito hablar con él inmediatamente. ¡Tobías, cierra la puerta! —grita, mientras se encierra en el dormitorio.

Tobías corre hasta la puerta delantera, la cierra y teclea varios números en un panel de control. Una voz robótica anuncia que el apartamento está sellado. Es lógico que alguien de la posición de Sanchez tenga medidas de seguridad. Tobías nos mira inseguro.

Raphael es fuerte, pero no lo bastante como para ser rival de Tobías.

—Déjanos salir —le pide Raphael—. No podéis retenernos contra nuestra voluntad. Tú viste el vídeo y sabes lo que hizo Crevan. Sabes quién tiene razón y quién está equivocado.

Tobías tiene pánico, no sabe qué decisión tomar. El sudor le resbala por la frente hasta las cejas.

Raphael sacude la cabeza, hastiado.

—El problema con la gente que se pasa la vida contemplando las estrellas es que no presta atención a lo que sucede a su alrededor. Pareces un buen chico, pero tu madre no lo es. Solo lo parece.

Tobías nos mira preocupado, mientras Raphael me saca de entre los cristales. Por suerte no me he cortado.

—No puedo hacerlo —musita Tobías—. ¡Mamá! —grita con todas sus fuerzas, haciendo que la jueza salga de su dormitorio a medio vestir—. No puedo hacerlo. Dijiste que tenías razón, mamá, que hacías lo correcto, pero... Tendrías que oír lo que dicen de ti en la universidad. Piensan organizar una marcha sobre el castillo en protesta por las actuaciones del Tribunal. Me avergüenza quién eres y lo que haces.

—Es Crevan, Tobías —dice, en un tono de voz que nunca le he oído antes, el tono de una madre—. Él ha hundido nuestra reputación, pero estoy intentando arreglarlo. La gente volverá a creer en el Tribunal, te lo prometo. Quiero que te sientas orgulloso de mí, pero tienes que confiar.

—No, eres tan perversa como él. Empiezo a preguntarme quiénes son realmente los imperfectos... y no creo que sean ellos. —Toma aliento, haciendo acopio de valor—. Creo que sois vosotros.

Teclea el código que desbloquea la puerta y se marcha corriendo, dejándola abierta.

54

Raphael y yo nos quedamos sorprendidos contemplando la salida.

La jueza Sanchez está desconcertada por la marcha de su hijo, pero se recupera rápidamente. En lugar de ir tras él, cierra la puerta y teclea la contraseña para bloquearla. Volvemos a estar encerrados. Ella se ha puesto una falda color vino y una blusa roja de seda, pero solo le ha dado tiempo a calzarse un zapato, el otro pie está desnudo. Se ha pintado los labios de rojo y se ha colocado las gafas del mismo color.

Su teléfono suena en el dormitorio, y Sanchez duda unos segundos entre quedarse con nosotros o responder a la llamada. Al final, corre hacia el dormitorio. Los timbrazos se detienen antes de que llegue y la oímos maldecir.

Reviso mi propio móvil para ver si Carrick me ha enviado un mensaje.

«Juniper ha salido. Todo el mundo a salvo. ¿Y tú?»

Me siento aliviada. Las buenas noticias me dan ánimos y se me ocurre una idea. No me importa que Crevan sepa que ya no me tiene controlada. Juniper, mamá y Carrick están a salvo.

—¿Qué estás haciendo? —pregunta Raphael, cuando me apodero del teléfono que hay sobre la mesa de la jueza Sanchez.

—Con Highland Castle, por favor —pido rápidamente.

—Pero ¿qué haces? —repite, alarmado.

Protejo el aparato, temiendo que él corte la llamada.

—Confía en mí.

Se calma un poco.

—¿Hola? Soy Celestine North y me gustaría entregarme —anuncio, mientras Raphael hace rodar los ojos horrorizado. Intenta quitarme el auricular, pero coloco una silla entre los dos para impedírselo—. Estoy en el apartamento de la jueza Sanchez, en la torre Grimes, y me gustaría que vinieran a buscarme inmediatamente. Gracias.

Cuelgo el teléfono e intento tranquilizar mi corazón.

—¿Por qué has hecho eso?

—La jueza está telefoneando a Crevan, quiere hacer un trato con él. ¿Crees que alguno de los dos, sabiendo lo que tenemos contra ellos, va a ponernos oficialmente bajo custodia del Tribunal? Estaremos más seguros si nos detienen los soplones.

Raphael da media vuelta y se sienta.

—No había pensado en eso. ¿Sabes?, puede que sea una de las ideas más inteligentes que hayas tenido. Vas aprendiendo de mí.

—Ahora solo tenemos que esperar que los soplones lleguen primero.

La jueza Sanchez aparece varias veces en la puerta de su dormitorio para tenernos controlados, mientras intenta comunicarse desesperadamente con Crevan, tecleando todos los números que se le ocurren. No quiere que le oigamos hacer un trato por mi libertad en su propio beneficio, y habla en voz baja. Raphael y yo nos sentamos en la sala de estar, esperando nuestro destino. Minutos después, oigo como llaman a la puerta. Acerco un ojo a la mirilla, y nunca me he sentido tan feliz de ver los cascos rojos.

—Soplones —anuncio.

Entrechocamos las palmas de las manos.

55

—¡Somos soplones! ¡Abran la puerta! —ordenan a gritos.

—Lo siento, pero es imposible —responde Raphael—. Estamos encerrados y no podemos abrirla. Creo que tendrán que echarla abajo.

A pesar de lo que está en juego, de que los soplones van a destrozar la puerta para llevarme con ellos, es fácil verse arrastrado por la displicente visión del mundo que tiene Raphael. Me siento tan tranquila como parece que lo está él. Pero, en el fondo, sé que es pura apariencia. Un hombre que es vegano, que decora su oficina con falsos trofeos humanos solo para aparentar y que se pasa la vida luchando para que los demás obtengan justicia, lo es todo menos displicente. Quizá por eso sonrío, porque sé que, tras sus bromas, se toma estos asuntos muy en serio.

—Retrocedan, vamos a derribar la puerta —grita un soplón.

Espero oír una ganzúa mecánica o algo parecido, pero solo escucho un fuerte golpe en la puerta.

—Un ariete —susurra Raphael, cruzándose de brazos y recostándose contra la pared—. Han venido preparados.

Un segundo golpe.

—¿Qué ocurre? —pregunta la jueza Sanchez, saliendo de su dormitorio. Me pregunto si ya ha cerrado el trato con Crevan, si ha intercambiado mi vida por su posición.

—Han llegado los soplones —le explico tranquilamente.

—¿Qué? —Nos mira horrorizada. Seguro que nuestro comportamiento pacífico la pone incluso más nerviosa—. No. No puede ser.

PUM.

—Ahí los tiene —exclama Raphael, metiéndose en la boca una pastilla de menta—. Me atrevería a decir que ni siquiera hemos oído sus silbatos.

—¿Qué?

Parece tan inquieta que resulta hasta divertido.

PUM.

—¿Qué están haciendo?

—Derribando la puerta, parece evidente —se burla Raphael.

—¿Qué? ¿Por qué?... ¡Hola! ¡Hola! ¡Deténganse!

—¿Por qué? Porque estamos encerrados —explico, siguiendo con la ironía del abogado.

Sanchez intenta imponer su tono autoritario, pero no la oyen. Los soplones están demasiado concentrados en abrirse camino con el ariete.

La puerta cede por fin.

La jueza retrocede al tiempo que la madera, el serrín y parte del ariete sobrevuelan la lujosa alfombra. A través del hueco vemos por lo menos a una docena de soplones.

—Jueza Sanchez, tenemos información de que Celestine North está aquí. ¿Se encuentra usted bien?

Ella lo mira con repugnancia. Su alfombra y su blusa de seda están cubiertas de serrín y astillas de madera.

—Habéis destrozado mi puerta.

El soplón parece repentinamente nervioso.

—Nos dijeron que no podían abrirla.

—Cierto. Porque yo misma los encerré para que no pudieran huir.

El soplón se ruboriza.

Uno de sus compañeros se muerde el labio para no soltar una carcajada.

—Nos encargaremos de que le instalen una puerta nueva inmediatamente.

—Por supuesto que lo haréis —corta Sanchez, pinzándose el puente de la nariz—. Ahora, decidme, ¿por qué... cómo... qué estáis haciendo aquí? Esto es un asunto privado del juez Crevan. Estoy esperando una llamada suya.

Se miran unos a otros, obviamente confusos.

—Alguien nos llamó y nos dio esta dirección. Como el juez Crevan estaba ocupado en ese momento con los preparativos de la reunión, nosotros...

—¿Reunión? ¿Qué reunión? —pregunta Raphael.

—Todos los imperfectos deben presentarse ante su soplón de inmediato para ser llevados a una ubicación central. Nos han ordenado que los llevemos a todos sin excepción.

—Pero no podéis llevaros a Celestine, es una fugitiva —protesta Sanchez—. Primero tengo que hablar con el juez Crevan.

—Solo cumplimos las órdenes del juez Crevan, jueza —dice otro soplón, acercándose a mí—. Todos los imperfectos sin excepción. El juez Crevan será informado de la captura de Celestine North y nos ocuparemos de que sea debidamente castigada por su evasión.

Antes de ponerme las manos encima, se lleva a los

labios el silbato rojo que cuelga de una cadena dorada que lleva alrededor del cuello.

—Tápate las orejas —le advierto a Raphael.

Lo hace justo a tiempo, porque una docena de soplones hace sonar sus silbatos para indicar el arresto de una imperfecta.

Otra vez.

TERCERA PARTE

56

La jueza Sanchez les ordena que también pongan bajo custodia a Raphael. A pesar de su profesión y de nuestro contrato de representación, lo han descubierto ayudando a una fugitiva.

Nos llevan en una furgoneta hasta un almacén de la zona portuaria, donde se alinean los autobuses del toque de queda.

—¿Qué va a pasar? —le pregunto a Raphael, pero no me responde. Está demasiado ocupado mirando por la ventanilla, intentando averiguar algo.

—¿Te informaron de que tenías que presentarte hoy ante tu soplón? —me pregunta por fin.

—¿Cómo iban a hacerlo? Soy una fugitiva. Estaba viviendo con una gente que nunca se presenta ante sus soplones.

—¿Puede alguien informarme, por favor? —pregunta Raphael, inclinándose hacia delante para hablar con un soplón.

—Todos los imperfectos tienen que estar aquí reunidos a las nueve de la mañana.

—¿Por qué?

—Órdenes del Tribunal.

—¿Y qué piensan hacer conmigo? No soy un imperfecto.

—Lo llevaremos al castillo.

—El juez Crevan se dirigirá a los imperfectos para anunciar algo —añade otro soplón más amable.

—¿En persona? —Raphael frunce el ceño—. ¿A todos los imperfectos de todo Humming?

—No a todos a la vez. El país tiene zonas designadas. ¿No se han enterado de nada? —se extraña un soplón, mirándome como si creyera que he estado viviendo en otro planeta.

—Fugitiva. —Me señala Raphael—. No sirve de mucho tener esa información si estás huyendo. Saberlo habría sido de ayuda.

—Lo siento, Raphael.

—No te disculpes. Sabía el final, ¿recuerdas? Me siento extrañamente libre. Quizá mi refugio de la montaña fue mi prisión autoimpuesta. Yo soy así. ¿Estás bien?

Asiento y me encojo de hombros. Intenté derrotarlos, intenté mantenerme un paso por delante de ellos, pero ahora estoy aquí y no sé lo que va a pasar.

—Me lo tomaré como un sí, no soy muy bueno consolando a la gente.

La furgoneta se detiene, y contemplo los almacenes que se alinean en los muelles. En un estrecho callejón que separa dos de las naves, veo a un par de mujeres fumándose un cigarrillo. Llevan monos blancos cubiertos de manchas rojas. Sus brazos también tienen las mismas manchas, que les llegan hasta los codos.

—Raphael... —balbuceo con voz temblorosa.

—Tripas de pescado —dice rápidamente—. Usan los almacenes para destripar y empaquetar la pesca.

Me gustaría creer que es eso lo que ocurre allí dentro, pero no puedo.

La puerta se abre y un soplón ordena a Raphael que baje. Apenas podemos despedirnos, solo le da tiempo a gritar: «Buena suerte, niña», antes de que la puerta se cierre.

Cuando vuelve a abrirse, me sacan de la furgoneta. Dos soplones me escoltan, uno a cada lado. Veo que meten a Raphael en un coche, seguramente para llevárselo a Highland Castle.

La puerta de un almacén se abre, deslizándose a un lado. La entrada tiene una máquina de rayos X por la que me obligan a pasar, y otra que me identifica inmediatamente. Colocan a los hombres a la derecha, a las mujeres, a la izquierda. El hedor a pescado podrido que despide el edificio me produce arcadas. Mientras entro en el recinto de las mujeres aparece otra trabajadora con su delantal manchado, como si hubiera destripado a alguien. Nuestros ojos se encuentran, y su mirada se suaviza.

—Lo siento —susurra, y corre para reunirse con una amiga, otra trabajadora con delantal ensangrentado, como si llegaran tarde a alguna cita.

Entro en el recinto de las mujeres y me enfrento al infierno.

57

Cientos de personas, mis compañeras imperfectas, se vuelven para mirarme. Algunas aplauden, otras se acercan a mí y me estrechan la mano o me palmean la espalda cariñosamente. Una de ellas llora, convencida de que puedo rescatarla; otra más llora porque con mi captura cree perdida toda esperanza.

Miro a mi alrededor empapándome del ambiente. Realmente es una planta de procesamiento de pescado. Aquí, los barcos descargan los peces, que después son destripados y enviados a las tiendas y mercados locales. La mayor parte del espacio lo ocupan largas hileras de lo que parecen fregaderos rectangulares, de modo que sea posible trabajar de pie pero en una posición relativamente cómoda. El suelo está cubierto por baldosas de arcilla para que se pueda limpiar fácilmente, y ligeramente inclinado para que la sangre resbale hasta los desagües.

¿Por qué me han traído aquí? Mi imaginación se desboca y la escena me hace temblar.

Veo un rostro familiar entre la multitud. Es el de una chica rubia, que reconozco por la fotografía que me dio hace poco su novio, Leonard.

—¿Lizzie? —pregunto.

Me mira confusa.

—¿Celestine North? ¿Sa... sabes quién soy?

—Sí, por tu novio. Por Leonard. Te está buscando, siempre supo que eras imperfecta. Me ayudó y le prometí que intentaría encontrarte.

Ella parece confusa.

—Bahee me contó que cuando Leonard descubrió que era imperfecta, no quiso saber nada de mí. Me dijo que tenía que marcharme, que los ponía a todos en peligro. Yo no quería irme, pero él me obligó.

Sacudo la cabeza.

—Bahee te mintió, le mintió a un montón de gente. Leonard te quiere, te ha estado buscando desde que te marchaste.

—Oh.

Abre mucho los ojos, sorprendida. Seguramente es lo mejor que le ha pasado en las semanas transcurridas desde que Bahee la abandonó en la peor zona de la ciudad. Al final, me sonríe.

—Gracias.

—Leonard me rescató de los soplones. Es una buena persona.

Suena un silbato y todo el mundo se calla.

Se ilumina una pantalla en la pared del almacén.

Imperfectos TV. Se oyen gruñidos de descontento y desaprobación general.

—Hoy, en Imperfectos TV, tenemos al juez Crevan para que nos hable de los sucesos del día —anuncia la sustituta de Pia Wang, como si estuviera en un programa de entretenimiento.

Crevan aparece en pantalla, sentado con su toga roja en un sillón de cuero marrón.

—Hoy es el cuadragésimo aniversario de la fundación del Tribunal, que creó mi abuelo. Desde entonces, hemos recorrido un largo camino. Si nos retrotraemos al estado del país de antaño, tanto política como económicamente, al caos resultante de las negligentes y despiadadas decisiones de nuestros líderes, y vemos dónde estamos ahora, nos daremos cuenta de que de pronto nos libraremos de las imperfecciones; de las decisiones irracionales, inmorales, poco éticas e irresponsables. Nuestras empresas son capaces de competir internacionalmente, el mundo nos reconoce como un país en el que se puede confiar y con el que se puede negociar.

»Recientemente se ha producido una serie de revueltas en esta capital y en otras pequeñas ciudades del país. Podría parecer que hemos perdido nuestro rumbo, nuestro foco. Y hoy es el día de recuperarlo. Hoy mostraremos a aquellos de los que debemos proteger nuestra sociedad, un desfile de los escasos compatriotas que todavía no piensan ni actúan como nosotros. Amamos a los miembros de nuestra familia, por supuesto, y marcarlos no hace que los queramos menos, pero hacerlo nos ayuda a todos, manda una señal al resto del mundo de que somos una sociedad organizada y decente.

Mira fijamente a la cámara, sus ojos azules clavados en todos nosotros.

—Lo que veréis hoy es la razón por la que existe el Tribunal. Las personas que van a aparecer son aquellas con las que viviréis si no deseáis uniros a nuestra decente y organizada sociedad. Invito, imploro al público a salir a la calle y manifestarnos su apoyo.

La imagen desaparece y todas las mujeres del almacén empiezan a hablar, a discutir. Algunas mantienen la calma, pero en la mayoría se alza una oleada de pánico.

Un soplón hace sonar su silbato, pero necesita repetirlo cuatro veces antes de conseguir que se callen.

Otro soplón se adelanta a los demás y grita:

—¡Imperfectas! Desnudaos y vestíos con las ropas que encontraréis al fondo de la sala. ¡Hacedlo sin preguntas y hacedlo ya!

Me pongo de puntillas para ver ese fondo. Allí hay un montón de ropa roja, y parte de ella parece teñida a mano, como si solo estuviera manchada. De repente comprendo lo que hacían las mujeres con delantal blanco que vi entre los almacenes. Estaban tiñendo la ropa de rojo... el rojo de los imperfectos.

Al principio, el movimiento es lento. Las mujeres discuten entre ellas, antes de dirigirse arrastrando los pies por el inclinado suelo hacia la ropa apilada. Solo entonces, cuando todo el mundo empieza a escoger prendas, nos damos cuenta de que la cantidad de cada talla es limitada. Algunas empujan a las demás, peleándose por aquellos harapos rojos.

Pequeña, media, grande y extragrande. Una anciana junto a mí gimotea desconsolada. Me acerco a la mesa para coger una talla pequeña para mí y una extragrande para ella, esperando que le sirva. Ya no quedan tallas pequeñas. Otra mujer me ofrece la suya y busca en el montón de la talla media.

—Gracias —le digo, confusa.

Para mi sorpresa, nadie discute conmigo. La anciana acepta con lágrimas la talla extragrande que le ofrezco.

Cuando despliego el vestido y lo sostengo frente a mí, me quedo horrorizada como todas los demás, a juzgar por los aullidos, los chillidos y los gritos. Apenas es una mini combinación roja que deja poco a la imaginación.

—No pienso ponerme esto —grita una mujer—. Ni hablar.

Las protestas se extienden entre la multitud, hasta que todo el mundo está de acuerdo. Algunas con determinación, otras con timidez, pero todas tiran la ropa al suelo del almacén.

Un grupo de soplones se abre camino hacia la mujer que empezó la protesta.

—Tienes que vestirte con eso, lo ordena el Tribunal.

Todas permanecemos a la expectativa.

La mujer recoge la combinación del suelo, pero solo para volverla a lanzar a los pies de los soplones.

Uno de ellos desenfunda su porra y golpea con ella los gemelos de la mujer, que cae de bruces contra el suelo; sus labios estallan salpicando sangre, y grita de dolor. Eso provoca dos situaciones. Algunas mujeres retroceden y empiezan a vestirse; otras, atacan. Yo estoy lejos, tras el círculo formado en torno a la mujer herida, anonadada, aterrorizada. Estamos apiñadas, tratadas como animales.

De repente, los soplones hacen sonar al unísono sus silbatos. Nos miramos confusas unas a otras. No nos exigen silencio, parece que hubieran cazado a alguien. Pero aquí todas somos imperfectas, de ahí la confusión. ¿Puede un imperfecto ser capturado dos veces? Sería inaudito.

La mayoría de los soplones dejan su puesto como si lo hubieran ensayado, haciendo sonar sus silbatos y abriéndose paso entre las imperfectas. En vez de rodear a una imperfecta, se colocan alrededor de una soplona, que los mira aterrorizada. Los silbidos son tan potentes que crean ecos en el almacén y tenemos que taparnos las orejas. La acosan, se apiñan formando un círculo y empiezan a aguijonearla con sus porras. Y no precisamente en broma.

—Desnúdate, Karen.

—Es un insulto que alguien como tú lleve nuestro uniforme. Quítatelo —ordena otro.

—Sabes lo que has hecho —se burla el primero.

—Oímos lo que dijiste —grita el segundo.

Siguen acosándola, empujándola, pinchándola, hasta que pide a gritos que se detengan. Pide ayuda, pero nadie se la ofrece. Hace unos minutos nos estaba obligando a desnudarnos, ahora es ella la que sufre la misma humillación por parte de sus colegas, un castigo por algo que ha hecho, pero que nosotros no sabemos. ¿Un error en su trabajo? ¿Algo que ver con su vida privada? Sea lo que sea, ellos lo saben. Karen no está a salvo. Es obvio que han planeado el ataque contra ella, y lo peor es que lo han llevado a cabo frente a cientos de imperfectas.

Los soplones la derriban y empiezan a quitarle la ropa, a pesar de sus gritos y patadas. Consiguen arrancarle el uniforme y le pasan la combinación por la cabeza. Ella intenta recuperar su uniforme, pero es inútil. No puede escapar del almacén, no se lo permiten, está encerrada y atrapada con nosotras. Completamente indefensa, como nosotras. Se aleja retrocediendo hasta un rincón sin dejar de llorar.

Lo sucedido impide cualquier intento de rebelión por nuestra parte. Me sitúo de espaldas a una de las paredes para que nadie pueda ver mi sexta cicatriz, y me pongo la combinación roja. Me miro a mí misma con la indignación hirviendo en mi interior, cuando estalla una discusión entre dos mujeres en el extremo opuesto de la sala y siento lástima. La bronca parece seria y empiezan a golpearse.

—Me ha quitado la ropa —aúlla una.

—Mentira —grita la otra—. Yo la tenía primero. ¡Me descuidé un segundo y ella me la robó!

La gente duda, no quiere verse involucrada. Observo a los soplones, y veo que su jefe se ríe. Se nota que está disfrutando de lo lindo y me encolerizo. Paso a través de la multitud, empujo a las mujeres que rodean a las dos que discuten y me interpongo entre ellas. Las aparto bruscamente. Son más grandes que yo, más fuertes y más rudas. Me miran sorprendidas.

—Se. Están. Riendo. De. Nosotras —les digo. Quería susurrarlo apenas para que los soplones no me oyeran, pero me ha salido un furioso siseo amenazador.

Una de las mujeres no me escucha, vocifera algo sobre la vestimenta, pero consigo atraer la atención de la otra. Mira a los soplones y los ve burlándose de que nos peleemos por unos harapos. Cierra las manos hasta formar puños y los aprieta rabiosa.

—¿Es que queréis que se rían de nosotras?

La mujer agita la cabeza.

—Les estáis dando exactamente lo que quieren —insisto, sintiendo que la rabia se apodera de mí.

—Eres Celestine North —me reconoce.

Eso atrae la atención de la otra mujer, que por fin se fija en mí.

—Pero esto no es de mi talla —gruñe la mujer más corpulenta, tensando la combinación que lleva puesta—. Es de la suya.

—Me aprieta tanto que hasta se puede adivinar lo que he comido para desayunar.

—Ni siquiera puedo pasarme esta cosa por la cabeza. Y es dos tallas más grande que la tuya. ¿Es que no tienes sentido común?

—¡Basta! ¡Yo la cogí primero!

Los soplones vuelven a estallar en carcajadas ante la discusión por aquellos andrajos, lo único que oculta nuestra total desnudez. Las dos mujeres hacen una pausa en su discusión y los miran. Puedo percibir su furia. Han conseguido que se unan en un mismo bando.

—Trabajad unidas —les susurro.

—¡North, no murmures! —grita el soplón jefe, dando un paso en mi dirección.

No le hago caso y sigo hablando en voz baja.

—En el momento en que nos reunieron en esta sala, nos convertimos en amigas. Tenemos que mantenernos unidas. Somos nosotras contra ellos, no contra nosotras mismas.

Tomo la ropa de manos de la mujer más fornida.

—Mira, estíralo así. —Meto las manos en el interior de la combinación y abro los brazos. El algodón cede un poco. Levanto la rodilla, la apoyo contra el tejido y tiro de él estirándolo más. El color rojo palidece hasta el rosa a medida que ensancho la prenda. Entonces, se lo doy a la mujer más delgada—. Toma. Dale la talla grande a ella.

Se lo piensa un segundo, suspira y al final cede, dándole el vestido más grande a la otra. Ambas miran la ropa que tienen en las manos como si fueran dos niñas quisquillosas.

—Ahora, sonreíd —les digo con un tono más alegre.

—¿Qué? —Me miran, confusas.

—Que sonriáis —insisto, mostrando toda mi dentadura.

Ellas intentan hacerlo.

—Alegrad esa cara, mostremos un poco de dignidad.

Lo hacen, y el ademán se contagia a las demás. Nuestro gesto de solidaridad borra la sonrisa burlona de los soplones, que vuelven a hacer sonar sus silbatos a la vez, tan fuerte que tenemos que taparnos las orejas. Nos mueven como si fuéramos ganado, formando una serie de filas, solo rotas por los fregaderos donde se destripa el pescado. Me sitúo tras Lizzie. Hasta la soplona Karen tendrá que compartir nuestra odisea, sea cual sea. Ella sabe lo que nos espera y palidece a punto de vomitar, desconcertada por su situación.

La anciana sigue llorando en la fila más próxima a la mía. Viste con su ajustada combinación roja, privada de todo recato, de la poca dignidad que podía quedarle. Su carne envejecida colgando, sus venas varicosas expuestas. Algunos cuerpos rebosan las prendas: senos demasiado grandes, culos y caderas que fuerzan el tejido al máximo; otros son demasiado menudos, y tienen que hacer nudos en los tirantes para acortarlos y que el escote no les llegue hasta la cintura. Una chica que parece tener menos de dieciséis años, algo imposible según las reglas del Tribunal, intenta ocultar su cuerpo con manos y brazos, avergonzada y roja como un tomate.

Como mujeres, nos vestimos para gustarnos a nosotras mismas, para esconder nuestros defectos y acentuar nuestras mejores cualidades. La ropa es una extensión de lo que somos, un reflejo de lo que pensamos y sentimos. Ahora nos han privado de todo eso, estamos prácticamente desnudas, exhibiendo lo que queremos ocultar, lo que nos avergüenza, lo que no queremos que nadie vea. Incluso, aunque alguien no sea consciente de las imperfecciones de su cuerpo, el hecho de uniformarnos de esa manera es simplemente degradante. Nos han arrancado nuestra individualidad, nuestra originalidad. Nos dicen con ello que no podemos diferenciarnos, que somos insignificantes, que no importamos. Solo somos números, un debilitado ejército de imperfecciones.

Y todas nos preguntamos lo mismo. ¿Por qué lo hacen? ¿Qué nos espera a continuación?

Nos dan un par de chanclas a cada una, de suelas tan delgadas que siento el frío de las baldosas a través de ellas. La soplona que parece comandar a los demás vigila las filas, nos inspecciona. Se detiene ante mí, me mira de arriba abajo como si estuviera oliendo una cloaca.

—A ti, Celestine, te gusta jugar a ser líder, ¿verdad?

No respondo.

—Bien, ahora es tu momento para destacar —dice con una sonrisa malévola—. Ponte la primera de la fila.

Avanzo con todos los ojos fijos en mí.

—Ánimo, Celestine —susurra una mujer.

Otra aplaude, como si quisiera animarme, como si estuviera a punto de subir a un ring. Siento palmadas en los hombros, en la espalda. Me guiñan un ojo, me sonríen nerviosas. Toda la sala resuena con gritos de ánimo y siento que mis ojos se llenan de lágrimas, lágrimas de agradecimiento y orgullo por verme tan alentada.

Los soplones vuelven a hacer sonar sus silbatos para que cese toda muestra de apoyo, algo con lo que no contaban. Ocupo el primer lugar de la fila. La mía será la primera en moverse, aunque no sé hacia dónde iremos.

La puerta del almacén se abre y la luz de la mañana inunda la sala.

Nos ordenan que empecemos a caminar.

58

Justo cuando salimos del almacén, los hombres salen del suyo. Llevan camisetas sin mangas y calzoncillos bóxer. Por el aspecto de algunas narices sangrantes y ojos morados, está claro que su revuelta también ha fracasado. Algunas mujeres empiezan a llorar al verlos, algunos hombres empiezan a llorar al verlas, y otros apartan la vista por respeto.

El hombre que lidera la fila de los imperfectos maldice en voz baja, cuando ve la ropa que nos obligan a llevar. Uno de los soplones le da un porrazo en la cabeza para acallarlo. Las dos filas se juntan y nos ordenan que caminemos una al lado de la otra. Yo lidero a las mujeres y él a los hombres. Me pregunto qué habrá hecho para que lo sitúen en cabeza, seguro que ellos no se pelearon por sus pantaloncitos. Rastreo la fila de hombres para ver si veo algún rostro familiar, pero un silbato suena junto a mi oreja, indicándome que mire al frente.

—¿Eres Celestine North? —me pregunta el hombre que tengo al lado, casi sin mover los labios.

—Sí.

—¿Qué hacemos aquí?

—No lo sé.

—Bueno, espero que tengas algún plan —sigue su-susurrando.

Entramos en los muelles, y vemos que las calles están atestadas de la gente que ha salido de sus casas y oficinas para ver el desfile de los imperfectos. El paseo de la vergüenza. La procesión de la culpa. A lo largo de las avenidas hay soplones apostados con su uniforme de antidisturbios y sus escudos.

Estamos en la parte vieja de la ciudad. Al otro lado del río puedo ver la moderna, urbana, vibrante, que se eleva desde la ciudad portuaria abandonada. A este lado han mantenido las calles empedradas, donde se congregaban los mayoristas y minoristas de fruta y vegetales, de carne y pescado, un próspero, atareado y colorista mundo lleno de gente y de vida. Aquí es donde comienza nuestro viaje, desde los almacenes, pasando por los puestos de venta del mercado, y todo comienza a encajar. Me siento como una cabeza de ganado a punto de ser exhibida, estudiada, evaluada y vendida.

La calle se amplía, se llena de cafés, restaurantes y apartamentos. La gente ha salido a los balcones para vernos, con tazas humeantes en las manos. Es difícil caminar con las chanclas por el empedrado, y tropiezo más de una vez con el borde de los adoquines. No soy la única en trastabillar. Alguno se cae y se corta las rodillas, pero es ayudado de inmediato por otro compañero imperfecto.

Podemos oír la voz de Crevan a través de los altavoces distribuidos a lo largo de nuestra ruta. Es una versión grabada del discurso que hemos oído antes. Han cortado algún fragmento, alguna frase, y el resto lo repiten continuamente, una y otra vez.

—Hoy es el día que podemos agradecer a la población imperfecta por ayudarnos a limpiar nuestra sociedad de la imperfección, y por permitirnos disfrutar de una sociedad decente y organizada.

Es una declaración populista y machacona, como un disco rayado.

Grandes, pequeños, gordos, delgados, blancos, negros, viejos y jóvenes. Ninguno queda a la imaginación, mientras desfilamos por las calles ante el público. Suenan algunos silbidos entre grupos de niños o de adolescentes, pero la mayoría de las miradas son de horror y vergüenza por lo que está pasando. Una cosa es que los imperfectos sean marcados y tengan que vivir como ciudadanos de segunda, y otra muy distinta es hacerlos desfilar mostrando las cicatrices de sus faltas. Lo que no ves, no lo sientes. Es fácil vivir tranquilo cuando no tienes que enfrentarte con la realidad de una forma tan cruda como esta.

Este desfile está diseñado para resultar cruel, para infundir miedo en los corazones. Se supone que el público debe sentir terror, que es un mensaje para todo el país: deja de creer en los ideales de este país y acabarás como ellos. Nadie reacciona. Hablarnos, dedicarnos una sola palabra de aliento sería considerado como apoyo a un imperfecto, y podrían terminar caminando a nuestro lado, así que todo el mundo mantiene cerrada la boca. El miedo a unirse a nosotros es demasiado grande.

A pesar de que todos los ojos deben de estar centrados en mi semidesnudez, me siento invisible. Nadie puede verme realmente. Cuanto menos humanos nos hacen parecer, menos individualizados estamos. Camino derramando lágrimas, pero con la cabeza alta, concentrada en nuestra ruta. Nuestras lágrimas son inútiles, absurdas, no nos hacen ningún bien. Solo nosotros podemos enjugárnoslas.

Mis ojos se cruzan con los de otros imperfectos, hombres y mujeres. ¿Qué podemos hacer? ¿Hemos dejado de vernos los unos a los otros? Me miran desvalidos, como si se hubieran rendido. Algunos caminan con la cabeza baja, tropezando con la persona que tienen delante cuando esta aminora el paso; otros marchan con la cabeza bien alta, desafiantes. Algunos lloran, y hay quien no demuestra nada, ninguna emoción. Son indescifrables, resisten dispuestos a apurar este trago hasta que termine.

Busco con la mirada a Carrick entre el público, pero sé que sería una locura arriesgarse a venir aquí. Me pregunto si me estará viendo por televisión y la mera idea hace que sonría. Eso espero. Lo imagino tumbado en un sofá, en una casa segura, a salvo.

—¡Leonard! —grita de repente Lizzie detrás de mí.

Leonard está a un lado de la calle, entre la multitud.

Él extiende sus brazos hacia ella, y se abrazan antes de que un soplón consiga apartarlos.

—¡Deja que se abracen! —grita una mujer, y la multitud que los rodea se enfrenta desafiante al soplón.

—¡Basura imperfecta! —nos insulta otro espectador.

Sigo caminando.

Giro la cabeza para ver lo larga que es la fila y veo a Mona muy atrás. Grito de sorpresa. Cordelia está tras ella, pero no Evelyn, que espero que se encuentre a salvo con Alfa y el profesor Lambert, y no en una de las instituciones de la I.A.N., aunque me temo lo peor. De repente veo a Kelly, la madre de Carrick, y a su lado al profesor Bill Lambert. Se me parte el corazón, los han cogido a todos. Temo por Juniper y por mamá. Y por Carrick. Me siento débil.

Dejamos las calles adoquinadas y entramos en la plaza de la ciudad vieja, rodeada de edificios coloristas construidos durante el siglo XVIII. No sé lo que habrán visto a lo largo de su historia, pero ahora tienen que contemplar esta crueldad.

—Vamos en dirección al castillo —dice el hombre a mi lado. Mi corazón se acelera. El castillo solo me trae recuerdos terribles, pero pienso en el abuelo. Al menos es una parte de mí que quiero llevarme, quizás acabaré reuniéndome con él. Entonces me pregunto si el abuelo estará en la fila de los hombres. Miro hacia atrás de nuevo para intentar descubrirlo, pero tropiezo y caigo; me hago un corte en la rodilla, que empieza a sangrar.

Un hombre se detiene para ayudarme, pero un soplón le insta a que continúe. Él se disculpa y sigue caminando. Una mujer situada en uno de los laterales de la plaza alarga su mano para ayudarme. Esta vez, el soplón ni siquiera tiene que utilizar su silbato; la mira frunciendo el ceño y la mujer retrocede.

—Lo siento, querida —se disculpa con labios temblorosos—. Lo siento, de verdad.

Los demás siguen caminando mientras estoy en el suelo, sangrante, fingiendo estar más malherida de lo que realmente estoy. Tengo que calcular el tiempo correctamente.

—Vuelve a la fila —me ordena el soplón.

Me tomo mi tiempo hasta ver que Mona se acerca a mi posición. Entonces me levanto y me sitúo delante de ella. Su cara se ilumina al verme.

—Oye, chica, encantada de verte aquí. Buen trabajo en el almacén.

Miro a los hombres que tenemos al lado, y veo a Lennox, Fergus y Lorcan.

—Qué buen aspecto tienes, Celestine —exclama Lennox de buen humor.

Sonrío, sintiéndome animada al reunirme con mi tribu.

—Odio ir a una fiesta y que alguien lleve la misma ropa que yo —dice Lorcan. Y a pesar de todo lo que estamos viviendo, nos reímos.

—¿Así qué? ¿Todo va según el plan, Celestine?

Volvemos a reírnos.

—No habléis —ordena un soplón al pasar junto a él.

—¿Dónde está Carrick? ¿Están a salvo Juniper y mamá? —pregunto rápidamente, más interesada por su seguridad que por saber cómo los capturaron a ellos.

—A Juniper la sacaron del hospital, está a salvo con tu madre —me informa Lennox—. Puedes sentirte orgullosa de ella. Se duchó ante un abogado, un policía y el director de un periódico para quitarse el hedor de la base soplona. Echaron un vistazo a todos los que mantienen allí retenidos: los guardias, Pia Wang, los estudiantes desaparecidos... El policía se lo pasó en grande, sobre todo porque llevaban días buscando oficialmente a los chicos. Crevan va a tener que dar muchas explicaciones. Lo van a crucificar.

Sonrío aliviada, orgullosa de Juniper y de mamá, pero aún tenemos un largo camino que recorrer y no tengo ni idea de lo que nos aguarda.

—¿Y Carrick? ¿Dónde está? —pregunto.

Lorcan mira ansioso a Lennox.

—Dímelo —le ruego.

—No lo sabemos —confiesa—. Es la verdad.

Trago saliva, luchando por contener las lágrimas. Solo espero que Crevan no lo encuentre.

—¿Cómo habéis terminado aquí?

—Por pura mala suerte —responde Lennox.

—Asaltaron la casa del profesor Lambert —explica Mona—. Y descubrieron su sótano secreto.

Jadeo. Todo es culpa mía. Les dije que fueran allí, les prometí que estarían a salvo.

—No es culpa tuya —interviene Lennox, captando mis pensamientos—. Los soplones sospechaban de Marcus y de Kate, y todos estuvimos de acuerdo en que debían alertar a los soplones para que parecieran estar de su lado. Mejor tener algunos soplones de nuestra parte que no tener ninguno. Fue decisión de Lambert. Por cierto, Evelyn sigue a salvo.

Me muestro de acuerdo. La ayuda de Marcus y Kate es incalculable, pero qué sacrificio. Y me alegra lo de Evelyn. Sabía que Alfa la protegería.

—Yo hui con mi profesor de inglés —dice Mona de repente.

—¿Qué? —pregunto, extrañada.

—Mirad hacia delante —ordena un soplón.

—Cuando nos conocimos, me preguntaste cómo me convertí en imperfecta, pero no te lo dije. Cuando tenía quince años me escapé con mi profesor de inglés. Él tenía veintiuno. Y nos casamos. Fue idea mía. Creí que todo iría bien, pero no fue así. Salí en todas las noticias, como si hubiera desaparecido. Y nos pillaron. Él fue a la cárcel, y como aún no tenía dieciocho años, a mí me marcaron.

—Yo no podía dejar de fumar cuando estaba embarazada —apunta Cordelia en voz alta, para que la oigan los demás—. Las madres de Madison Meadows se sentían asqueadas y primero me avisaron, pero después organizaron su tribunal particular. En mi octavo mes de embarazo me pillaron fumando junto a la ventana del baño durante la comida de la organización benéfica y decidieron denunciarme. Les rogué que esperasen hasta que diera a luz para que mi hijo no naciera I.A.N. y me lo arrebatasen. Una madre imperfecta no puede quedarse con su hijo. Todas estuvieron de acuerdo, excepto una.

—Yo solía ponerme la ropa de mi abuela —confiesa Lennox muy serio, antes de estallar en carcajadas—. No, es broma. Fundé y dirigí una web de citas que ayudaba a los hombres a engañar a sus esposas.

Todos lo miramos con cara de disgusto.

—¿Eso hiciste? —pregunta Mona, haciendo una mueca—. ¡Serás capullo!

—Un millón de clientes. Todo perfectamente legal. Hasta me compré un Ferrari.

—¿El Tribunal te lo quitó? —se interesa Fergus, más preocupado por la pérdida del coche que por la web.

—No. Mi esposa se lo quedó cuando nos divorciamos.

Todos reímos abiertamente.

—Te mereces tu marca, ¿sabes? —opina Mona, pero todos sabemos que no lo dice en serio.

Fergus toma la palabra. Muy serio por una vez.

—Yo era agente de policía. Mi chica y yo nos hicimos algunas fotos íntimas con mi teléfono oficial. Me suspendieron de empleo y sueldo quince meses. No era nada ilegal y me declararon inocente de conducta impropia, pero el Tribunal intervino y me encontró imperfecto.

Los miro sorprendida. Todos están confesando, es como si cada uno le diera al siguiente la confianza suficiente como para narrar su propia historia, sus secretos, mientras caminamos juntos.

La madre de Carrick también lo hace.

—Yo llevo una marca en la lengua por hablar contra nuestra sociedad. Adam y yo no siempre fuimos panaderos —explica, sarcásticamente—. Éramos médicos, incluso teníamos consulta propia. Escribimos varios artículos antivacunación explicando sus peligros. A la profesión médica y al gobierno no les gustaron nuestras opiniones profesionales.

—Yo no hice nada —confiesa un anciano que se había unido al grupo—. Me tendieron una trampa. El Tribunal dijo que mentía y me marcó.

Tras eso, nadie más se atreve a hablar.

59

Mientras cruzamos el puente que conecta la ciudad con el castillo, pienso en las aptitudes de cada uno y no puedo detenerme. Hay un espacio que la gente reserva en su interior para los demás. Todos tenemos un espacio reservado para las personas que conocemos; unas veces la capacidad de ese espacio es profunda, otras es superficial. Las calles están flanqueadas por civiles y soplones, y tanto unos como otros están aquí por nosotros. La capacidad de la gente aquí reunida es enorme.

La gente que es amada también puede, con el tiempo, ser igualmente odiada. Así como Art me amó, también llegué a ser el blanco de su ira, sentimiento que lo llevó a unirse a los soplones. La culpabilidad que sintió Juniper por no contarme que estaba ayudando a Art la llevó a ocupar mi lugar en el hospital, arriesgando su propia libertad para salvarme. Cambió una cosa por la otra.

Si ese espacio está ahí reservado para nosotros y ahora nos odian, todo lo que debemos hace es cambiar los sentimientos. Al mirar los rostros de los espectadores del desfile mientras mostramos nuestros fallos, nuestras debilidades, nuestras imperfecciones, me siento esperanzada, siento que el fiel de la balanza puede cambiar. Si nos odian mucho, también pueden querernos mucho.

Doblamos una esquina y enfilamos la calle que nos llevará hasta Highland Castle, y como si la gente allí reunida hubiera leído mi pensamiento, de repente empiezan a vitorearnos. Muestran un enorme y sonoro entusiasmo. Miro a mi alrededor y a mi derecha veo a mamá, a Juniper y a Ewan dando saltos, animándonos y agitando sus puños al aire.

—¡Yujuuuuuu! —grita mamá, llorando—. ¡Esa es mi hija! ¡Esa es mi chica!

—¡Mamá! ¡Mamá! —respondo. No puedo creerlo. Yo también salto imitándola—. ¡Esa es mi madre! —les digo a los demás, que la saludan al acercarnos.

Mientras atraen toda la atención posible, mamá, Juniper y el pequeño Ewan abren sus chaquetas y se levantan los jerséis para dejar al descubierto unas camisetas en las que se puede leer ABOLICIÓN DEL TRIBUNAL en letras rojas.

Los imperfectos que lo ven aplauden la valentía de mi familia demostrando su apoyo, y yo me siento orgullosa de ellos. Todos los que pasan por delante les sonríen y se enjugan las lágrimas, mientras mi familia y la gente que ha conseguido reunir nos rodean y aplauden entusiasmados. Me doy cuenta de que no solo han acudido las familias y los amigos de los imperfectos, sino que también están aquí los alumnos de la universidad de Tobías, el hijo de la jueza Sanchez, y han venido para unirse a la protesta. Veo a Tobías entre la multitud, condenando la organización de su propia madre. Mamá estira la mano y yo la sujeto. Un soplón intenta separarnos, pero nos resistimos mirándonos a los ojos.

—Te quiero, nena. Estoy orgullosa de ti —dice, luchando por mantenernos unidas—. Levanta la cabeza,

Celestine. Levantadla todos con orgullo. Estamos aquí para apoyaros.

Alzo la cabeza e intento mantenerla así. Por fin logran separarnos.

Hay personas muy especiales en nuestras vidas que tienen una capacidad infinita para amarnos a pesar de nuestros defectos.

60

Las filas de hombres y mujeres se mezclan al entrar en el patio de Highland Castle, un territorio familiar para todos los que pasaron de una vida normal a una vida imperfecta. Somos miles, resulta difícil respirar. Se ha erigido un estrado temporal bajo la Torre del Reloj, el cuartel general del Tribunal.

La toga roja de Crevan ondea a causa de la suave brisa, mientras camina hasta el estrado. Art se coloca detrás del escenario, vigilante, estudiando a la multitud. Verlo ahora no me produce el mismo efecto que antes. He tenido tiempo de revivir su imagen, de pensar en ella, y la he evocado a menudo. Ahora lo estudio con curiosidad, intentando analizar qué puede estar pensando. Cuando Crevan pasa junto a Art, le pone una mano afectuosa en el hombro, orgulloso de tener un hijo como él. Alguien chasquea la lengua a mi lado. Art parece avergonzado de esa muestra pública de afecto y, ruborizado, agacha la cabeza.

Crevan llega hasta el podio y nos observa. Busca algo con la mirada. Al principio creo que está tomándonos la medida, pero acabo por comprender que me busca a mí. Sabe que estoy allí.

Pero estoy demasiado lejos del escenario.

—Celestine, ¿qué haces? —susurra Mona.

—Necesito acercarme.

Me abro camino entre la gente, contenta de dejarme pasar. Nadie quiere estar en primera fila.

Crevan me ve avanzar, que es lo que pretendía, y parece perder el hilo de su discurso.

Hace una pausa antes de continuar. Art también me localiza, y me mira de arriba abajo en mi combinación roja, idéntica a la de los demás. No sé qué impresión le doy, pero ahora no tengo tiempo para él. Mis ojos vuelven a centrarse en Crevan.

—Damas y caballeros, os he reunido aquí para agradeceros que toméis parte en este desfile. Agradezco vuestro tiempo. A lo largo y ancho del país, en todas las ciudades y pueblos, están celebrándose marchas como esta, desfiles de imperfectos que demuestran a sus comunidades que están siendo limpiadas. Os he convocado hoy, aquí, para compartir con vosotros un nuevo proyecto.

Su mirada, su forma de pronunciar las palabras, hace que el terror empiece a apoderarse de mi cuerpo.

—Ayer me reuní con el primer ministro Percy para discutir un nuevo plan llamado Restricción de los Imperfectos.

Murmullos.

—El Tribunal creía que los imperfectos debían vivir en sociedad, para mostrarles a las personas normales lo que les podía suceder si estas se rendían a sus defectos, a sus imperfecciones. Pero en las últimas semanas, debido a la progresiva escalada de violencia y a la creciente amenaza a la seguridad de todos —me mira fijamente—, ha quedado claro que esta sociedad de dos niveles es peligrosa. En interés de todos, se implementará un nuevo sistema.

»La Restricción de los Imperfectos es una iniciativa mediante la cual se creará una comunidad en la que vivirán los imperfectos. Así tendrán libertad para vivir juntos y en exclusiva, siempre bajo las reglas del Tribunal.

Se produce un clamor cuando la gente empieza a gritarle. No importa las veces que repite las frases, ni cómo las endulza, tratando de hacernos creer que supone una mayor libertad para los imperfectos. Mi cuerpo empieza a temblar.

—¡Quiere encerrarnos en una cárcel! —grita alguien.

—¡En un gueto!

—¡En un campo de concentración!

—No será nada de eso. Ni una cárcel, ni un gueto, ni un campo de concentración. Pero está claro que los imperfectos no pueden vivir mezclados con el resto de la sociedad —asegura Crevan tranquilamente. Él sigue hablando a pesar de los gritos de la multitud, solo le importa la retransmisión televisiva—. La propuesta ha sido aprobada y se pondrá en práctica en cuanto se elija el nuevo gobierno.

Mira a la cámara confiadamente, y recuerdo la vez que me miró de la misma forma hace tiempo diciéndome: «Todo irá bien, Celestine.» Fue mucho antes de calzarme los esquíes acuáticos por primera vez, o antes de comer una ostra, o después del funeral de la madre de Art, cuando Crevan encontró a su hijo llorando en mis brazos y nos estuvo mirando en silencio desde la puerta. Su mirada siempre decía: «Todo irá bien, Celestine.»

Las lágrimas surcan mis mejillas, pero la multitud estalla de rabia a mi alrededor. Crevan abandona el estrado con su toga siempre ondeando tras él, mientras arrastra a un asombrado Art, y los soplones alzan sus escudos y desenfundan sus porras esperando la posible revuelta.

Pero nada de todo esto va bien.

Veo a la anciana del almacén llorando en el centro de aquella locura, abrazándose a sí misma, humillada. Otra mujer se acerca a ella y le coge las manos. Un adolescente desgarbado y en los huesos la sostiene para que no se derrumbe. La mujer le tiende una mano y los tres permanecen juntos, unidos, como si orasen. Algunos grupos de gente intentan hablar con los soplones de forma racional. Oigo como muchos de los imperfectos empiezan a enfadarse tanto que su furia puede convertirse de un momento a otro en algo físico.

Corro hasta Mona, que está discutiendo con un soplón, soltándole en un estilo muy suyo todo lo que piensa. La sujeto por el brazo y la aparto de allí.

—Basta, Mona.

—¿Qué? ¡Suéltame, Celestine! —Intenta alejarse de mí, pero le clavo las uñas para retenerla—. ¡Ay! ¿Qué diablos...?

—¡Basta! —repito, apretando los dientes—. Le estás dando a Crevan exactamente lo que quiere. Mira.

Deja de forcejear y mira a nuestro alrededor.

—Los ojos de todo el mundo están puestos en nosotros, y quiere que nos comportemos como animales. Crevan nos hace marchar por las calles en ropa interior y nos suelta el discurso sobre la Restricción de los Imperfectos ante decenas de cámaras de televisión. Quiere demostrar que somos unos agitadores y que merecemos ser encerrados. Nos ha tendido una trampa.

Todos los que nos están viendo por televisión estarán de acuerdo con segregarnos. Nos temerán y apoyarán el plan de Crevan. Mona comprende por fin de lo que estoy hablando. Le da una palmada a Fergus para reclamar su atención. Cuando ve que no le hace caso, le da una patada.

—¿Qué? —replica este, enfadado.

Mientras le repite mis palabras, me reúno con el pequeño grupo de imperfectos que parecen conservar la calma en medio de la tormenta. Cojo de la mano a la anciana. Está temblando.

—Cogeos todos de la mano —digo en voz alta, pero sin gritar.

—¿Qué demonios está haciendo? —oigo que pregunta Lennox.

—Carrick querría que siguiéramos su ejemplo, y Enya también.

Mona me coge la mano y Lennox sostiene la suya. Fergus y Lorcan pasan sus brazos por los hombros del otro, como hermanos de armas. Más gente se nos une. No tardamos mucho en unirnos en hileras sobre el patio mano con mano, hombro con hombro. Todos unidos.

Permanecemos en silencio. Y aun así, siento que un poder inmenso bulle en mi interior, una fuerza como nunca he sentido antes, una sensación de pertenencia mayor que cualquier otra cosa. Me aferro con más fuerza todavía a las manos de Mona y de la anciana. Veo lágrimas brillando en los ojos de los demás, y cómo se endurece la mandíbula de Fergus mientras lucha por controlarse.

Las cámaras de televisión lo captan todo. Los soplones se miran confusos, esperando que algo suceda. Están preparados para enfrentarse a un motín, pero no habrá ninguno. Los estudio, quiero arrebatarles su poder. Me siento fuerte, más fuerte que nunca. No sé de dónde surge la idea, pero ahí está. Empiezo a silbar. Un largo y penetrante silbido, lo más similar que puedo al de los silbatos de los soplones. Mona lo capta de inmediato y lo repite. Poco a poco el silbido se extiende entre los imperfectos. Tres mil personas unidas, tres mil voces, tres mil silbidos. Los soplones están confundidos. ¿Qué pueden hacer si no empleamos la violencia? Solo estamos allí de pie, pacíficamente, imitando su sonido pero apoderándonos de él.

Una soplona deja caer su escudo, se quita el casco y lo tira al suelo.

—No puedo —dice como si estuviera mareada, a punto de desmayarse.

—¡Riley, vuelve a la fila! —grita uno de sus compañeros.

—No. No puedo, no puedo más —repite.

—Funciona —exclama la anciana junto a mí. Me da la impresión de que recupera las fuerzas y se yergue un poco—. Tenían razón sobre ti.

Los silbidos se intensifican cuando otro soplón imita al primero. Es una mujer. Es Kate. Suelta el escudo, se quita el casco y se aleja de la fila de soplones para unirse a nosotros. Se coloca entre la anciana y yo, y me coge de la mano. Empieza a silbar, y todos estallamos en vítores.

Veo que Art está mirándome desde una ventana junto a la Torre del Reloj. Parece preocupado.

Bien.

Porque esto solo acaba de empezar.

61

—Di algo —propone Kate. Noto su mano húmeda, y puedo oler su sudor. Sé que se siente aterrorizada por lo que ha hecho, pero resiste. Tal es el poder de su convicción.

—¿Qué?

—Tendrías que decir algo, dirigirte a la gente.

—Sí, hazlo —apoya Mona, soltándome la mano. Me empuja suavemente para que salga de la fila.

Me quedo aislada. Soy el eslabón que ha roto la cadena.

—No —protesto, con mariposas revoloteando en el estómago y la garganta cerrada ante la mera idea. Intento regresar a la fila, pero vuelven a empujarme hacia delante—. No sé qué decir.

Retrocedo mentalmente algunas semanas, cuando Alfa y el profesor Lambert me invitaron en su casa a que subiera a un escenario para dirigirme a los allí reunidos. Tras unos aplausos entusiastas, todos los ojos se centraron en mí expectantes, esperando que hablase. Tenía su completa atención, estaban de mi parte, y no se me ocurría qué decir. Irónicamente, fueron los soplones los que me salvaron al interrumpir la reunión.

—Adelante —me anima Mona, volviéndome a empujar.

Intento volver a la fila, pero Kate y Mona se han dado la mano y me cierran el paso. Siento que las cámaras de televisión nos están enfocando y no quiero montar una escena.

—¡Es Celestine! —grita alguien.

Tengo un nombre fácil de reconocer cuando otros lo mencionan, aunque sea en voz baja y crean que nadie puede oírles. Lo oigo repetirse como una ola entre la multitud hasta que, por fin, los silbidos se convierten en un siseo, y más tarde en silencio.

Doy unos cuantos pasos y me enfrento a la multitud.

—Soy Celestine North —anuncio, pero mi tono de voz es tan bajo que Lennox empieza a gritar:

—No podemos oírte, Celestine. Sube al escenario.

Le lanzo una mirada asesina, pero todo el mundo parece respaldarlo. Espero que los soplones me lo impidan, pero no saben qué hacer y nadie parece controlar la situación, sobre todo al ver que algunos de sus compañeros se han unido a nosotros y que su líder, Crevan, se ha retirado al castillo. Simplemente se quedan mirando cómo subo hasta el podio, mientras me aclaro la garganta.

Creo estar en una pesadilla: yo frente a miles de personas, vistiendo tan solo una combinación tan corta como ceñida. Debería ser humillante, pero no lo es. ¿Cómo era aquello que suelen decirle a la gente que tiene miedo de hablar en público?... Que se imagine que todos los que lo miran están desnudos o en paños menores. Bueno, pues ahora lo están de verdad. Todos sus defectos saltan a la vista. Ninguno de los presentes es perfecto. No me siento juzgada. De hecho, me siento tan fortalecida mirando a todos esos seres humanos que mi pánico desaparece instantáneamente.

—Soy Celestine North —repito, esta vez con voz lo bastante alta como para que todos puedan escucharme.

Lo que sigue es un clamor tan potente que me sorprende. Y alerta a los soplones, que se tensan y se preparan para lo que pueda suceder.

—Vi la entrevista en directo que le hicieron anoche al juez Crevan, y todos oímos lo que tenía que decir. Ahora espero que me escuchéis a mí. Es mi turno.

Un soplón se dirige hacia mí para detenerme.

—Mi derecho a la libertad de expresión no se me ha negado —le digo. Él mira a su superior, que asiente con la cabeza, así que retrocede.

No sé de dónde surge, pero todo lo que sentí mientras veía la entrevista televisiva de Crevan vuelve a la superficie.

—Arrogancia, avaricia, impaciencia, tozudez, martirologio, autodesprecio, autodestrucción. Son los siete defectos de carácter que enumeró el juez Crevan. Pero, juez, siempre hay dos versiones de la misma historia. Tú me acusas de avaricia, pero yo lo llamo deseo. Deseo de una sociedad justa e igualitaria. Lo que tú calificas de arrogancia, yo lo llamo orgullo, porque sitúo mis creencias por encima de los que me oprimen.

»Dices que soy impaciente porque me atrevo a cuestionar tus juicios, donde no se dirimen leyes, sino únicamente aspectos morales. Me llamas cabezota, yo diría que soy decidida. ¿Crees que quiero convertirme en mártir? Solo intento ser abnegada. ¿Autodesprecio? Humildad. ¿Autodestrucción? Lo que hice por Clayton Byrne en el autobús no fue porque quisiera arruinar mi vida, sino una decisión basada en la creencia de que lo que estaba pasando era inhumano. Lo que tú calificas como defectos, juez Crevan, yo lo llamaría virtudes.

»No hay que avergonzarse de cometer errores. Los

errores nos enseñan a ser responsables, nos muestran lo que está bien y lo que está mal. Cuando nos volvemos a encontrar en la misma situación, sabemos que debemos actuar de una forma distinta porque somos distintos, somos humanos.

Mi voz se quiebra y la gente estalla en un aplauso de alegría.

—Errar es humano, pero aprendemos de nuestros errores. El resto del mundo suele utilizar ese razonamiento. Si eso es verdad, y tanto el juez Crevan como nuestros actuales líderes creen que nunca han cometido errores, están demostrando ser arrogantes, y lo que hacen es situarse por encima de lo que es intrínsecamente humano. Y entonces, somos nosotros los que podemos enseñarles un par de cosas, humildad entre ellas. Por eso estoy aquí ante vosotros, los marcados, los imperfectos. Hoy nos apartamos de la sombra del Tribunal, de ese juzgado de lo moral, para emerger como los líderes del futuro.

Mona lanza un puñetazo al aire y suelta un rugido. Y el resto de la multitud la imita. Veo al profesor Lambert aplaudir orgullosamente. Lorcan y Fergus entrechocan las palmas de sus manos.

Ha merecido la pena. La ha merecido, pase lo que pase después.

62

No siento miedo cuando los soplones se me llevan. Ahora, tras mi discurso, estoy exultante. No sé de dónde saqué mis palabras, acudieron a mí cuando más las necesitaba. Espero que mi familia haya podido escucharme. Y Carrick, dondequiera que esté.

Los soplones no me tratan amistosamente. Tan pronto quedamos fuera del objetivo de las cámaras de televisión, me presionan con más fuerza los brazos, y me arrastran con ellos al tiempo que aceleran el paso. Ya no me consideran una inofensiva joven de diecisiete años, pero no me importa. Tampoco soy la misma chica aterrorizada que caminó por estas salas cinco semanas atrás, confiada en que mi relación con Crevan me permitiría salir indemne de aquí. El ambiente, los sonidos extraños, los guardias, todo me asustaba. Siempre mirando a mi alrededor, siempre aterrorizada.

Ahora ya no tengo miedo. Esta vez sé que yo tengo razón y ellos se equivocan.

Me guían por el castillo hasta el ascensor que lleva al sótano. Cada uno de los guardias con los que me cruzo deja bien claro lo que opina de mí. Cuando entramos en la zona de las celdas, la primera persona que veo encerrada es Raphael Angelo. Está sentado en una silla, con las piernas cruzadas y los pies sobre una mesa, viendo el canal Imperfectos TV. Me da la espalda.

Sonrío ante su informalidad. En el televisor veo una imagen de la muchedumbre reunida en el patio del castillo. Los imperfectos se han sentado sobre los adoquines, una sentada de protesta, y los soplones no dejan de hacer sonar sus silbatos. El público se ha congregado ante las puertas del castillo, silbando también. Desde que Crevan anunció la nueva medida adoptada, el número de espectadores ha aumentado sensiblemente. Los soplones rodean a los imperfectos con todo su equipo antidisturbios preparado, pero no pueden actuar ya que no están causando ningún problema.

Raphael Angelo se da media vuelta, probablemente porque ha visto nuestro reflejo en el cristal de su celda. Sonríe al verme y levanta los pulgares en señal de aprobación. Intento devolverle el gesto, pero los soplones actúan como si fuera a lanzar una granada. Me sujetan los brazos y me los retuercen. Grito de dolor y me doblo sobre mí misma, mientras me obligan a adoptar una posición antinatural.

—Hogar, dulce hogar —dice uno de los soplones cuando nos detenemos frente a mi antigua celda. No ha cambiado nada desde la última vez que estuve allí. O casi nada. Me dispongo a entrar cuando veo que en ella está el abuelo.

—¡Abuelo! —grito, abriendo los brazos y abrazándolo como si mi vida dependiera de ello—. ¿Estás bien?

Retrocedo un paso y lo estudio detenidamente, recorro su rostro con mis manos, giro su cabeza a un lado y a otro para asegurarme de que no le han hecho nada.

—Estoy bien, estoy bien —me asegura, volviendo a abrazarme con las lágrimas resbalándole por las mejillas—. Creí que te había quemado en aquel horno. No me perdonaré lo que hice mientras viva.

—No me quemaste. Estoy aquí, ¿verdad?

—Pero no lo supe hasta el día siguiente. No estaba seguro de que... Sigo viéndome lanzando llamas sobre ti, por la noche creía oír tus gritos. —Y vuelve a abrazarme, más fuerte todavía.

—Estoy aquí, abuelo. No me hiciste nada. —Bajo el tono de voz para que los guardias no me oigan—. Me salvaste, piensa únicamente en eso. De no ser por ti, no habría podido escapar.

Me da un beso en la cabeza y mi cuerpo tiembla de emoción.

—Cuéntame todo lo que pasó —le digo, intentando que se concentre en lo ocurrido—. ¿Por qué te han traído aquí? No pueden retenerte sin una razón.

—Ah —exclama, cansado—. Todos los días se sacan de la manga una razón nueva.

—Basta —ordena un soplón con brusquedad—. Se acabó el tiempo.

El abuelo baja los brazos resignado. Hace cuatro días que está aquí y sabe que no vale la pena presentar batalla.

—Quiero estar más tiempo con mi abuelo —protesto, pero no me hacen caso.

Los guardias se lo llevan hasta la celda contigua a la de Raphael, diagonal a la mía. A pesar de su aire derrotista, nunca le había visto con mejor aspecto, más saludable, recién afeitado. Las instalaciones son excelentes y lo han tratado bien, solo lo han mantenido confinado más de lo necesario. Ha estado demasiado tiempo a solas con sus pensamientos, y mi corazón se rompe ante su espíritu quebrantado.

Desvío la mirada para centrarla en la celda contigua, sintiendo una ridícula punzada romántica por el hombre del que me he enamorado. Sé que es absurdo desear que Carrick se encuentre aquí prisionero conmigo porque está fuera, en el mundo real, en relativa libertad, pero aquí es donde nos conocimos. Nunca he estado en esta celda sin su compañía.

Parpadeo, creyendo que mis ojos me engañan, que me muestran lo que desearía ver en vez de la realidad. Pero la visión no cambia.

Carrick está aquí.

De pie frente al cristal, mirándome.

Su ojo derecho parece en mal estado. Me quedo helada, incapaz de creer lo que estoy viendo. ¿Es mi imaginación o realmente es él?

—Lo siento —vocaliza, con aspecto derrotado.

—Cazamos a tu novio esta mañana. Ahora todo es como en los viejos tiempos, ¿verdad? —El guardia ríe mientras sale de la celda y cierra la puerta tras él.

Corro hacia el cristal y pongo la mano abierta contra él.

Hemos vuelto al principio, solo que ahora no me basta. Sé cómo es su voz, su tacto, su olor. Y lo que antes nos unió, ahora nos separa. No, no me basta.

Se suponía que estaba a salvo. Esto no era parte del plan.

Le doy una furiosa patada al cristal y grito de impotencia.

63

No permanezco mucho rato sola en la celda. El juez Crevan, la jueza Sanchez, el juez Jackson y un hombre con un arrugado traje blanco de lino, perilla gris y un espantoso bronceado entran en la sala. Los jueces llevan sus togas rojas, con el escudo del Tribunal cosido en el pecho. Los Guardianes de la Perfección han tenido la gentileza de acudir ante mí.

Se me acercan en fila india, llevan carpetas bajo el brazo, como un pequeño ejército con una misión. La jueza Sanchez parece a punto de caer enferma y me mira alarmada con los ojos muy abiertos.

Esto puede resultar interesante.

Carrick, el abuelo y Raphael se ponen en pie para ver bien lo que va a pasar. Son mi apoyo moral. Aunque nos separen los cristales, su presencia me da ánimos. El guardia abre la celda para que entren los jueces, y se queda vigilando en un rincón.

—Déjanos solos —ordena Crevan al guardia, que lo mira incómodo al sentirse menospreciado.

—Siéntate, Celestine —me ordena. Parece cansado, más viejo. Le he hecho envejecer y me alegro.

—Prefiero seguir de pie.

—¡Por Dios, Celestine! —Furioso, da una fuerte palmada en la mesa, lo que hace que el hombre bronceado se sobresalte.

Sonrío.

—¿Es que no puedes hacer nada de lo que te digo?

—Tozudez, resistencia al cambio —le cito.

Está claramente al límite y yo disfruto. La jueza Sanchez lo mira nerviosa. Me mira a mí nerviosa. Seguramente se está preguntando si voy a delatarla.

—Me he enterado de lo que le hiciste a mi hermana Juniper —le informo. Ambos sabemos que me capturó a mí en la montaña—. ¿Lo saben también los demás jueces?

Jackson es consciente de lo ocurrido y mira a Crevan con fastidio.

—Fue un error desafortunado, pero creo que ya os han confundido otras veces a tu hermana y a ti.

—¿Y Logan, Colleen, Gavin o Natasha? ¿Con quién los confundiste?

Jackson frunce el ceño. Quizás es una pregunta que le gustaría poder responder, pero Crevan mantiene la calma.

—Ellos, los guardias y un equipo especial de soplones me estaban ayudando a encontrarte. El Tribunal se toma muy en serio a los fugitivos.

Su frialdad me hace temer que conseguirá salir indemne de todo lo que ha hecho, a pesar de que mamá tuviera que intervenir con un policía, un abogado y un director de periódico; a pesar de que encontraran drogados a los chicos desaparecidos, a mi inocente hermana, a los guardias, a un periodista y a un abogado. Siempre sale ileso de todo. Una y otra vez.

—¿Puedo hablar un momento a solas con Celestine? —solicita la jueza Sanchez.

—¿Por qué? —pregunta Jackson.

—De mujer a mujer. Sé que el juez Crevan y Celestine comparten una historia personal que dificulta una comunicación fluida.

—A todos nos pasa lo mismo, y yo prefiero estar presente —dice Jackson—. Y estoy seguro de que el juez Crevan opina lo mismo. Quizá sea mejor que intervengamos los demás si usted, juez Crevan, acepta quedarse al margen.

La sugerencia enfurece a Crevan.

—Hay cosas que Celestine y yo tuvimos ocasión de discutir antes —interviene la jueza Sanchez—. Fue poco después de que la marcaran. Espero que sigan vigentes.

¿Pretende restablecer nuestro pacto? ¿Ella y yo contra Crevan? Sanchez ya me traicionó una vez, ¿puedo confiar en ella? Es más, ¿quiero hacerlo?

El abuelo, Carrick y Raphael se pegan contra los cristales de sus celdas intentando descifrar lo que sucede en la mía. Carrick está tan cerca de nosotros que parece que lo tenga a mi lado, pero no puede oír una sola palabra de lo que decimos. Raphael me hace señas, quiere reunirse con nosotros.

Mi cabeza bulle. Adoro las matemáticas porque un problema siempre tiene una solución. Aplica el teorema correcto y encontrarás la respuesta, pero ahora me siento confusa. Aquí no se aplica ningún teorema, solo somos personas jugando unas con otras, cambiando las reglas a medida que hablamos. Pero que ellos cambien las reglas, no significa que yo también tenga que hacerlo.

—¿Quién eres? —le pregunto al hombre bronceado con traje de lino.

—Es Richard Willingham —responde Crevan, aunque no le haya preguntado a él—. Está aquí para intervenir en tu caso. Las reglas del Tribunal exigen que tengas un representante legal.

—Ya tengo uno.

—El señor Willingham ha volado desde el extranjero en el último momento para asistirnos en este asunto.

—Oh, lamento haberle estropeado su partida de golf —le digo al letrado—. Ya que mi anterior representante, el señor Berry, se encuentra incapacitado debido a las drogas que le ha inoculado el juez Crevan, solicito la presencia de mi nuevo abogado. No necesitan aviones privados para traerlo, se encuentra en la celda de al lado. No pienso decir una palabra más hasta que lo traigan aquí.

Todos miran a Raphael, que saluda burlonamente con la mano.

—¿Él? —pregunta Willingham.

—Creo que los que han tenido que luchar más duramente en el transcurso de su vida son los más fuertes. ¿Por qué ha luchado usted, señor Willingham? Si quiere representarme, tendrá que demostrarme que se lo merece.

—No —corta Crevan—. Se ha nombrado al señor Willingham como tu abogado, y eso no admite réplica.

Sanchez y Jackson miran contrariados a Crevan. Saben que eso no es legal. Yo debería poder elegir a mi abogado.

—Creo que la señorita North tiene derecho a escoger representante —confirma Jackson, desautorizando a Crevan.

Mientras Jackson, Crevan y un acalorado Willingham discuten entre ellos, Sanchez se mantiene ocupada tecleando en su teléfono móvil. Me pregunto qué estará tramando.

—Señor Willingham, gracias por su presencia —dice finalmente Crevan—. Me aseguraré de que el avión del Tribunal esté a su disposición.

El abogado no parece muy feliz, y lo hace constar con una serie de resoplidos y miradas acusadoras, pero no va más allá. Tiene las manos atadas, los poderes han hablado. Se marcha, pasa por delante de Raphael y le dedica una mirada de desprecio.

Traen a Raphael hasta mi celda, donde se sienta y cruza las piernas tranquilamente.

—Bien, ¿por dónde íbamos? —pregunta con una sonrisa.

—Estamos aquí para discutir la sentencia de Celestine —comienza Jackson—. Ha demostrado desobediencia y falta de respeto hacia el Tribunal y hacia sus reglas públicamente, y debe ser castigada por ello. Aunque pretender escapar del Tribunal no es nada nuevo y existen sanciones establecidas para ello, su caso no tiene precedentes. Por eso hemos creído conveniente reunirnos y discutir el tema fuera del marco tradicional.

Crevan y Sanchez permanecen en silencio. Los dos tienen otros planes.

—Agradecemos su decisión, juez Jackson —acepta Raphael—. Es lo mejor para todos los involucrados. Para empezar, lo que juzga el Tribunal es la moral. ¿Qué actos inmorales ha cometido Celestine recientemente? ¿Dar un discurso ante un público que ustedes mismos han convocado? A propósito, Celestine, han sido unas palabras muy inspiradoras. No, no debe de tratarse de eso, creo que el Tribunal aún no ha abolido la libertad de expresión. Lo único que ha hecho Celestine ha sido eludir a su soplón e incumplir algún toque de queda. Y si ella va a ser castigada por eso, Crevan, examinemos los antecedentes. A Angelina Tinder le quitaste a sus hijos toda una semana. A Victoria Shannon la dejaste sin sueldo siete días. A Daniel Schmidt, un mes. A Michael Auburn, seis meses, hasta que no pudo pagar la hipoteca de su casa y casi la perdió; el sentido común solo prevaleció gracias a la Corte Suprema.

Me asombra que pueda tener todos esos casos en la cabeza.

—Pero Celestine no tiene trabajo, no tiene hijos y, por supuesto, ya no tiene hogar. Si castigas a su familia, presentaré cargos contra ti por violación de los derechos humanos. Las familias de los imperfectos no pueden ser castigadas por lo que hagan sus parientes. Y no olvidemos que el Tribunal encarceló por error a su hermana Juniper, que no había hecho nada, y a su abuelo, del que por cierto todavía no has probado que haya hecho algo malo.

—Ayudó a una fugitiva —escupe Crevan.

—¿Dónde están las pruebas? Si las tuvieras, ya lo habrías acusado formalmente. Tus actos contra su hermana y su abuelo solo tenían por objeto sacar a Celestine de su escondrijo. El Tribunal no ha hecho más que fomentar la enemistad contra mi clienta y atemorizarla para que no pueda vivir en paz. En vez de hablar de castigos, creo que Celestine merece piedad y perdón.

—Señor Angelo, el Tribunal no se ha reunido para administrar clemencia —objeta cortésmente el juez Jackson, denegando la solicitud.

—En eso estoy de acuerdo —acepta Raphael—. Ni tampoco para hacer justicia tras una condena equivocada. El Tribunal no lo hará, pero el gobierno sí. Un gobierno sin decencia, un gobierno sin piedad, es un gobierno demasiado severo. Pienso apelar al primer ministro Percy sobre este asunto.

—¿Una condena equivocada? —se extraña el juez Jackson—. Estamos aquí para hablar de la evasión de Celestine. Y con todo mi respeto, señor Angelo, mañana se celebran las elecciones. ¿Quién sabe quién gobernará a partir de ahora? Se arriesga demasiado.

—Es cierto, mañana, la primera ministra bien podría ser Sleepwell. Seguro que ella tendrá un punto de vista incluso más favorable.

—No creo que eso suceda —bufa Crevan.

El juez Jackson parece menos seguro y molesto porque Crevan sigue opinando a pesar de que le han pedido que se quede al margen.

Un guardia interrumpe la discusión.

—Juez Jackson, en su despacho le espera una llamada telefónica importante.

—¿No puede esperar? Esto también es importante.

—Es urgente, señor.

Miro a Sanchez, que parece ajena a todo, y comprendo que estuvo tecleando en su teléfono para que Jackson tuviera que abandonar la celda. Eso me decepciona, porque creo que Raphael habría podido convencer a Jackson o, por lo menos, persuadirlo para que fuera más justo.

Cuando el juez se va, Raphael continúa.

—¿Qué nuevos castigos tienes pensados para mi clienta? Al fin y al cabo, ya le hiciste las cinco marcas.

—Siempre podemos encontrar más zonas que marcar —dice Crevan, sonriéndome y guiñándome un ojo.

Cree que nadie lo sabe, pero Sanchez lo está mirando de forma diferente. Está claro que su arrogancia la ha enfurecido.

—¿En la columna, por ejemplo? —pregunta Raphael.

Mi corazón se desboca. Por fin hemos llegado al punto crucial. Raphael quiere sangre.

Sanchez también lo capta y se sienta rígida en su silla.

Crevan mira a Raphael con frialdad.

El silencio dura varios segundos.

Es Raphael quien lo rompe.

—Seamos sinceros, juez Crevan. Hay un vídeo que te muestra grabando una sexta marca sin anestesia en la espina dorsal de esta joven.

Un tic nervioso hace que Crevan parpadee sin cesar.

—Esa supuesta grabación parece ser muy esquiva, porque nadie la ha encontrado. Personalmente me parece una amenaza inútil, no creo que exista.

—Existe —aseguro.

—Te aseguro que esa grabación no existe, Sanchez —vuelve a negar Crevan—. Es más, aunque existiera, seguro que sería una recreación barata como podemos ver miles en Internet.

Intenta atraerla a su bando. Ella sigue silenciosa, ocultando su baza. No estoy segura de parte de quién está.

—Sé que esta mañana Celestine estaba en tu casa —asegura Crevan para presionarla.

—Sí, lo estuvo. Te llamé personalmente para decírtelo, pero los soplones llegaron primero.

—Yo misma los avisé —digo interrumpiendo su juego del gato y el ratón, que ya me está cansando. Basta de juegos. Solo sinceridad—. La jueza Sanchez quería entregarme en persona. Quería hacer un trato contigo y ofrecerme a cambio de algo.

Ella me mira con sorpresa, pero quiero terminar lo que he empezado.

—Has cometido demasiados errores, Bosco —dice Sanchez—. Hay una investigación privada sobre tus actos. Me han pedido que comparezca, y voy a tener que responder sinceramente a lo que me pregunten.

—¿Qué quieres de mí? —le pregunta Crevan. Es como si Raphael y yo no estuviéramos en la celda.

—Quiero que te vayas, Bosco. Quiero ser la jueza principal del Tribunal.

Crevan ríe nervioso.

—¿Quieres que dimita?

—Quiero el control del Tribunal. El control total.

—Entiendo, quieres mi puesto. Pero ¿a cambio de qué? —Me señala con el dedo—. A ella ya la tengo.

Me siento insultada de que ni siquiera diga mi nombre. Raphael lo observa todo con disgusto.

—Tengo la grabación —reconoce Sanchez. Y veo cómo desaparece el color del rostro de Crevan—. Te he visto sosteniendo el hierro en tu mano y marcando irregularmente en la columna a una chica de diecisiete años. Es desagradable. Es deplorable. El Tribunal no se fundó para satisfacer las venganzas personales.

Crevan queda visiblemente alterado por esas palabras.

—Como ya he dicho, esa grabación es falsa.

—Creo que la gente dudará mucho de que lo sea.

Él traga saliva.

—Eso pone al Tribunal en entredicho, Bosco, lo desprestigiará. Pero si tengo que hacerla pública, lo haré. Son tus actos, es tu culpa. Si sigues como juez principal significará el fin del Tribunal. Yo puedo entablar una relación con el nuevo gobierno. Será como empezar de cero, como volver a los orígenes y a los motivos por los que se fundó el Tribunal.

Crevan no parece estar de acuerdo. El Tribunal es su bebé. Quizás Erica Edelman tenía razón cuando dijo que Crevan trataba al país como si fuera su hijo. Cuando su esposa murió, él se desmoronó; empezó a culpar de su pérdida a todo el mundo, empezando por el médico que no descubrió el cáncer a tiempo y no supo diagnosticarlo. Ahí descubrió el placer de la venganza y fue entonces cuando cruzó la línea, cuando se convirtió en un monstruo.

—No puedes hacer eso —mascula Crevan, inclinándose amenazante por encima de la mesa—. Mi familia fundó el Tribunal, y siempre ha sido liderado por un Crevan.

—Puedo hacerlo y lo haré —asegura Sanchez, poniéndose en pie.

Raphael y yo nos miramos. Esto no es bueno para mí. Los dos intentan imponer su postura, y ninguna me favorece.

—Es lo correcto y lo más adecuado —insiste ella—. Un nuevo gobierno marcará una nueva era y un nuevo principio para el Tribunal. Márchate tranquilamente. Nadie te preguntará nada y nadie verá el vídeo.

—¿Y yo? —pregunto, rompiendo mi silencio.

—Te garantizo tu libertad —asegura Sanchez—. El señor Angelo tiene razón. El Tribunal no está por encima de la decencia y la piedad.

—¿Me desautorizarás? —pregunta Crevan, alzando la voz.

—No hay más remedio.

—Sí lo hay —grita él. Carrick y el abuelo siguen pegados a las paredes de cristal, intentando comprender lo que ocurre, como Raphael y como yo, a pesar de que estamos en la misma habitación que los dos jueces.

Crevan va hasta la puerta de la celda e intenta abrirla.

—Está cerrada, deberías saberlo —le advierto con sorna.

—¡Por el amor de Dios, abrid esta puerta! —grita con toda la potencia de su voz.

—No pueden oírte, Bosco, las celdas están insonori-
zadas. También deberías saberlo.

Se vuelve hacia nosotros, rojo de ira y temblando, a
punto de explotar. El guardia llega justo a tiempo para
abrir la puerta, y él sale en tromba de la celda apartando
al guardia de un empujón.

64

Sanchez lanza un largo y profundo suspiro.

—Así que me garantizas la libertad.

—Sí.

—Y ya no seré una imperfecta.

—Sí.

—¿Y liberarás a mi abuelo? —le pregunto.

—Sí.

—¿Y al señor Angelo también?

—Sí.

—Mis padres tuvieron que pagar las costas legales.

—Serán devueltas por el Tribunal.

—Marlena Ponta fue mi testigo de carácter en el juicio. ¿Declararéis oficialmente que ella no engañó al Tribunal? ¿Públicamente?

—Sí.

—Las marcas de Celestine —señala Raphael—. ¿Pagará el Tribunal el coste de eliminarlas?

Sanchez se lo piensa unos segundos.

—Sí.

—¿La anulación del veredicto se hará pública? —insiste Raphael.

—Se hará.

Sé que Crevan cometió un error, y que eso quizás haga que se investiguen todos sus casos. Si al final declaran imperfecto a Crevan, todo el Tribunal lo será. Y eso terminará con su régimen. No puedo creerlo, es todo cuanto quería. Bueno, no todo.

Sanchez reúne sus papeles y, como si pudiera leerme la mente, pregunta:

—¿Eso es todo?

Miro a Carrick.

—Y Carrick Vane. También tenéis que anular su veredicto.

Me mira y creo adivinar una sonrisa en la comisura de sus labios.

—No —responde, tajante.

—Pero... tenéis que concederle también la libertad a Carrick.

—Carrick Vane no forma parte de tu caso —dice Sanchez—. No tiene nada que ver con esta discusión.

—Lo han castigado por huir conmigo.

—Su castigo es por huir de su soplón, no por nada relacionado contigo, si eso es lo que te preocupa.

—Debéis liberarlo —insisto con voz temblorosa.

—No. —Sanchez vuelve a negarse firmemente. Mira a Raphael—. ¿Hemos acabado? Me encargaré del papeleo.

—Tengo que consultarlo a solas con mi abogado —digo, y se sorprende—. Necesito tiempo para pensar.

Raphael cierra los ojos.

—¿Cuánto tiempo? —pregunta Sanchez.

Miro el reloj.

—No sé. ¿Hasta mañana?

—Tienes hasta esta tarde.

—Están de acuerdo con todo, Celestine —apunta Raphael—. Recuperarás tu vida. Acepta el trato.

—Haz caso a tu abogado, Celestine —recomienda Sanchez—. Mi oferta expirará a las seis en punto.

Camina hasta la puerta y el guardia le abre inmediatamente.

—¿Qué te pasa? —pregunta Raphael en cuanto ella se aleja—. Deberías aceptar la oferta, es exactamente lo que querías. La anulación de tu caso será pública, y eso levantará toda clase de preguntas sobre el sistema de los imperfectos. Ayudará a todo el mundo.

—¿Y cuánto tardará eso? Quiero que liberen a Carrick ahora mismo.

—Cuando empezaste todo esto, querías demostrar que Crevan era un imperfecto, y este es un paso en esa dirección. Tienes que ceñirte al plan, Celestine, no seas tonta. Podrás hacer mucho más por Carrick y los demás cuando recuperes tu libertad. No dejes que Carrick influya en tu decisión.

Mi corazón se desboca ante la enorme responsabilidad que acarrea esta elección.

Miro el reloj. Los minutos parecen pasar muy deprisa.

—Mira, eres joven, lo entiendo —continúa Raphael—. Cuando yo tenía dieciocho años estaba loco por una chica, Maggie. Dios, si me hubieran pedido que saltara de un acantilado por ella, lo habría hecho. No cambies tu libertad por la de alguien más. Tienes mucho que aprender, y ahora debes pensar en ti. Acepta el trato.

Miro a Carrick, tan cerca del cristal que nos separa que parece dispuesto a destrozarlo a puñetazos si no le explico lo que está sucediendo.

Suspiro, y cojo el papel y el lápiz que la jueza Sanchez ha olvidado por error, aunque ella asegura no cometer ninguno jamás. Le enseño la hoja a Carrick:

«Acceden a todo, excepto a tu libertad.»

Lo lee y asiente con la cabeza. Cruza los brazos y me

mira intensamente, preguntándome, hablándome, invitándome a que acepte el trato. Su mirada me avergüenza.

Y muevo la cabeza a derecha e izquierda. No. No pienso aceptar.

Agita sus manos furiosamente y, aunque no puedo oírlo, sé que me está gritando. Quiere verme libre. Quiere que acepte el trato.

Vuelvo a escribir y pongo el papel contra el cristal: «No me sentiré libre si tú no lo estás.»

Eso lo destroza. Sé que está gritando mi nombre, aunque no oigo nada desde mi celda insonorizada. Vuelvo a negar con la cabeza y aparto la mirada, no quiero seguir viendo sus protestas. No puede discutir conmigo si le doy la espalda. Sé que eso lo vuelve loco, pero no puedo razonar con él aquí, no así. He tomado mi decisión, pero no puedo olvidar lo que ha dicho Raphael. ¿Soy una tonta?

—A veces tienes que ser egoísta para lograr un bien mayor —dice Raphael, agitando la cabeza.

—Decida lo que decida, al abuelo y a ti, Raphael, no os pasará nada. No os perjudicaré nunca.

—Gracias.

Me lo agradece, pero no me comprende. Estoy siendo egoísta. He madurado hasta amar a mi mundo imperfecto. Amo a los amigos que he hecho, amo a Carrick. Sé quién soy y me siento una de ellos. Si aceptase su trato, sería traicionar a una gente y a un mundo que ahora conozco y quiero. Siendo imperfecta me siento como en casa, quizá más cómoda que nunca. Estoy en paz con mi piel achicharrada, no quiero que me quiten las marcas, no quiero volver a ser la que era, ni volver a la vida que tenía antes. Ya no me sentiría cómoda siendo perfecta. La perfección no existe, es un fraude.

Pero no digo nada de todo eso.

Vuelvo a mirar el reloj.

Controlo el tiempo.

Espero.

—¿Por qué te preocupa tanto el reloj? —me pregunta Raphael de repente, sospechando algo.

—Por nada —miento.

Él entorna los ojos.

—Celestine, estás tramando algo, ¿verdad? —pregunta—. Por eso no aceptas el trato.

—No estoy tramando nada.

Y no es una mentira.

Ahora mismo no estoy maquinando nada, lo hice antes. Algo va a suceder, algo que preparé antes de que me capturasen.

66

Miro al guardia, que sigue en la celda.

—No estoy tramando nada —repito.

El abuelo me observa con los ojos entornados, como si intentase averiguar lo que estoy pensando. Me conoce demasiado. Él también sospecha algo o quizá ya lo sabe todo. Carrick está más que furioso conmigo. Coge una silla y la lanza contra el panel de cristal más lejano, pero solo consigue que rebote contra él. Tiene el rostro enrojecido, las venas hinchadas en el cuello. La rabia lo domina.

—¡Oh, oh! —exclama Raphael.

El guardia de mi celda se pone en posición de alerta ante el estallido de Carrick.

—Déjalo, ya se calmará —sugiere Raphael.

—Vuelva a su celda —le ordena, abriendo la puerta.

—No he terminado de hablar con mi clienta —protesta.

Pero no puede decir mucho más, porque dos guardias fuertemente armados que acudían para calmar a Carrick se lo llevan a rastras. Necesito que Carrick se tranquilice, ahora no puedo perderlo. Me sigue dando la espalda deliberadamente, una muestra de su enfado. Espero que esté intentando calmarse. Escribo rápidamente en una hoja y la estampo contra el cristal que separa nuestras dos celdas.

Si no comprende lo que está a punto de suceder, acabará destrozándose la vida.

«Vuélvete, Carrick. Vuélvete.»

Golpeo el cristal con los puños, pero no puede oírme, por supuesto.

Los guardias abren su puerta, y yo rezo para que no se le ocurra atacarlos. Por fin se vuelve, pero ya he quitado mi mensaje, no puedo arriesgarme a que los guardias lean lo que he escrito. Lo rompo en un millón de pedazos y los tiro a la papelera. Los guardias alzan sus manos, como si quisieran calmar a un caballo salvaje. Carrick los ignora y me mira con los rojos enrojecidos, como si hubiera estado llorando. Cree que voy a arruinar mi vida, pero no tiene ni idea de lo mucho que él ha hecho por ella, de que la ha salvado. Si hubiera leído mi nota, lo entendería todo.

Los guardias se quedan con él un rato, bloqueando mi visión. Cuando se marchan, Carrick sigue donde estaba. Ruego al cielo para que me mire, pero no lo hace.

Sonrío. No le funcionará, no conseguirá que lo odie.

Y tampoco puede hacer nada para impedir lo que va a pasar.

67

Los guardias vuelven con comida y nos entregan una bandeja a cada uno. Cuando me toca el turno, aprovechan para llevarse el bolígrafo y el papel de mi celda.

Raphael empuña un tenedor y remueve la comida con cara de disgusto. El abuelo tiene menos miramientos y devora el contenido de su bandeja a dos carrillos. Carrick sigue dándome la espalda, ignora a los guardias, me ignora a mí, nos ignora a todos y a todo. Quiere que lo odie, pero no le funciona.

Mi estómago ruge. La sopa es de un color beis, debe de contener vegetales y pollo. El plato principal es carne con verduras. Hago la prueba del olor y del sabor que me enseñó Carrick, e intento dilucidar de qué se componen exactamente los platos. Noto un distintivo olor a menta. O a antiséptico. Quizás el olor a menta no se deba a la carne, que parece ser cordero, aunque más bien parece buey reseco. Llevo el bol de sopa hasta mi nariz, cierro los ojos y aspiro. Vuelvo a oler a menta. ¿A qué puede deberse?

Como no puedo saberlo, y decido no comer. Podría tomarse como una victoria de su parte. Crevan tenía razón en una cosa, mi principal defecto es, definitivamente, la tozudez.

No hace mucho que estuve en la cocina con Carrick, sentados ante el frigorífico abierto, sintiendo la punta de sus dedos en mis labios mientras me alimentaba.

Sopa de guisantes y menta. Me pregunto por qué es beis y no verde.

Pienso que la espantosa comida de la cafetería, seca, recocida, fue lo último que comí antes de convertirme en imperfecta. Quizá sea mejor no volver a comérmela ahora, aunque el abuelo y Raphael no parecen opinar lo mismo. El abuelo se la ha terminado toda y se ha tumbado en el catre para echar una siestecita.

Carrick se levanta de su cama y se acerca a la mesa. Al final, el hambre ha podido con él. Se sienta y empieza a sorber la sopa. Lo hace inmediatamente, sin tener en cuenta sus principios, a diferencia de mí.

Mi estómago vuelve a rugir, y suspiro. De acuerdo. Comamos de una vez.

Pero cuando me llevo la cuchara a la boca, cuando ya roza mi labio inferior, me detengo. Mi memoria retrocede hasta el encuentro con Crevan en la cima de la montaña, hasta ese olor a antiséptico que tomé por chicle de menta, hasta mi despertar en el hospital después de que me clavara la hipodérmica en el muslo. Incluso recuerdo cómo me sentí, arrastrándome por el suelo.

Abro los ojos. Han drogado la comida.

El abuelo yace en su cama con los ojos cerrados.

Raphael está desplomado en su silla, con el mentón hundido en el pecho.

Carrick me da la espalda, pero puedo ver que está mojando un trozo de pan en la sopa. Me lanzo gritando hacia el cristal y lo aporreo con los puños.

No puede oírme, claro, pero no consigo pensar en otra forma de llamar su atención y continúo, llorando, viendo cómo traga cucharada tras cucharada de sopa. Mi voz se vuelve ronca, la garganta me arde, los puños me duelen, pero no dejo de golpear el cristal.

Busco el papel y el bolígrafo con la mirada, pero ya no están allí. Se los llevaron los guardias cuando trajeron la comida.

Se me ocurre una idea: necesito provocar una distracción, montar una escena. Lanzo la silla contra la pared, arranco las sábanas y las mantas de la cama y las tiro al suelo, derribo la mesa con la comida. Todo aquello que cae en mis manos termina por los aires. Arraso la celda. Carrick debe de sentir las vibraciones o ver algún reflejo en el cristal, porque se vuelve de repente y sus ojos se desorbitan al ver el estado de mi celda. Los guardias abren la puerta de la sala y buscan sus llaves.

Corro hacia la pared de cristal y grito:

—¡La comida! ¡No te comas la comida!

Me llevo las manos a la garganta y finjo que me estoy ahogando.

Abre mucho los ojos, desvía la vista hacia su plato y vuelve a mirarme. Lo ha comprendido. Pretende acercarse a mí, pero lo hace en diagonal, trastabillando. Mira al abuelo, a Raphael, y sus rodillas vacilan. Vuelve a mirarme con ojos ya vidriosos.

Veo en su cara una expresión de dolor al darse cuenta de que los guardias están a punto de abrir la puerta de mi celda. Es lo último que ve, antes de buscar la silla para apoyarse y desfallecer. Se derrumba en el suelo.

—¡Carrick! —grito.

Los guardias han abierto mi celda. Desesperada, les lanzo todo lo que encuentro a mano.

—Sujetadla —le dice un guardia a los otros. Dos de ellos se acercan a mí enarbolando sus porras.

—¡Alto! ¡Dejadla en paz! —grita una voz.

Es Art.

68

Art lleva su uniforme de soplón.

—No la toquéis —grita.

—Me das asco —le digo, empujando una silla contra él.

—¡Eh, eh! ¡Para, Celestine! —Su voz es como la de un trueno.

—¡Los has drogado! —le grito.

Mira a las celdas contiguas y ve a los otros.

Me apodero de mi bol de sopa y se lo lanzo.

—Menos mal que no tenía hambre.

Los guardias intentan abalanzarse sobre mí, pero Art es más rápido y llega primero. Aunque no es Carrick, aunque es menos corpulento, sigue siendo más alto y más fuerte que yo. Me rodea con sus brazos y me inmoviliza e impide que mueva los míos. Aunque no es precisamente su fuerza lo que me lo impide, sino su olor, la familiar sensación de su cuerpo pegado al mío y de sus brazos rodeándome. Me parece mal luchar contra él. Sería antinatural. Es Art. Mi Art.

Pero vuelvo a intentar liberarme.

—Celestine —me susurra al oído—, si paras ellos se irán.

Me quedo inmóvil. Por la palabra «ellos». Una pista de que somos nosotros contra ellos. O eso es lo que quiere que crea. ¿Es lo que quiere que piense o lo que yo quiero pensar?

—Está bien —dice Art con firmeza—. Gracias, yo me encargaré de ella.

Los guardias salen de la celda a regañadientes y cierran la puerta.

—¡Dios! Ellos no confían en mí, tú tampoco confías en mí... ¿No podéis darme un respiro? —Sus brazos siguen rodeándome.

¿Que no confían en él?... No los culpo.

—Puedes soltarme, no te tiraré nada más —le digo.

Clava sus ojos en los míos, y tengo que apartar la mirada, me siento muy confusa. Afloja su abrazo y aprovecho para alejarme de él. Me quedo en el rincón opuesto de la celda, lo más alejada que puedo.

—¿Qué les habéis hecho? —pregunto, señalando a Carrick, Raphael y el abuelo.

—Yo no les he hecho nada —se disculpa, estudiándolos. Carrick sigue inmóvil en el suelo.

—Dime la verdad.

—Te la estoy diciendo. No dejaba de tirar la silla contra el cristal, quizá necesitaban calmarlo.

—Ya estaba calmado —replico—. Y mi abuelo no hacía nada, y Raphael tampoco. Estaban todos tranquilos. Yo soy la única que no he comido.

Art contempla a Carrick con odio. Después mira al abuelo, y puedo sentir que su determinación se debilita. A Art le gustaba que el abuelo no se contuviera nunca estando él presente; de hecho, sus teorías conspiratorias parecían ser más exageradas siempre que estaba él, y eso le divertía. El abuelo siempre le cayó bien, a pesar de que lo llamase «El Engendro de Satán». Creo que encontraba al abuelo vigorizante, sobre todo cuando sabía que todos los que le rodeaban eran amables con él solo por ser hijo de quien es.

—¿Cómo sabes que Carrick lanzaba la silla contra el cristal? ¿Nos estabas vigilando?

—Celestine, toda la sala está sembrada de cámaras.

Me pregunto si también habrá visto mi entrevista con los jueces. Lo dudo.

—¿Espiándome para papá, Art?

—Cállate. Estoy intentando pensar qué diablos ha pasado aquí.

—Ya sabes lo que...

—Me refiero a él —me corta, señalando a Carrick—. ¿Qué pasó aquí? Mientras yo estaba fuera preocupado, tú estabas aquí con él. Intimando con él. ¿Qué pasó entonces?

—¿Intimando? —pregunto, y no puedo evitar una sonrisa burlona—. Sí, claro, porque ya sabes lo íntimo que es esto y cuánto contacto humano podemos tener aquí. —No puedo evitar el sarcasmo—. ¿Qué crees exactamente que ha podido pasar entre él y yo, cuando estaba aterrorizada porque tu padre me encerró?

Pasea nervioso por la celda. Yo aspiro profundamente, intentando calmarme.

—Fue después —digo tranquilamente—. Después de salir. Tú ya no estabas para mí y tuve que huir. Él fue el único que podía ayudarme, el único que comprendía...

—Yo lo habría entendido... ¡era tu novio!

—Estabas escondido, Art. No tenía a nadie.

—Necesitaba aclarar mis ideas.

—Y obviamente lo hiciste. Ahora que llevas ese uniforme, ya veo que decidiste quién tenía la razón y quién se equivocaba.

—Cuando volví, ya te habías ido —dice, intentando que lo entienda.

—Tenía que irme.

—¿Con él?

—Basta, Art. Esto no es por Carrick. Tenía que huir de tu padre, no dejaba de perseguirme.

—No lo habría hecho si no hubieras huido. ¿Por qué haces todo lo posible para empeorar la situación? Y ese discurso de hoy... ¿por qué lo pronunciaste? ¿Por qué no haces lo que te dicen? Cada paso que das, haces que sea más difícil el...

—¿Qué?

—Nada.

—Dímelo.

—El que podamos estar juntos.

Me siento aturdida, no sé qué decir. Veo que Art está muy avergonzado, casi al borde de las lágrimas.

—¿Todavía quieres que sigamos juntos?

No responde.

—Art, sabes que a pesar de estas marcas, soy la misma persona. Diga lo que diga, haga lo que haga, sigo siendo yo.

—No, no lo eres.

—¿Has cambiado completamente al ponerte ese uniforme?

—No.

Dejo que reine el silencio por no decir: «Da lo mismo.»

—Necesito un poco de aire —confieso, llevándome las manos a la cabeza. Me siento débil y mareada, incapaz de enfrentarme a esta bomba. ¿Art aún me quiere?

—Buena idea —corrobora—. Podemos hablar más tranquilamente en el patio.

Abre la celda usando su tarjeta y recorremos el pasillo. El mismo pasillo por el que Funar nos condujo a Carrick y a mí, fingiendo que nos llevaba a tomar el aire, cuando en realidad nos obligó a sentarnos en un banco para que oyéramos los gritos de un imperfecto al ser marcado.

La segunda vez que recorrí este pasillo, Carrick estaba sentado en el banco para apoyarme mientras me marcaban. «Te encontraré.» Sus palabras me consolaron mucho tiempo cuando volví a casa.

Ahora, el banco está vacío. Me da vueltas la cabeza por todo lo que ha pasado y todo lo que ha dicho Art.

De repente, me alejo corriendo de él. Intenta sujetarme, pero falla. Me meto en la Cámara de Marca y cierro la puerta. Él aparece en la sala de los visitantes. No puedo oír lo que dice, pero él sí puede oírme a mí. Ahora tendrá que escucharme, no tiene elección.

—¿Sabías lo que me hizo tu padre la última vez que estuve aquí?

Se tapa la cara con las manos.

—Me sentaron en esa silla y me ataron. Cinco marcas por intentar ayudar a un anciano, Art. Al final, resulta que las marcas no fueron por ayudarlo, sino por mentir al Tribunal, por avergonzar a tu padre, por hacerle parecer estúpido. Puede que te hayas enfundado ese uniforme, pero sé que no crees que tuviera razón.

Abro los cajones, llenos de herramientas. Hay muchas «I» de diferentes tamaños para diferentes partes del cuerpo y distintos tipos de persona. No había pensado en ese detalle, creí que bastaba con una.

—No me quité tu tobillera durante todo el proceso. Me la habías regalado y quería creer que aún estabas a mi lado, que todavía seguías creyendo que yo era perfecta. Bark dejó que la conservase. La hizo él, ¿verdad?

Carrick me dijo que la había hecho alguien del casti-

350

llo, y recordé la mirada de reconocimiento en los ojos de Bark al descubrirla en una persona que iba a ser marcada como imperfecta, mientras batallaba contra la hipocresía, la ironía, la fragilidad de la vida.

Art asiente con los ojos llenos de lágrimas.

—En aquel momento me alegré de que no estuvieras en la cámara viéndolo todo, pero ahora pienso que ojalá lo hubieras presenciado. —Recorro los hierros con un dedo, los mismos que calientan al rojo para marcar a los imperfectos.

»Los guardias estaban preocupados. Cinco marcas eran demasiadas para una sola sesión. Querían distribuirlas en varios días, pero necesitaban permiso para eso y alguien llamó a tu padre. Cuando vino, en vez de aceptar su propuesta, usó uno de los hierros al rojo para añadir una sexta marca. En mi espina dorsal. Sin anestesia.

Mueve la cabeza. No, no, no. No quiere creérselo.

—Seguramente te ha dicho que me marqué yo misma, que estoy mintiendo y que él no hizo nada. No miento, Art. Exigió que me arrepintiera y no quise hacerlo. Por eso me marcó él mismo.

Doy media vuelta y me levanto la camiseta para dejar al descubierto la parte inferior de mi espalda.

—Le dijo al médico que esto me lo hice yo misma. ¿Cómo pude hacerlo?

Escucho la voz de la doctora Greene en mi cabeza: «¿Cómo ha podido una chica hacerse eso a sí misma?»

Art sigue negando con la cabeza, mientras las lágrimas fluyen por sus mejillas.

Vuelvo a recorrer los hierros con el dedo, intentando encontrar el más adecuado y preguntándome si realmente habría podido marcarme la espalda, si realmente habría podido hacerlo sola. ¿Eso es lo que intentan probar? ¿Presentarme en la sala del Tribunal y demostrar que sí pude hacerlo? Mi mano se detiene sobre uno distinto de los demás. Este lleva los tres círculos interconectados que representan la armonía geométrica y que Bark reprodujo en la tobillera. Es el símbolo de la perfección y, extrañamente, se encuentra entre las «I» de los imperfectos. Me apodero de él y lo inserto en el extremo de una barra de hierro.

—¿Qué clase de persona se marcaría a sí misma? —repito las palabras del médico.

Alimento la llama del horno.

Art golpea la puerta una y otra vez.

Sitúo el hierro de marcar sobre la llama.

—Si todo el mundo te cree capaz de hacer algo, ¿por qué no hacerlo? Es lo que tú dijiste, ¿verdad, Art? ¿Acaso no te convertiste en un soplón porque todos creían que eras como tu padre? No quisiste enfrentarte a él, preferiste ser como él quería que fueras. No tenías nada que perder.

Art grita y aporrea la puerta, intentando que no siga.

—¿Sabías que la jueza Sanchez quiso hacer un trato conmigo?

Eso lo confunde.

—Quiere que tu padre dimita y le ceda el cargo. Así podrán admitir que el Tribunal cometió un error por su culpa. Incluso me aseguró que eliminarían las marcas con un trasplante de piel.

Está claro que Art no sabía nada de eso.

—Pero no quiero que me las borren. Esas marcas me han dado más fuerza de la que nunca tuve y no quiero fingir que no ha pasado nada. Necesito conseguir un equilibrio. Sigo llevando la tobillera por eso, para lograr cierta armonía —admito, dándome cuenta de ello—. Me diste el mejor de los regalos. Me dijiste que era perfecta y sigo llevando la tobillera como si tuviera un poder especial capaz de contrapesar las marcas. Pero resulta que no es la tobillera, es lo que me dijiste, es porque creías en mí.

Me sonríe con tristeza.

—Nadie será capaz de quitarme el regalo que me hiciste, ¿lo comprendes?

Asiente.

Me enrollo el extremo de la camiseta para dejar mi estómago al descubierto.

—*Transversus abdominis* —digo—. ¿Te acuerdas cuando los estudiamos?

Deja caer las manos y apoya la frente contra el cristal. Se rinde. Ya no intenta detenerme.

—Se encuentran tras los oblicuos. Son los músculos abdominales más profundos y rodean la espina dorsal para protegerla y estabilizarla. Es nuestro centro de gravedad.

Sostengo la barra de hierro sobre la llama.

No busco perfección, no busco justicia. Busco equilibrio.

Presiono el hierro de marcar contra mi estómago. Marco el símbolo de la perfección para siempre.

Perfecta e imperfecta en el mismo cuerpo.

Tengo al fin la simetría.

69

El dolor es insoportable. Suelto el hierro de marcar y me apoyo en la silla, mareada, veo manchas negras a mi alrededor. Siento náuseas y respiro profundamente. Art vuelve a golpear la puerta y la abro. Entra en tromba y me desplomo en sus brazos.

Nos deslizamos hasta el suelo.

—¿Qué has hecho? —me pregunta entre sollozos—. ¿Qué demonios has hecho? Tenemos que llevarte al hospital.

—No —protesto, y me cuelgo de él para impedir que se levante.

—¡Oh, Celestine! —Su tono es más amable, y siento su respiración en la nuca cuando entierra su cara en mi pelo.

—Ahora quedará marcada para siempre, pienses lo que pienses de mí.

Me levanta la barbilla con un dedo y nos miramos. Unos centímetros separan nuestras caras.

—Creo que eres la persona más fuerte, valiente, luchadora y estúpida que he conocido en mi vida.

Sonrío.

—¿Ah, sí?

—Estaba celoso —admite, aflojando su abrazo, como si recordara que ya no estamos juntos—. De ti y de él. Debí hacer lo mismo que tú. En vez de huir solo, debí llevarte conmigo y huir juntos.

Me mira con esos ojos tan familiares que solían hacerme temblar las rodillas, y espero recuperar esa sensación, pero no lo consigo. Cariño, afecto... pero nada más. No puedo evitar pensar en Carrick. En Carrick abrazándome, en Carrick mirándome, en el olor y el sabor de Carrick, que yace en el suelo de su celda.

—Aunque la idea de vosotros dos huyendo juntos me enfurece más de lo que te puedas imaginar, me alegra que estuviera ahí para ti, como debí estar yo.

—Gracias —susurro—. Y te comprendo, sentí lo mismo cuando te vi con Juniper...

—Solo intentábamos protegerte.

—Ahora lo sé.

Aparta la mirada. Sabe que me ha perdido para siempre.

—Creí que de esta forma podía estar más cerca de mi padre —dice, señalando su uniforme—, pero no funciona. Antes nunca lo había visto como lo ven los demás, como un juez. Quiero decir, tú y yo nos reíamos de él y de sus bravatas. Podía separar a las dos personas, la familiar y la profesional. Ahora... ahora todo es distinto.

Mantengo la boca cerrada.

—¿De verdad te hizo lo que me has contado?

Asiento con la cabeza.

Refuerza su abrazo.

—¡Dios! ¿Con quién he estado viviendo?

—Te quiere. —Es el único punto positivo que se me ocurre. Me aparta suavemente a un lado para poder ponerse en pie. Me doblo sobre mí misma por el dolor en el estómago. Art abre un pequeño armario adosado al muro y vuelve con unas cuantas vendas.

Me levanta la camiseta, un gesto que me es tan familiar, y palidece al ver la quemadura que me he hecho. Es diáfana, nada parecida a la que tengo en la columna. Esa cicatriz no ha sido por castigo, sino por orgullo. Art limpia la herida, pero yo solo puedo apretar los dientes y gruñir. Después, le coloca una gasa encima y la fija con una venda, rodeándome varias veces la cintura con ella.

—Si me quiere como dices, me perdonará —dice Art—. Voy a sacarte de aquí.

—No. No lo hagas.

—Sí, lo necesito.

—Pero... —Miro en dirección a las celdas—. Mi abuelo, Raphael —trago saliva—. Carrick...

Me baja la camiseta para tapar el vendaje.

—Los liberaré a todos —promete, suspirando—. Solo necesito tiempo para averiguar cómo hacerlo.

—Gracias. —Tomo su mano y me ayuda a levantarme.

—Es lo mínimo que puedo hacer. No quiero que la gente piense que soy como mi padre. Imagínate, ahora resulta que mi peor temor es ser como él.

—Cuando descubran que nos has liberado, nadie creerá que eres como él.

—Lo que temo no es lo que piense la gente, sino ser realmente como él.

—No lo eres —le digo, y lo pienso de verdad—. Art, tengo que decirte una cosa... —Quiero contarle lo que va a pasar, pero cuando alzo la mirada veo a Crevan. Está sentado en la sala de invitados, pero no sé cuánto tiempo lleva allí y lo que ha podido escuchar. Espero y deseo que todas y cada una de las palabras que ha dicho su hijo. Nuestros ojos se encuentran y, por el color y el aspecto de su cara, sé que ha sido así. Lo ha escuchado todo. Lleva su toga, que ahora parece que le quede demasiado grande. Se levanta y abandona la sala.

Art va a girar la cabeza, pero se lo impido.

Entonces, los guardias irrumpen en la sala, nos ven y corren hacia la puerta que nos separa.

No podemos presentar batalla contra tantos.

70

—Con cuidado... —pide Art, mientras me retuerzo de dolor cuando los guardias me sujetan.

—¿Qué ha pasado aquí? —pregunta uno de ellos.

—Estábamos hablando de trasladarlos —explica Art con voz autoritaria—. Órdenes de mi padre.

El guardia le dedica una mirada de desprecio y masculla: «Niño de papá», antes de arrastrarme con él.

En vez de devolverme a mi celda, me lleva por una escalera ascendente, lejos de las dependencias del sótano y hacia las oficinas del Tribunal en el castillo.

Nunca he estado en esa parte de la torre, nadie la conoce. Es un lugar prohibido, privado, solo para empleados del Tribunal.

El estómago me duele con cada paso, pero no tengo más elección que seguir andando. Llegamos al piso superior y me guía hasta la sala del torreón. En el centro hay una mesa redonda y las paredes están cubiertas de estanterías llenas de libros, solo interrumpidas por un par de ventanas; una da al patio del castillo y la otra a la ciudad. A Sanchez, lo sé, le gusta ver el mundo desde las alturas. Allí es donde se toman las decisiones.

Sanchez y Jackson están allí sentados y parecen preocupados. Con la ambigua posición de Crevan tras la revelación de Sanchez, solo quedan ellos dos para abordar lo que ha sucedido después de que este presentara el siniestro programa de Restricción de Imperfectos. Tienen que enfrentarse a una crisis, y yo debería ser la menor de sus preocupaciones, pero sé que soy la primera de la lista.

—¿Qué pasa? ¿No tenías hambre? —pregunta Sanchez, frustrada.

La miro, asombrada por su cinismo. Ahora sé que fue ella quien se encargó de que drogaran la comida. Pero ¿por qué? Y entonces lo comprendo. Me volvió a engañar, nunca pretendió que firmase el trato, solo quería que durmiéramos hasta que pasase la hora del plazo que nos dio. Por supuesto, no iba a anular mi condena, así como tampoco iba a permitir que se hiciera pública la grabación de mis marcas. Eso podría suponer el fin del Tribunal, del que ahora ella es la jueza suprema. Tiene lo que quería, ¿por qué iba a ayudarme?

Sintiendo menos confianza que antes, ahora que mis tres principales apoyos están incapacitados en las celdas, incluido mi representante legal, me siento lentamente a la mesa, acusando el dolor de mi nueva marca. Soy yo contra el resto del comité de jueces. Mi destino está en sus manos.

Sanchez deja un documento sobre la mesa frente a mí. Y un bolígrafo de la tienda de recuerdos para turistas.

—Tal como dijimos, se acaba el día y se acaba el plazo para que firmes el nuevo acuerdo.

—¿No debería tener un representante legal?

—Me han dicho que no está disponible —dice Jackson—. Y despediste al señor Willingham.

Está claro que su paciencia conmigo se ha agotado.

—Ya discutimos los términos ante tu abogado, y tú

tuviste tiempo de discutirlos con él —añade rápidamente Sanchez, intentando acabar cuanto antes.

Mi corazón se acelera. Creo que realmente odio a esa mujer.

—Estas son las condiciones —comienza Sanchez—. En lugar de un veredicto de imperfecta, creemos que la sentencia en tu contra debió ser de seis meses de prisión según la regla de «no ayudar a un imperfecto». Retiraremos la condena, y tu abuelo y el señor Angelo tendrán inmunidad, puesto que no eras una imperfecta. Ingresarás en el Correccional para Mujeres de Highland en el que pasarás un total de tres meses, ya que descontaremos de la sentencia los tres que han transcurrido como imperfecta. Con buena conducta, apenas cumplirás uno de ellos.

La miro conmocionada.

—¿Esa es tu piedad? —Me centro ahora en el juez Jackson—. Usted no estaba allí, pero créame, ese no fue el trato que me prometió.

—No te prometí nada. Esta es nuestra oferta final, Celestine —sentencia Sanchez, empujando el documento hacia mí.

Jackson adopta un tono más amable.

—Sé que a tu edad la cárcel puede parecer algo horrible, pero es de mínima seguridad y solo pasarás en ella unos treinta días. Después, quedarás libre para vivir una vida normal como ciudadana de Humming.

Miro el reloj que hay en la pared.

—¿Y Carrick?

—Ya te lo dije, Celestine —me recuerda Sanchez—. No recibirá ningún castigo en cuanto a su relación contigo, pero sus marcas como imperfecto seguirán en su cuerpo. Su caso no tiene nada que ver con esto, no hay nada que podamos hacer al respecto.

—¿Y qué le pasará al juez Crevan? —me intereso—. ¿No tendrá que ir a la cárcel por lo que me hizo? ¿No recibirá ninguna marca por sus errores inmorales y faltos de ética? —No espero que respondan—. Tú solo deseabas su puesto. Dijiste que querías regenerar el Tribunal, pero en realidad solo ambicionabas el poder. Has perdido a tu hijo y has ganado un puesto de trabajo el mismo día. ¿Ha valido la pena?

Sanchez cierra los ojos y respira profundamente, como si intentase no perder la paciencia ante un niño rebelde.

Interviene el juez Jackson, siempre tranquilo:

—Piensa en la oportunidad que te ofrecemos. El Tribunal te concedió un regalo, la oportunidad de ver cómo es la vida desde el punto de vista imperfecto, pero solo temporalmente. Nadie más ha podido hacerlo. Aprovéchate de la experiencia y sigue adelante.

—Tiene toda la razón —admito, mirando al juez Jackson—. Y me gustaría contarle todo lo que he aprendido. ¿Puedo?

Vuelvo a mirar el reloj.

—He aprendido mucho con esta experiencia. Una de las cosas más importantes tiene que ver con la confianza. Saber con quién cuentas y con quién no. Antes de ser marcada, creo que nadie me había lastimado... bueno, no realmente, no físicamente. Pero, desde entonces, la gente me ha sorprendido. No fui yo la que cambié. Me pusieron unas marcas en el cuerpo, una letra en la manga y, de repente, todo el mundo cambió. Tuve que aprender a adaptarme, me vi obligada a descubrir quién soy.

»El juez Crevan tenía razón en su entrevista, cuando dijo que el castigo ayuda a la gente a ser más consciente de sí misma. Ahora pienso con más claridad, conozco mis instintos. Son mi guía.

»La jueza Sanchez vino a mí después del juicio, hace unas tres semanas, ofreciéndome ayuda. Decía estar preocupada porque creía que mi veredicto de imperfecta era incorrecto.

La cabeza del juez Jackson se vuelve velozmente hacia Sanchez. Ella intenta calmarlo.

—No creo que sea momento para contar más mentiras...

—Me gustaría oír lo que tiene que decir —le corta Jackson—. Parece que muchas de las mentiras de esta chica han resultado ser verdad.

Vuelve a centrar su atención en mí, así que continúo:

—Hice todo lo que Sanchez me pidió. Esta mañana fui a su casa con suficientes pruebas como para expulsar a Crevan de su cargo. Lo malo es que esas pruebas eran tan importantes que no solo podían destruir a Crevan, sino al propio Tribunal. Así que decidió amenazar privadamente a Crevan para quedarse con su puesto, no para ayudarme a mí o intentar que se hiciera justicia.

Jackson mira nervioso a Sanchez.

Yo miro a Sanchez y sonrío.

—Gracias por darme una lección sobre la confianza.

Sanchez se remueve incómoda en su asiento, deseando que todo acabe para poder salir indemne. Ni acusada ni culpable. Me alegra. Eso hace más fácil lo que va a pasar.

—El asunto es que el Tribunal me preparó bien. —Miro a Sanchez—. ¿De verdad crees que no sabía que esto iba a pasar?

Sus ojos se entornan.

—¿Crees que no me imaginaba que nunca utilizarías la grabación contra el Tribunal? ¿Piensas que fui a tu casa directamente desde la de Mary May y que te entregué todas las copias? ¿De verdad crees que no sospechaba que me traicionarías?

Sonrío.

—Siempre fui un paso por delante. Siempre. Jueza Sanchez, soy una imperfecta. No deberías haber confiado en mí.

Miro el reloj. Son las cuatro en punto de la tarde.

—Te sugiero que enciendas el televisor.

71

16 HORAS ANTES...

Cuando era niña, mi madre estaba obsesionada con el sol. No con su puesta, que señala el fin del día, sino con su salida, que trae el milagro de uno nuevo. No sé si porque es una optimista, un alma alegre que celebra cada amanecer o porque es una pesimista que teme que cualquier día pueda ser el último.

Solía levantarse temprano, y nos despertaba a todos los demás para llevarnos al lago y ver juntos la salida del sol. Cuando crecimos, nos negamos a levantarnos durante los días laborables y solo lo hacíamos los fines de semana. Después, solo los domingos. Y cuando llegamos a la adolescencia y no quisimos acompañarla, siguió yendo ella sola.

Por puro placer, mamá organizó lo que solía llamar «los días del amanecer», jornadas que planeaba con mucha antelación por si queríamos acompañarla. Unas veces nos dormíamos en el coche; otras, ni siquiera queríamos salir de él, lo que la ofendía o la hería, dependiendo del día. Recuerdo una vez que la miraba desde el coche, hecha un ovillo, y enfadada porque nuestra madre nos había sacado de la comodidad de nuestras camas calentitas para eso. Cuando ahora rememoro esa imagen, me siento culpable por no compartir con ella esos momentos.

También me hace sonreír. Las imágenes de mamá y el amanecer me transmiten calma y amor hacia ella.

Cuando tenía que viajar por trabajo, solía enviarnos fotos de amaneceres de todo el mundo: el sol apareciendo sobre la catedral de Milán durante la Semana de la Moda milanesa, sobre los tejados de Montmartre durante la Semana de la Moda parisina, sobre la silueta de Manhattan o el londinense mercado de Candem, quejándose de que pronto tendría que volver a casa.

Llenaba álbumes enteros con esas fotografías, intentando que nos ilusionáramos tanto como ella con el sol naciente, y los revisaba por las noches frente a la chimenea, enroscada y en pijama, mientras nosotros veíamos la televisión. Eso seguramente la animaba, pero no recuerdo haberle preguntado nunca por qué. Ahora me parece obvio que debí preguntárselo en su momento, pero desde que tuve que abandonar a mi familia, pienso en las mil cosas que quería decirle o preguntarle, y, sin embargo, no lo hice. Incluso sobre Ewan, que solo tiene ocho años. Ahora me doy cuenta de que no sé muchas cosas de su vida.

Cuando Carrick y yo recuperamos el globo de cristal en casa de Mary May, escapamos aterrorizados por si nos descubría. No llamamos inmediatamente a Raphael Angelo para que nos recogiera, tal como le prometimos. En vez de eso, enviamos un mensaje de texto a mamá citándola en el lago.

Había varias razones para contactar con mamá. Primero, porque quería verla antes de que acudiera al centro de entrenamiento de los soplones donde retenían a Juniper; segundo, porque la necesitaba para que me ayudase con mi plan, aunque sobre todo fue porque la echaba de menos. Quiero a mamá y deseaba tocarla, olerla, sentirla. Quería que me dijera que todo saldría bien, como siempre ha hecho, o, por lo menos, que me lo transmitiera. Quería que me hiciera de armadura contra el mundo. Ya sé que ahora soy mayor, casi adulta, pero la necesitaba. Igual que Mary May necesita a la suya. Igual que Art lloró todos los días cuando perdió a su madre, y como Crevan se desmoronó cuando perdió a su hijo. Igual que Carrick arriesgó su libertad para encontrar a su familia.

Y quería que mamá conociera a Carrick.

Esperamos en la arena. Son las dos de la madrugada y sé que estará despierta, esperando el momento de ir a la base de los soplones para rescatar a Juniper. Estoy segura de que estará haciendo planes, ensayando sus protestas, puliéndolas una y otra vez con papá, que, no lo dudo, quiere encargarse de todo. Pero no puede ser él, tiene que ser mamá. Tiene que ser La Madre.

Treinta minutos después, vemos los faros de un coche. Nos ocultamos. El vehículo llega hasta el aparcamiento; parece que nadie la sigue. Mamá baja hasta la arena; lleva un jersey muy holgado, una manta y una bolsa. Salimos de nuestro escondite y entonces nos ve. Su rostro palidece, pero abre los brazos y corro hacia ella, perdiéndome entre el jersey de cachemira, sintiendo el calor de su cuerpo. Me parece estar dentro de un capullo protector. Por fin puedo respirar, relajarme, llorar.

—Mamá, este es Carrick —sollozo.

—Oh, Carrick. —Vuelve a abrir sus alas y envuelve con ellas sus dos metros de altura. Los dos seres más importantes de mi vida.

—He traído algo de comida —dice—. ¿Tenéis hambre?

—Estamos famélicos —reconocemos al unísono.

Devoramos los bocadillos bajo su atenta mirada como si fuéramos lobos.

—También se pueden saborear, ¿sabéis?

Asiento con la cabeza, pero sigo comiendo a dos carrillos.

—Mírate. —Me revuelve el pelo con una mano—. Has crecido tanto...

—Solo han pasado tres semanas, mamá —me río cohibida, compartiendo una mirada con Carrick.

Mamá lo mira y, como si comprendiera lo que ha pasado entre nosotros, lo estudia en silencio.

Carrick mastica más lentamente que yo, sintiendo la mirada de mamá pendiente de él. De vez en cuando alza los ojos, pero los desvía inmediatamente.

—Te has cortado el pelo —le digo, señalando su melenita.

—Siempre pensé que era un cliché el que las mujeres se cortasen el pelo como si fuera un acto de valentía, como si la longitud tuviera importancia. Bien, me equivocaba. Yo tenía que tenerlo largo por exigencias de mi contrato. Largo, rubio, así, así. Muchas veces debía usar extensiones porque lo exigían, porque querían proyectar la imagen de una melena exuberante, saludable, y al final me harté. Así que me lo rapé de un lado para protestar en la fiesta de Crevan.

—Me acuerdo.

—Cuando te marchaste me lo teñí de rosa, pero no me gustó, parecía la abuela de Barbie, así que me lo corté. Se supone que el pelo largo es más femenino, perfecto para lucirlo un día de verano, de playa. Les dije que me importaba un pimiento.

Carrick y yo estallamos en carcajadas.

—Pareces Juniper.

—Tu padre no sabe qué pensar, pero le gusta —sonríe.

Mi garganta se cierra y mi corazón se acelera ante la simple mención de papá. Siento los ojos de Carrick fijos en mí. Se da cuenta de que mamá y yo necesitamos estar un rato a solas, y anuncia que se va a dar un paseo.

—¿Por qué siempre vienes aquí al amanecer, mamá?

—De pequeña, Juniper tenía muchos cólicos, no podía dormir debido al dolor, y lloraba todo el día. Cuando a tu padre le tocaba el turno de noche, solía pasear arriba y abajo por toda la casa. Eran las horas más solitarias, los momentos más escalofriantes que jamás he vivido. Todos dormían. Toda la calle... todo el mundo. Los segundos parecían minutos; los minutos, horas, y ella no cesaba de llorar y de gritar... —Se estremece al recordarlo—. Una noche en que no había forma de calmarla, se me ocurrió coger el coche y conducir. No tenía ni idea de adónde ir, pero terminé en el lago. Me senté en la arena con Juniper, que no dejaba de llorar, pero sentí como si el agua y la brisa se llevasen la tensión. De repente, empezó a clarear a medida que el sol ascendía, y con ello iban desapareciendo la presión y el miedo. Juniper, acariciada por la brisa y quizá sintiendo mi propio alivio, se durmió por fin.

»Tras eso, vine aquí todos los amaneceres, tanto si Juniper dormía tranquila como si no. Me ayudó a mí más que a ella. Y seguí viniendo cuando tuve a Ewan, incluso más que con vosotras dos. Quería despedirme de la noche y saludar la llegada del día, como si todo volviera a empezar de nuevo. Una tela en blanco. Adiós a los viejos problemas, hola a un día nuevo y un nuevo principio.

Me siento en la arena, con su brazo sobre mi hombro, y me acurruco contra ella. Miro a Carrick en la orilla, con las manos en los bolsillos, la cabeza gacha, perdido en sus pensamientos.

—Es muy guapo.

—Lo es. —Y sonrío.

—Bueno, dile a tu madre lo que...

—No creo que necesite decirle nada a mi madre. Siempre sabe lo que está pasando. —Ella también sonríe, pero veo preocupación en sus ojos—. Lo sé, lo sé. Ten cuidado, sé inteligente, etcétera, etcétera...

—Bueno, parece un buen chico. Se preocupa por ti, se nota. Se ha arriesgado mucho por ayudarte.

—Tú también. Y Juniper —añado, sintiendo miedo por ella. Mis ojos lagrimean al pensar en mi hermana y el lugar donde está. Y en el abuelo encerrado en su celda.

—No temas por Juniper ni por mí —asegura—. Estoy ansiosa por ir allí y exigir que me devuelvan a mi hija. Es lo que quise hacer cuando estabas en Highland Castle, pero no pude, así que esta es mi oportunidad de resarcirme.

—Gracias, mamá. Siento haberte metido en esta situación.

Toma mi cara entre sus manos.

—No te disculpes por lo que pasó, solo intentaste ayudar a un hombre. Eres lo mejor que alguien puede llegar a ser.

Agradezco sus palabras.

Quedamos en silencio unos segundos. Es el momento.

—¿Cómo está papá?

—Bien.

—¿Sigue trabajando en la emisora?

—Sí... de momento. Y trabajar para los Crevan lo está matando, pero...

—Necesitáis el dinero.

—No, no es eso —niega, algo que me sorprende—.

Es decir, claro que necesitamos el dinero, pero podría trabajar en cualquier parte. Tu padre quiere saber qué está pasando contigo, y trabajando en News 24 cree que puede descubrirlo. Es una especie de espía. —Y se ríe.

Yo sonrío pensando en él, alerta y vigilante.

—Necesito su ayuda.

Ella me mira, intrigada.

—Carrick cree que hemos quedado aquí contigo para discutir los planes de cómo recuperar a Juniper.

Ambas lo miramos. Parece llevar el peso del mundo sobre sus hombros.

—No quiero que sepa lo que me propongo. Si lo averigua, no funcionará.

Le enseño el USB.

—Aquí hay una grabación de Crevan marcándome por sexta vez.

Mamá mira asombrada el *pendrive*.

—¿Crevan te marcó? ¿En persona?

Asiento. Nunca se lo había contado.

—El señor Berry lo grabó con su móvil —le explico—. Ahora, el señor Berry ha desaparecido, como todos los guardias que estuvieron presentes. Esto es lo que busca Crevan.

Lo toma de mi mano y lo aprieta con rabia, furiosa por lo que ese hombre le ha hecho a su hija. Ya no piensa en lo que tendrá que hacer dentro de unas cuantas horas.

—¿Es esto lo que buscaban en casa?

—Y el motivo por el que no dejan de perseguirme. En realidad, Crevan no me busca a mí, busca esto. Necesito que se lo des a papá, y que papá haga copias. Después, tendría que buscar a Enya Sleepwell, ella y yo tenemos un plan. Sabrá exactamente lo que tiene que hacer.

—¿Enya Sleepwell? ¿La política?

—Podemos confiar en ella.

—Está bien. Pero no entiendo por qué Carrick no puede enterarse de esto.

—Porque es un plan de reserva. Cuanta menos gente lo conozca, más oportunidades tendremos de que funcione, aunque espero que no sea necesario usarlo. Quédate con este portátil, mantenlo a salvo. Carrick cargó la grabación en él; yo necesito el USB original, tengo una entrevista con la jueza Sanchez.

Ella se queda con la boca abierta.

—¿Que tú qué?

—Es el plan A.

El sol aparece en el horizonte.

Comienza un nuevo día.

72

De vuelta al torreón con Jackson y Sanchez, vuelvo a mirar el reloj.

En la pared hay un televisor de plasma. Jackson presiona el botón de encendido del mando a distancia.

Todo mi cuerpo tiembla por los nervios, la adrenalina y el dolor de la nueva marca en mi estómago.

Los ojos de Sanchez se desorbitan mientras mira la televisión, aguantando la respiración. Todos los canales están retransmitiendo una declaración política.

—Hola, me llamo Enya Sleepwell y soy dirigente del Partido Vital. Hace cinco años solo éramos un pequeño puñado de personas, pero ahora somos el partido que más crece en todo el país. Desde que me convertí en su líder, hace dos meses, nos hemos reinventado y mejorado nuestras políticas. Ahora representamos los deseos reales, las esperanzas reales y los sueños reales de la gente real. Somos el partido que cree en nuestras convicciones, que hacemos las preguntas difíciles y que encontramos soluciones. Queremos que este país vuelva a ser fuerte, unido, trabajando en armonía, teniendo como base la compasión y la lógica.

»También queremos levantar el velo de la hipocresía,

revelando la verdad acerca de los líderes de nuestra sociedad. Lo que van a ver puede ser alarmante para muchos de ustedes. Es singular y profundamente perturbador. Nuestro actual gobierno juega con el peligro. Nuestro actual gobierno permite que pasen cosas como esta.

La imagen cambia de Enya a la grabación de lo ocurrido en la Cámara de Marca. Yo atada a la silla. El juez Crevan ante mí con su toga roja, gritándome que me arrepienta. Me niego y le saco la lengua, mi primer acto de desafío hacia él. Bark me sujeta la lengua y la abrasa con el hierro al rojo. Los sonidos que emito se parecen a los de un animal herido.

Es angustioso. Veo que Jackson se frota la cara con las manos. Dudo que jamás haya presenciado un marcado en su vida.

El juez Crevan sigue gritándome, me acusa de ser imperfecta hasta la médula. Ordena la sexta marca, y Jackson se yergue en su silla. Se vuelve hacia Sanchez espantado, antes de volver su atención a la pantalla. No puede creer lo que está viendo.

Oigo ruidos en el exterior. Es una multitud. Una multitud desbocada.

Me levanto y voy hacia la ventana que da al patio. Ni Sanchez ni Jackson me lo impiden, parecen congelados por lo que está emitiendo el televisor.

Fuera, los miles de imperfectos que habían reunido antes han desaparecido. Habían abierto el patio al público, lo habían invitado a presenciar cómo sacaban a los imperfectos de sus celdas y puestos de trabajo para llevarlos hasta la sala del juzgado situada en el otro extremo.

Ahora, mucha de la gente congregada está vestida de rojo, pero no son imperfectos. Son personas corrientes que protestan contra el Tribunal. Los veo con camisetas como las que llevaban mamá, Juniper, Ewan y los estudiantes, donde podía leerse ABOLICIÓN DEL TRIBU-NAL. El patio está repleto de público que abuchea, que grita su disconformidad.

Y entiendo el motivo.

Están viendo la grabación de mis marcas en la enorme pantalla en la que solían presenciar los juicios. Alguien ha cambiado el canal de Imperfectos TV a este. Más y más gente entra por las puertas del castillo para saber a qué se debe tanto escándalo. Se tapan la boca, horrorizados al ver a Crevan en acción.

Bark se niega a marcarme la columna vertebral. Dice que no hay anestesia.

Oigo jadear a la gente. Los veo cogerse de los brazos unos a otros, empezando a comprender lo que están presenciando. No solo los manifestantes, sino el público en general que suele acudir para ver cómo los imperfectos son juzgados. Siento que están cambiando de bando.

Crevan empuña el hierro de marcar. Los guardias susurran palabras de ánimo en mis oídos para que me calme. Crevan me marca la espina dorsal, y mi grito resuena y levanta ecos en los muros de Highland Castle, en el patio, en toda la ciudad.

La multitud ruge de indignación.

—No —exclama Jackson, temblando visiblemente. Su toga roja revolotea alrededor de su cuerpo—. ¿Qué es esto? ¿Es real? —Mira primero a Sanchez, y después a mí—. ¡Cielo Santo!

Tras el horripilante metraje, vuelve Enya Sleepwell.

—Me disculpo por haberles mostrado estas imágenes. Pido disculpas a Celestine North por lo que ha tenido que pasar. No podemos dejar que le sucedan cosas así a la gente inocente de nuestro país. Por eso, el Partido Vital es cien por cien partidario de abolir el Tribunal. ¿Cómo puede seguir actuando, si el propio Tribunal es imperfecto? Tenemos que intervenir ya. Basta de ir pasito a pasito, es hora de dar un salto para que este país avance.

»Vota al Partido Vital, por la imparcialidad y la justicia, por un liderazgo fuerte que lleve este país por la senda de la compasión y la lógica.

La sala del torreón queda en silencio.

73

Los guardias irrumpen en la sala.

—Ahí fuera ha estallado una revuelta. Tenemos que llevarlos a un lugar seguro.

Jackson se levanta de su silla tan rápido que la vuelca, pero no se molesta en levantarla. Me mira con una expresión mezcla de asombro, miedo y náuseas.

—Querida niña... —murmura, con tono de disculpa. Lucha por encontrar las palabras. Mira a la jueza Sanchez y su desprecio hacia ella es más que palpable.

—Juez Jackson, tendría que acompañarme —le interrumpe un soplón. Su toga roja flamea tras él al salir de la sala.

—Creo que el trato se acabó —le digo a Sanchez.

Ella se vuelve hacia mí y casi puedo adivinar una mirada de admiración. Pero, entonces, da media vuelta con frialdad y se apresura a salir de la sala sin decir una sola palabra, escoltada por un guardia.

Me quedo sola, nadie me da ninguna explicación de lo que pasará conmigo. Me pregunto cómo estarán Carrick, Raphael y el abuelo, si todavía seguirán drogados. Paseo por la sala con el corazón en un puño. Miro al exterior, al patio, y veo a los soplones volver con su equipo antidisturbios. Más público sigue entrando por las puertas, y no precisamente para vitorear a los soplones. Lanzan sus puños al aire exigiendo respuestas, pidiendo el cambio. Quiero bajar con ellos, pero estoy atrapada aquí.

La puerta se abre de golpe.

Es Art.

—Me han dicho que aquí hay una damisela en apuros —dice—. Princesa, he venido a rescatarte —añade dramáticamente haciendo una reverencia.

Pongo los ojos en blanco. No es momento para sus bromitas.

Antes de que pueda decir nada, añade:

—Bueno, a rescataros a todos.

—Están inconscientes —le explico, mientras corro todo lo rápido que puedo hacia la puerta, intentando hacer caso omiso al dolor en mi estómago—. ¿Cómo vamos a sacarlos?

—Tengo una camioneta en la puerta de salida, hay que llevarlos hasta allí —explica, empezando a bajar la escalera de caracol. Cada vez que pasamos por un nivel, puedo ver al personal dirigiéndose a las salidas de emergencia para escapar.

—El abogado es fácil de llevar, me encargaré de él. Tú ocúpate de tu abuelo —sugiere Art, y sé que se trata de una de sus chanzas, su manera de afrontar los momentos de estrés.

Mientras todo el mundo intenta salir del edificio, nosotros nos internamos más y más profundamente en él, hasta llegar al sótano.

Freno en seco.

—Vamos a ver, Art. Detente, pensemos un poco. En serio, ¿cómo vamos a hacerlo? Nosotros solos no podremos transportarlos.

Él se detiene y se vuelve para mirarme.

—Quizá ya se hayan despertado.

—Art, concéntrate. La última vez que me drogó tu padre, en la montaña, estuve fuera de combate casi todo el día. Y cuando desperté, me encontré paralizada de cintura para abajo.

—¿La última vez que qué?

—Pero fue una inyección. Quizá solo les hayan mezclado polvos o píldoras machacadas en la comida. Tenemos que pensar alguna solución, necesitamos ayuda, gente de fuera que nos eche una mano.

—Los imperfectos se han rebelado y el público está cargando contra las puertas en protesta. Algún idiota ha presionado accidentalmente un botón y el anuncio del Partido Vital se ha emitido en todo el patio. Van a pedir la cabeza de mi padre en una bandeja de plata.

—Lo siento.

—No lo sientas. Yo apreté ese botón —responde.

Lo miro alucinada.

—Quizá la gente de fuera pueda ayudarnos —sigue diciendo, como si su revelación no tuviera importancia—. Tenemos que salir y hablar con ellos, pero... —Y mira su uniforme.

—El exterior no es seguro para ti, Art. Quédate y abre las celdas. Yo buscaré ayuda en el patio.

Hemos invertido los papeles. Irónico.

—Puedo abrir sus puertas desde aquí. —Art entra en una sala reservada al personal, llena de monitores de televisión en los que aparecen las celdas de abajo. Miro nerviosa las pantallas buscando al abuelo, a Raphael y a Carrick. Todos siguen donde los dejé, quietos, inmóviles.

—¡Mary May! —exclama Art de repente.

Me vuelvo rápidamente.

Mary May está en el umbral mirándonos, enfundada

otra vez en su uniforme de Mary Poppins soplona. Su rostro es la viva imagen del odio.

Salgo instintivamente de la sala, no quiero quedarme encerrada con ella en este espacio sin ventanas. Art me sigue.

—Voy a sacarla de aquí, Mary May. Es inocente —dice Art, situándose frente a mí, entre las dos—. ¿No ha visto la emisión? Todo ha terminado.

—No me importa la emisión —responde ella despectivamente, como si no tuviera ni idea de lo que estamos hablando—. Estuviste en mi casa. Hablaste con mi madre. Entraste en su habitación.

Art se vuelve para mirarme. En otras circunstancias, la expresión de su cara sería cómica, pero ahora no. Porque cuando volvemos a mirar a Mary May, está empuñando una pistola.

74

—¡Eh, eh! ¡Guarda eso, Mary May! —grita Art—. ¿Qué... qué diablos haces con esa pistola?

Ella lo ignora, como si no pudiera verlo u oírlo, como si pensara que solo estamos ella y yo frente a frente. Da unos pasos adelante y yo retrocedo otros tantos. Pienso en las puertas abiertas de las celdas de abajo. Espero que cuando despierten, sea cuando sea, comprendan la situación y sean capaces de escapar.

—Estuviste en mi casa —repite—. Te sentaste en la cama de mi madre, junto a ella.

—Tú también estuviste en la mía —replico, notando el temblor en mi voz—. Y me robaste mis cosas, ¿te acuerdas? Solo quería recuperarlas.

—¿Qué le hiciste a mi madre? —pregunta, como si no hubiera escuchado ni una sola palabra, como si solo oyera la voz que le habla dentro de su propia cabeza.

Vuelve a avanzar hacia mí y yo retrocedo, sintiendo la mano de Art en mi hombro. No quiero darle la espalda a Mary May, no deseo descubrir si es capaz de dispararme. Me tiemblan las piernas y un vértigo delirante crece dentro de mí, la sensación de que nada de esto puede ser real, de que después de tanta lucha todo termine así, en un episodio psicótico a manos de una mujer triste y solitaria.

—No le hice nada a tu madre —balbuceo nerviosamente.

—Sigue retrocediendo —me susurra Art, guiándome por un pasillo. Caminamos hacia atrás, siempre encarados a Mary May y su pistola. En cuanto doblamos una esquina y desaparece de nuestro campo de visión, damos media vuelta y corremos.

Llegamos a la puerta de salida. Art pasa su tarjeta de seguridad por el panel que hay junto a ella, pero no se abre. Todo ha sido cerrado automáticamente para impedir que los manifestantes entren en el edificio.

—Necesitas una llave de verdad —le digo.

Maldice. Tiene un manojo de llaves y prueba la primera en la cerradura con manos temblorosas.

Mary May aparece, caminando siempre a la misma velocidad: lenta, con pasos medidos, premeditados, el brazo extendido y sosteniendo la pistola en la mano.

—Me dijo que te sentaste en su cama —continúa, como en trance—. Te llamó su ángel. ¿Por qué diría eso, Celestine?

—Yo no... no sé... —Apenas puedo formular un pensamiento coherente con la pistola apuntándome.

Art sigue probando llaves, buscando la correcta. Las puertas son viejas y las llaves enormes. Art siempre ha usado su tarjeta de seguridad, no está familiarizado con las cerraduras normales. Mi espalda está contra la suya, pero Mary May sigue avanzando hacia mí.

—Me dijo que quería ver a los otros, y yo me negué. Alice no merece ver a mamá, no después de lo que hizo. Ninguno de ellos lo merece. Todos sabían lo que había entre ambos. Mamá dijo que me perdonaba. ¿Perdonarme por qué? —pregunta, sin esperar respuesta—. Todo el mundo recibe lo que se merece. A mí nadie debe perdonarme. Ellos tuvieron su merecido. Alice me lo robó y todos lo sabían. Todos. Pero perdoné a mamá. Y tú estuviste en mi casa. ¿Qué le hiciste a mi madre?

—Ya te he dicho que no le hice nada, solo recuperé lo que era mío, lo que robaste de mi habitación. Encontré la grabación que estabas buscando y la emitimos por televisión. Todo el mundo la ha visto. Todo el mundo lo sabe. Se acabó.

Intento que recupere la razón, traerla al aquí y ahora.

—Esta mañana se despertó a las ocho y diez, y no quiso tomar su desayuno. Dos huevos hervidos y dos espárragos. Es lo que come cada día. Pero esta mañana no quiso. Qué raro.

A pesar de la situación, se me escapa una risita. Los nervios, supongo.

—Yo no hice nada para que no quisiera comerse los huevos —le digo.

Art maldice detrás de mí, mientras prueba otra llave.

—Sí, lo hiciste. Porque ahora está muerta.

75

—¿Qué? —susurro.

Art deja de trastear con la cerradura y me mira.

—No le hice nada, lo juro —protesto—. Art, abre la puerta —le digo desesperada, ahora comprendo su motivación. Su madre ha muerto y ella me culpa, me apunta con una pistola. Esto no puede terminar bien.

—No se comió sus huevos, y siempre se come sus huevos —sigue ella, machaconamente—. Por eso supe que había pasado algo. Me contó que un ángel la visitó durante la noche y le dijo que había llegado la hora de presentarse ante el Señor. Yo le dije que no fuera tonta, que volvía a tener visiones, a veces las tenía. Quiso tomar un baño a la hora de la comida, y la bañé.

Art encuentra por fin la llave adecuada y abre la puerta. Huelo el aire fresco, oigo los gritos del exterior. Cruzo la puerta todo lo rápido que puedo para alejarme de ella, pero me encuentro en un patio interior. Es un perfecto y vasto cuadrado adoquinado. No hay dónde esconderse. Soy, somos, como patos en un barril.

Es un patio privado para empleados, no está abierto al público. A través de una puerta enrejada veo el caos de la plaza principal. Un pequeño grupo de empleados descubre a Mary May con la pistola y grita, huyendo en dirección contraria. No es la ayuda que necesito. ¿Dónde están las autoridades? Me doy cuenta de que nadie acudirá a rescatarnos, no importa que Mary May esté empuñando un arma no autorizada. Soy una imperfecta y ella es una soplona, nada puede cambiar eso. Y si alguien intenta ayudarme, puede ser acusado de favorecer a una imperfecta. La única que podría hacerlo es la policía oficial, y mi último encuentro con ella en el supermercado no fue especialmente bien.

Mary May sigue tras nosotros, como si no hubiera asustado a un grupo de empleados, que ahora se encuentran entre ella, el caos de imperfectos y el público del patio exterior. La soplona está inmersa en su propio mundo.

—Después del baño dijo que estaba cansada. A veces hacía una siesta, así que la llevé a la cama. Entonces me habló de ti. Te llamó su ángel, pero supe que eras tú. Dijo que anoche le hiciste una visita, que la ayudaste a llenar de agua su regadera. Creí que estaba delirando, pero me dijo que me perdonaba, que abogaría por mí cuando llegara el momento de... —No termina la frase, pero una lágrima recorre su mejilla y su mano empieza a temblar—. Tú la mataste.

—¡Eh, basta! —interviene Art, colocándose entre ella y yo—. ¡Baja la pistola, Mary May! ¡Esto es una locura!

—Mataste a mi madre —dice ella, ignorando a Art.

La puerta enrejada que da al patio exterior se abre y veo que la gente irrumpe en el que nos encontramos. Imperfectos y público. Creo ver a Rogan, el hermano de Carrick, liderando a la multitud, pero no puedo estar segura. Temo apartar los ojos de Mary May y de su pistola.

—¡Ahí está! —grita alguien, y supongo que es un soplón que me ha visto y viene a por mí. Siento un momentáneo alivio. No me importa quién me rescate mientras impida que Mary May me dispare, pero la situación es muy confusa, ya que ahora todo el mundo viste de rojo y cuesta distinguir a unos de otros. Es como si todos fuésemos iguales.

—No me digas cómo hacer mi trabajo. —Es la primera vez que Mary May se dirige a Art—. Tu padre me dijo que me encargara de esta chica y que cumpliera sus órdenes. Mi trabajo es mi vida. ¡Todo lo hago por obedecer a tu padre, todo! Y aún no he terminado con mi cometido —grita, claramente incómoda ante la presencia de los demás en el patio.

Ha atraído su atención y se están acercando, conminándola a que suelte la pistola.

—¡Ya os dije que estaría aquí! —La voz me resulta familiar. Desvío la mirada hacia la izquierda y veo a Rogan. Sí, es él, y señala a Mary May—. Debiste encargarte de mí cuando tuviste oportunidad —le grita—. Mira a quién he traído.

Mary May gira la cabeza, los ve y su rostro cambia. Palidece, llena de terror, y se queda con la boca abierta.

—Ya no puedes seguir ignorando a tu familia —grita un hombre.

—¿Te acuerdas de nosotros, hermanita? —pregunta una mujer.

Veo con sorpresa que se trata de Alice. Alice es su hermana, y está con otros tres.

—Queremos ver a mamá —dice Alice.

—¿Qué has hecho con ella? —pregunta uno de sus hermanos.

—Nada. Nada. Fue ella —responde débilmente. Toda su fuerza, toda su decisión, todo su poder, han desaparecido mientras su familia la rodea, sabedora de que ella es la culpable de sus marcas. Su padre murió, y ahora también su madre.

Mary May contempla el tumulto que la rodea. Imperfectos, soplones y público corren de un lado a otro descontrolados. Los soplones son ahora los perseguidos; los imperfectos y los perfectos son ahora los perseguidores.

Ella baja la pistola. Veo que el pánico empieza a aflorar en sus ojos. Da media vuelta e intenta huir, pero no llega muy lejos porque una mano aparece por la puerta por la que hemos entrado en el patio. Una mano que ha impulsado un cuerpo por el frío y duro suelo de las celdas de detención y la escalera en espiral.

Carrick aparece sudando, jadeando, exhausto, justo a tiempo para sujetar el tobillo de la soplona, impidiéndole su huida.

Mary May cae al suelo y extiende las manos instintivamente para protegerse del golpe, del mismo modo que, sin pensarlo, aprieta el gatillo.

Suena un disparo que levanta ecos en el patio.

Todo el mundo se tira al suelo.

76

Todos estamos en el suelo, así que no sé si la bala ha alcanzado a alguien. Se produce un prolongado silencio.

Pero un grito me da la pista. Es histérico y descontrolado, lleno de pánico. Me confirma que alguien ha resultado herido.

Y cuando intento descubrir de dónde ha surgido, comprendo que ha surgido de mí.

77

Art está encima de mí, protegiéndome como un escudo humano.

Y no se mueve.

78

—¡Art! —chillo.

—¡Celestine! —llama Carrick.

—¡Carrick! —grita Rogan, y corre hacia su hermano.

—¡Art! —Intento levantarlo del suelo, pero pesa demasiado y no quiero agravar su herida.

—Ha sido un accidente —balbucea Mary May desde el suelo—. Ha sido... No pretendía...

Su familia la pone en pie y la rodea. Uno de sus hermanos le arrebata la pistola de las manos. Alice corre hacia nosotros.

—Soy veterinaria... o lo era.

Busca el pulso de Art.

—¿Está vivo? —le pregunto llorando.

—¡Celestine! —me llama Carrick—. ¿Estás bien?

No puedo responderle, estoy centrada en Art.

Alice asiente y mueve a Art. Él suelta un gruñido, y me alegro al oír su voz.

—¡Apartad sus manos de él! —ruge el juez Crevan. Lo veo cruzar el patio corriendo hacia nosotros—. Es mi hijo.

Alice mira primero a Crevan y después a Art, estableciendo la relación. Por un terrible momento me da la impresión de que no quiere ayudarlo por culpa de su padre, pero al final toma una decisión.

—Que yo sepa, no hay ninguna regla que impida a una imperfecta ayudar a un soplón —sentencia.

—No es un soplón —rectifico—. Me estaba ayudando a escapar.

Necesito que la gente me oiga por el bien de Art. Él no quería que pensasen que es como su padre. Era su mayor temor.

—¡Celestine! —vuelve a llamarme Carrick. Busca desesperadamente llegar hasta mí. Rogan lo ayuda a levantarse. Me siento dividida. No quiero ignorar a Carrick, pero veo que tiene apoyo, y yo necesito concentrarme en Art.

Art. Art. Art.

79

Alice se quita el jersey, lo anuda alrededor de la herida que tiene Art en el estómago y lo presiona contra ella.

Hizo de escudo para mí, recibió la bala que me estaba destinada. Me ha salvado la vida.

—Una ambulancia viene en camino —informa un soplón.

Crevan se arrodilla junto a nosotros. La cabeza de Art descansa en mi regazo, la acuno y paso mis dedos temblorosos entre los rizos de su cabeza. Me quedan manchados de sangre.

El juez se sienta junto a nosotros y se inclina sobre Art, cubriendo su rostro de besos. Los dos lloramos incontrolablemente.

—¿Se pondrá bien? —pregunta, suplicante—. Dime que se pondrá bien. No puedo perderlo, es todo cuanto tengo.

Los párpados de Art se mueven. Abre los ojos, pero vuelve a cerrarlos.

—¿Quién ha sido? —pregunta Crevan furioso, mirándome.

—Ella —respondo con veneno en la voz.

Crevan se vuelve y vemos a Mary May de rodillas, como si pidiera perdón, flanqueada por sus tres hermanos imperfectos, que parecen estar deseando tumbarla en el suelo. Ya solo es un fantasma de sí misma. Su alma ha muerto y toda su vida se ha hecho pedazos.

—Juez Crevan... señor... —Traga saliva—. Fue un... no quise... solo intentaba... quería... Fue Celestine. Fue ella —dice. La rabia hacia mí vuelve a crecer en su interior—. Esa chica... Intentaba acabar con esa chica por usted.

—Te ordené que la vigilaras, no que la matases —grita él—. ¡Que la guiaras por el buen camino, no que te convirtieras en una maldita asesina!

—Perdóneme, por favor. El trabajo lo es todo para mí. Es mi vida. Siempre he respondido y responderé ante usted.

—Nunca te perdonará lo que has hecho, Mary —sentencia uno de sus hermanos—. Le has fallado. Se acabó.

—Ya no queda nada del Tribunal —le grita Crevan—. ¡Mira a tu alrededor!

Ella lo hace y parece empequeñecerse, encogerse sobre sí misma.

Sigo aferrada a Art, cuya consciencia viene y va, tosiendo y quejándose.

—Celestine... —Vuelve a llamarme Carrick por última vez. Su voz es ronca de tanto gritar.

Alzo la mirada y lo veo sentado frente a la puerta del castillo por la que escapamos. Rogan está junto a él. Nuestras miradas se cruzan. Parece triste, perdido, esperanzado. Sé que me está haciendo una pregunta con sus ojos verdes.

La puerta de la ambulancia se cierra, interrumpiendo, cercenando la posibilidad de una respuesta, lo que no me parece mal. Porque ahora mismo no tengo ninguna.

80

Estoy en el hospital. Me siento junto a la cama de Art en silencio, rodeada de silencio. Un enorme contraste con las horas anteriores y el viaje en ambulancia que nos ha traído hasta aquí.

Art está estable. Irónicamente, en el fondo ha tenido suerte: la bala esquivó su intestino delgado, su colon, su hígado y sus abdominales. Se recuperará. Al menos, físicamente. Lo que puede afectar la cicatriz de su estómago a su mente ya herida, habrá que esperar para saberlo.

Los párpados me pesan, como si la vida me hubiera concedido un descanso. En las últimas tres semanas he sentido que si no me mantenía en movimiento, si me detenía, no podría volver a moverme nunca. Y, aun así, las circunstancias han impedido que muera, como si dijera «Basta, Celestine, ya basta». Ahora ni siquiera tengo ganas de moverme. Y tampoco sabría adónde ir si tuviera que hacerlo. Este es el único lugar donde quiero estar.

Mi cuerpo está lleno de marcas. Art tiene una herida de bala. Nuestras cicatrices e imperfecciones tienen su historia. Mis heridas me proporcionan poder, la suya le recordará que me protegió, que hizo bien, que ayudó a una imperfecta. Se redimió y, al hacerlo, me defendió de un modo que ni siquiera él mismo comprende. Porque también apoyó mis actos. Todos los días nos vemos el cuerpo, vivimos en nuestra piel, y eso nunca podemos olvidarlo.

Llega una enfermera, Judy. Es agradable. Se lleva mi té verde, ya frío y sin tocar, y lo sustituye por otro que huele a frutos del bosque.

—Seguiré intentándolo —me dice de buen humor—. Te han enviado esto del castillo.

Me entrega mi mochila, la que me quitaron esta mañana cuando me llevaron al almacén donde destripan el pescado. Se lo agradezco porque estoy desesperada por cambiarme la ropa con la que fui al castillo, quitarme la maldita combinación roja. Y no solo porque esté empapada de la sangre de Art.

—Señor Crevan, dos hombres han venido a verlo —anuncia, pero la amabilidad ha desaparecido de su voz.

Crevan levanta la cabeza de la cama donde la enterró desde su llegada. Sus ojos están inyectados en sangre y su nariz gotea constantemente, al igual que sus ojos. Hemos estado sentados juntos, tranquilamente, en completo silencio, desde hace horas.

—¿Son policías? —pregunta—. Dígales que pasen.

Y se prepara para recibirlos, limpiándose la cara con la manga de la camisa.

Entran dos hombres trajeados.

—Señor Crevan, quisiéramos hablar con usted en privado. Por favor.

—No importa. —Se pone en pie, ajustándose los pantalones—. Celestine estaba allí cuando sucedió, también es una testigo. Ya he hablado con otros policías, pero agradezco que se tomen esto tan seriamente. ¿Son detectives?

Ambos asienten.

Se acerca a la pareja para estrecharles la mano.

—Señor Crevan, no estamos aquí por lo que le ha sucedido a su hijo, sino por otro asunto.

—¡Oh! ¿Y cuál es?

Los dos detectives me miran y mi estómago se revuelve. Se trata de mí y de la grabación emitida por televisión.

—Como he dicho, sería mejor que hablásemos en privado.

El tono es oficial, pero Crevan no está dispuesto a obedecer sin pelear.

—Si se trata de un asunto del Tribunal, puedo asegurarles que se dirigen a la persona equivocada. He sido destituido de mi cargo. Mañana a primera hora se dará una conferencia de prensa durante la que se leerá un comunicado al respecto. También me han dicho que se llevará a cabo una investigación sobre las reglas del Tribunal, así que todos los datos que soliciten son, de momento, confidenciales. Les sugiero que hablen con la jueza principal, Jennifer Sanchez, caballeros.

Crevan está en «modo juez», intentando controlarlo todo, intentando situarse por encima de todos y de todo. Pero ahora le falta poder, ha desaparecido junto a su toga roja, su Emblema de la Perfección, sustituida por una camisa arrugada y unos vaqueros ensangrentados. Es un Crevan fuera de servicio el que intenta mantenerlo todo bajo control. Es un Crevan-limpio-el-garaje, un Crevan-limpio-el-coche, un Crevan-llevaré-a-Celestine-y-a-Art-al-mercado-local-de-granjeros. Es un Crevan cuyo monstruo interior nunca conocí.

—Si se trata de algo relacionado con Celestine, su libertad está garantizada. Eso también ha sido acordado por el Tribunal. Debería pasar un tiempo en la cárcel, pero creo que le será conmutada. De hecho, estoy seguro de ello.

—No se trata de nada relacionado con el Tribunal, sino con los actos que cometió contra Celestine North; es un asunto criminal —aclara uno de los detectives.

El otro eleva su tono de voz, menos amable que el primero.

—También estamos investigando las demandas de Pia Wang, Nathan Berry, cinco guardias que estuvieron presentes en la Cámara de Marca durante el crimen, y de cuatro adolescentes de la Escuela Secundaria Grace O'Malley, entre otros.

«Crimen.»

Y ahí está la cara que he querido ver hace tanto tiempo. La mirada desconcertada del que ha sido puesto en su sitio por gente con autoridad, por representantes de la ley; la mirada del que comprende que se había equivocado, que no está por encima de todos, que lo que me hizo a mí, o a tantos otros, estaba mal. Veo que en sus ojos destellan la confusión, la desconfianza y el odio hacia sí mismo, la disculpa, las preguntas.

El velo de la autoridad ha caído.

—Nos han informado de que su hijo está fuera de peligro. Hemos esperado que nos lo confirmaran antes de hablar con usted. Nos gustaría que nos acompañara a comisaría.

Crevan parece desolado ante la perspectiva de tener que dejar a Art. Pienso en el momento en que me sacaron del autobús y me alejaron de Juniper y de Art con los silbatos atronando en mis oídos; recuerdo cuando tuve que cruzar el patio del Highland Castle entre una multitud que me abucheaba; cuando entré en la Cámara de Marca y sufrí en el cuerpo la agonía de las seis marcas, y la semana que pasé en la cama hasta recuperarme míni-

mamente; cuando me ataron y me encerraron los que
tenía por amigos; pienso en el altercado del supermercado y en que mi abuelo me enterró viva; en el desfile, se-
midesnuda, por las calles. Y lo peor de todo, en el hecho
de haber tenido que abandonar a mi familia. La culpa de
todo eso es de Crevan.

Miro como se lo llevan. Nuestras miradas se cruzan,
y en la suya veo todo lo que he tenido que pasar estas
cinco semanas. Y sé que él también lo ve en la mía.

La pregunta es: ¿eso hace que me sienta mejor?

81

No.

Para que alguien gane, otro tiene que perder. Pero para que esa persona tenga algo que ganar, para empezar tiene que haber perdido algo.

La ironía de la justicia es que los sentimientos que preceden al triunfo y los que lo siguen nunca son del todo justos y equilibrados.

Ni siquiera la propia justicia es perfecta.

82

Tras la marcha de su padre, me quedo largo rato contemplando a Art. Parece un ángel con su rostro completamente intacto, su piel de bebé, la ligera sombra de vello. Acaricio sus manos suaves y de largos dedos. Los veo tocando la guitarra y cantando la canción de la jirafa que no podía encontrar la tortuga, el mono que tenía vértigo, el león que no podía cazar o la cebra que tenía lunares. Solíamos reunirnos y llorábamos de risa, pero creo que nunca acabamos de compenetrarnos. Siempre que Art cantaba, había algo que no encajaba, alguno que se quedaba fuera del círculo, alguien que se perdía o que perdía algo.

Desde que su madre murió, Art siempre tuvo que luchar con sus demonios internos, no me extraña que terminase uniéndose a los soplones. Ahora puedo empezar a comprenderlo, a pensar que incluso llegaré a perdonarlo, tal es mi capacidad de comprensión. Compasión y lógica es todo lo que se necesita. ¿Podré perdonarlo alguna vez? Sí, creo que podría llegar a hacerlo.

Corro la cortina alrededor de su cama para tener un poco de intimidad y poder cambiarme de ropa, ponerme mis vaqueros y mi camiseta. Es la ropa que llevaba cuando Carrick me ayudó a escapar del hospital secreto de

Crevan y entrar en casa de Mary May para buscar el globo de cristal; y la misma que vestía cuando me llevaron del apartamento de Sanchez a los muelles, donde tuve que desnudarme y ponerme aquella combinación roja para desfilar por toda la ciudad. Quiero imaginar que huele a Carrick. ¿Quiero volver a vestirme con esa ropa? ¿No reviviré interminablemente todo eso?

Busco en la mochila alguna otra cosa que ponerme y encuentro los diarios de Carrick. Recuerdo la última vez que lo vi, antes de reencontrarme con él en el castillo. Tenía que despedirme de mamá y él iba a acompañarla para rescatar a Juniper del temible trasplante de piel.

Carrick la guiaría hasta allí, mientras yo esperaba en el lago a Raphael Angelo, que me llevaría hasta Sanchez para hacer un trato con ella.

Recuerdo ir en el coche y tener ganas de gritar, al darme cuenta de que Carrick se había olvidado los diarios que me había confiado, pero no lo hice. Fui egoísta y quise quedármelos. No porque quisiera leerlos —bueno, en realidad sí quería hacerlo, pero no quería traicionar su confianza—, fue porque si me los quedaba, significaba que tendría que volver a verlo. Eso supondría que estaría a salvo y tendría que venir a mí para que se los devolviera, o yo tendría que buscarlo para dárselos.

Entonces, por primera vez desde que ocurrió, me pregunto por qué narices estaba Carrick en las celdas. ¿Cómo llegó hasta allí? Si mamá y él habían ido a por Juniper al hospital, y Juniper y mamá estaban a salvo junto a los demás —Mona, Lennox, Fergus y Lorcan—, ¿cómo terminó en las celdas de Highland Castle?

Hago una rápida búsqueda en mi móvil y, entre los cientos de nuevas noticias que explican lo que está sucediendo en todo el país, descubro una foto en blanco y negro de Carrick Vane, bajo la que se explica que, tras huir junto a Celestine North, evadir a los soplones y rebelarse contra las reglas del Tribunal, se había entregado a las autoridades.

Por eso terminó en la celda contigua a la mía. Porque quería estar allí.

Y yo lo abandoné. He estado sentada aquí, atrapada en el tiempo, en una especie de letargo.

Hasta ahora.

Mis ojos se inundan de lágrimas.

Abro sus diarios sintiéndome culpable, pero decidida a saber lo que contienen. Dejo escapar un gemido al ver la primera página.

La letra es infantil, y me doy cuenta de que son sus diarios de la institución, los que admitió haber escrito durante esos años y que ocultó a sus profesores.

Hoy hicimos una prueba de olor y sabor. Querían saber lo que nos recordaban ciertos olores. Paul Cott lloró al oler el limón. Tuvo que explicar el motivo, y cuando lo hizo, el profesor le dijo que era un recuerdo que tenía que olvidar, que sus padres eran malas personas.

El talco me recordó la hora del baño. Creo que me bañaba con mamá. Debe de ser eso, porque desde que estoy aquí solo me he duchado. Recuerdo que me escondía entre la espuma y que las burbujas me hacían cosquillas en la piel. También me acuerdo de que me la ponía en la cara fingiendo tener una barba como la del abuelo. Entonces, no solo me acordé del abuelo y de la abuela, sino de muchas cosas más: recuerdo a mamá riendo, mientras me envolvía en una enorme toalla como si fuera un bebé y me llevaba a su cama; recuerdo protestar y dar patadas fingiendo que no me gustaba... pero era mentira. Me encantaba. Recuerdo comerme un helado de chocolate mientras me secaba el pelo.

Debía de tener cinco años. Hace ya tres, pero lo recuerdo.

Dicen que mamá no es una buena madre. Que es inadecuada. Y papá también. Dicen que estoy aquí por mi propio bien, que papá y mamá quieren que esté aquí, pero creo que eso es mentira. Me acuerdo de que lloraron cuando aquellos hombres llegaron. Lloraron y gritaron. Si mamá era tan mala, ¿por qué sonrío cuando huelo el perfume de la señora Harris, que es el que usaba mamá? ¿Y por qué me duele la barriga cuando pienso en mis padres?

Los profesores tienen razón. Un olor lleva a otro. Ayudan a recordar cosas, y ahora no puedo dejar de pensar y de recordar. Son ellos los que me han hecho recordar cosas, no es culpa mía. Pero no haré como los demás y no les contaré mis recuerdos, no quiero que me los arrebaten.

Mientras derramo lágrimas, salto al final del diario. No tengo tiempo de leerlo todo, necesito encontrarlo y devolvérselo.

Nos han dicho que, ahora que hemos cumplido los dieciséis, podemos elegir nuestro propio apellido. Ellos se encargarán de que sea legal, nos tramitarán el pasaporte y podremos viajar al extranjero. No se nos permite quedarnos con el apellido de papá y mamá, pero ya nos los quitaron hace mucho tiempo. Yo podría haber sido Carrick Brightman. Aún sigo usándolo en mi cabeza, aunque nunca lo diga en voz alta. Aquí solo tenemos un nombre y un número como apellido.

Por fin he decidido mi nombre y lo han aprobado. He tenido que sentarme ante el comité de profesores y explicar el motivo de haberlo elegido. No les he dicho la verdad, pero no la he dicho desde que empecé a escribir este diario. Creo que escribir esto hace que mentir sea más fácil, porque sé que, al menos aquí, puedo contar la verdad. Si ellos lo encontrasen, me marcarían, pero no me importaría.

Recuerdo una noche que papá me llevaba sobre sus hombros. Estaba muy oscuro e íbamos corriendo. Entonces creí que era un juego, pero ahora sé que estábamos huyendo de los soplones y él intentaba fingir que jugaba para que no me asustara.

Creo que nos perdimos, o yo pensé que nos habíamos perdido. Fue entonces cuando papá me habló de las estrellas. Me enseñó dónde estaba la Osa Mayor y todo lo que significaba.

Me dijo que, si alguna vez me perdía, tenía que buscar esa estrella. Sé que cuando me marche de aquí, dentro de 1.905 días, iré a buscar a mis padres. Buscarlos es lo peor que podemos hacer, nos lo repiten cada día, pero yo quiero encontrar a la mujer que me arropaba con la toalla que olía a talco y al hombre que me enseñó las estrellas. Las dos personas que me hacían sentir seguro y feliz en los pocos recuerdos que tengo y que nadie ha podido quitarme.

No sé dónde pueden estar, pero sí sé una cosa: iré al norte. Las respuestas están en el norte, y pienso dejar que el viento me lleve hasta allí.

Y ese es el motivo por el que mi nuevo apellido sea Vane. Veleta.

CARRICK VANE

Cierro el diario con una sensación de urgencia y las mejillas llenas de lágrimas. Me cambio rápidamente de ropa con lo primero que pillo, ya no me importa. Puedo ponerme cualquier cosa y seguir adelante. El calcetín se engancha en mi tobillera, me siento y me lo quito.

—Siempre te llevaré conmigo —le susurro a Art, y lo beso en los labios—. Adiós, Art.

Dejo el hospital con el temor de que me detengan en cuanto salga, pero los médicos y las enfermeras me abren paso. Hay soplones ante la puerta del final del pasillo y me hundo. Me detendrán, lo sé. La enfermera amable me hace señas para que me dé prisa. Frunzo el ceño. En ese momento, uno de los soplones me ve, se acerca a la puerta y me la abre.

El personal del hospital empieza a aplaudirme, me sonríe, algunos incluso lloran. Sigo caminando, esperando que en cualquier momento alguien me sujete y me impida continuar, pero nadie lo hace.

Y cruzo la puerta hacia lo desconocido.

83

2 MESES DESPUÉS...

Es julio y estoy en la granja del abuelo. El sol me calienta la piel. Llevo un vestido veraniego con tirantes, de un diseño floral que confunde a las abejas.

Estoy sola en los campos de fresas, los ojos cerrados y la cara alzada al sol. Soy libre; no, mejor todavía, me siento libre. Ya había sido libre, pero nunca fui consciente de ello. Ahora sí.

Oigo risas y conversaciones en la distancia. Huelo a madera quemada, con la que han hecho un fuego para cocinar la comida que compartiremos todos: los granjeros, mi familia, Pia Wang y la suya, Raphael Angelo, su esposa y sus siete hijos, y también la familia de Carrick. Mis nuevos amigos, Mona, Lennox, Fergus, Lorcan, Lizzie y Leonard han venido con nosotros. Cordelia y Evelyn están de viaje. Cordelia quiere enseñarle a su hija el mundo que le tuvo que esconder desde su nacimiento. Lennox ha estado rondando a mi hermana Juniper desde que le puso los ojos encima. Creo que el sentimiento es mutuo, porque Juniper no ha dejado de sonreír desde entonces.

El señor Berry y Tina decidieron no venir. No es fácil para ellos. No es fácil para nadie.

Ya hace un mes de la conferencia de prensa donde iban a anunciar la sustitución de Crevan por Sanchez, pero lo que comunicaron resultó ser otra cosa: la disolución del Tribunal.

Nombrada por el Estado, la Comisión de la Verdad redactará un informe con el resultado de sus investigaciones sobre el Tribunal. La investigación privada sobre el comportamiento de Crevan continúa, así como la investigación de la policía por sus actividades criminales. Todo el mundo quiere que se tomen medidas contra él, pero todavía no hay ni una resolución ni un castigo definitivos.

Enya Sleepwell, tras la terrible emisión del día anterior a las elecciones, fue elegida nueva primera ministra. La propuesta de la Restricción de los Imperfectos no tiene ninguna posibilidad de ver la luz, y Enya ha encargado un estudio, llamado el Informe Sleepwell, separado de la Comisión de la Verdad, para analizar el papel de todos los políticos, los hombres de negocios y los abogados que pudieron tener relación con las decisiones del Tribunal. No sé exactamente qué juzgarán y cómo, pero hay mucha expectación por ver ese informe.

Enya dijo que nada se podía hacer de la noche a la mañana, pero no fue así. Tras semanas de debate, el gobierno votó contra la permanencia del Tribunal y sus decretos, y el sistema imperfecto fue abolido en la medianoche del día de la votación. En cuestión de horas, se declaró que los imperfectos tendrían los mismos derechos que los demás habitantes del país; se acabaron los ciudadanos de segunda. El pueblo, tanto perfectos como imperfectos, se reunió en Highland Castle para celebrarlo. Y yo estuve entre ellos.

Las consecuencias de esta decisión fueron enormes. El trabajo de Raphael Angelo aumentó considerablemente al aceptar caso tras caso contra el gobierno, en los que pedía una compensación por el daño causado a los marcados. El gobierno estableció un plan de compensaciones al que dedicó cien millones y que llamó Fondo Clayton Byrne, en honor del anciano que murió en el autobús, el hombre al que intenté proteger, pero no pude salvar. Al final, resultó que su muerte no fue en vano.

Pero la compensación más valiosa de todas fue el perdón público de Enya Sleepwell a las víctimas del Tribunal por la pasividad y la inacción del gobierno. Quizás ese gesto sea lo único que consigan muchas personas, pero Raphael no descansará hasta que todos y cada uno de los marcados reciba al menos una disculpa personal, hasta que su reputación sea restituida, hasta que el sufrimiento de todos ellos sea reconocido públicamente.

El gobierno prometió que el país nunca más permitiría que «una falta de humanidad nos envenene y prive a la gente de sus derechos humanos básicos». Todo el mundo miró al pasado y se preguntó cómo pudimos permitir algo así. Ahora todo parece muy simple.

En cuanto a los niños I.A.N., los que fueron arrancados de sus hogares o apartados de sus madres al nacer, se les reconoció el derecho a volver con sus familias legítimas si así lo deseaban. En cuanto a aquellos que crecieron huérfanos, o cuyos padres eran ya ancianos o habían muerto; aquellos a los que les dijeron y llegaron a creerse que estos eran monstruos, o que no fueron queridos o amados, tendrían que afrontar el hecho de que su familia acabaría enterrada sin justicia o disculpas por su sufrimiento. Enya Sleepwell incluyó a Alfa en la Alianza por los Derechos de los I.A.N., para ayudarlos a superar su inmensa pérdida.

Así pues, ¿qué significa realmente todo eso para nosotros?

De momento, Crevan sigue siendo un hombre libre a la espera de juicio por la sexta marca que me hizo. Estoy segura de que será condenado a una corta pena de cárcel. Su reputación ha quedado manchada y jamás recuperará la vida que ha llevado hasta ahora. La gente lo reconoce por las calles y lo miran, lo abuchean y le gritan: en suma, lo juzgan. Sé que sufre esa condena todos y cada uno de los días. A mí me pasó. Nos pasó a miles de nosotros.

Art se trasladó a otro país para continuar sus estudios y comenzar una nueva vida alejado de la sombra de su padre. Empezará Ciencias en septiembre, tal como había planeado. Me prometió mantener el contacto y, aunque nuestra relación haya terminado, no significa que se haya esfumado del todo. Sigue y seguirá, seguramente toda nuestra vida, invisible a ojos de los demás y distinta de como fue antes.

En cuanto a mí, mi futuro es más incierto. Me han invitado a volver a la escuela para terminar los exámenes a los que no pude presentarme cuando, hace meses, no me dejaron sentarme en las aulas. No volveré, pero sí estudiaré y terminaré el curso. Enya Sleepwell no deja de llamarme para que colabore con el Partido Vital, y los medios piden mi opinión diariamente. El profesor Lambert dice que tiene un trabajo reservado a mi nombre.

Por una vez en la vida, no hago planes, no tengo expectativas. Me lo tomaré todo paso a paso, excepto en un momento de necesidad. Disfrutaré del sol sobre mi piel, del viento en mi cara, del contacto de Carrick contra mí, del sonido de las voces de mi familia, de su amor y de la lealtad de mis nuevos amigos. Cosas sencillas, dirán algunos, pero depende de dónde vivas y de qué

leyes te controlen, porque no ha sido nada fácil para nosotros conseguir lo que hemos conseguido.

Cojo una fresa y la suelto en la cesta, sintiéndome de nuevo como una niña. Al mirar al suelo, veo una mala hierba creciendo entre las frutas y me agacho automáticamente para arrancarla. Pero no lo hago. La dejo allí y sonrío cómplice. Será nuestro pequeño secreto.

Antes de volver con los otros, no puedo evitarlo. Las fresas son tan tentadoras que, solo por los viejos tiempos, por el recuerdo de cuando Juniper y yo éramos niñas y las robábamos, meto la mano en la cesta y me llevo una a la boca. Puedo oler su dulzor y, como suele sucederme este año, no espero nada más. Pero cuando la muerdo, mis ojos se abren de golpe. Mi boca no sabe cómo reaccionar ante la sensación.

Grito. Lanzo un alarido agudo. Las conversaciones y las risas cesan inmediatamente. Corro a través del campo.

Cuando llego junto a mi familia y mis amigos, todos están paralizados mirándome alerta, preocupados, buscando depredadores o intrusos con la mirada porque ya hemos tenido unos cuantos, listos para atacar.

Carrick suelta su pala y deja el agujero para la fogata en el que estaba trabajando con el abuelo, Adam y papá, y corre hacia mí.

—¿Qué ocurre?

Suelto la cesta y también corro hacia él. Salto y él me atrapa en el aire. Mis piernas rodean su cuerpo, mis manos acarician su sorprendido rostro.

No me importa que todo el mundo esté mirando, que Kelly nos observe ensoñadora, que Juniper nos jalee, que papá esté incómodo y mamá se ría de él, que Ewan finja vomitar, que los hijos de Raphael Angelo nos imiten y se echen los unos en brazos de los otros, imitando exageradamente sonidos de besos, que Mona, Lennox, Fer-

gus y Lorcan nos vitoreen, que el abuelo nos aclame, haciendo que papá se sienta todavía más incómodo que antes y que Pia Wang se ría, con su esposo y sus dos hijos junto a ella.

No me importa o, por lo menos, lo finjo, porque los siento a mi lado, noto cada molécula de su energía, de su felicidad.

Miro a Carrick a los ojos. Son tan verdes como siempre. Presiono mis labios contra los suyos y, finalmente, saboreo su beso.

84

Está la persona que crees que deberías ser y está la persona que realmente eres. No estoy segura de quién debería ser, pero sé quién soy.

Y este es el lugar perfecto para un nuevo comienzo.